U0437722

春秋渡

翰儒 著

花城出版社
中国·广州

图书在版编目（CIP）数据

春秋渡 / 翰儒著. -- 广州：花城出版社，2023.9
ISBN 978-7-5749-0030-1

Ⅰ．①春… Ⅱ．①翰… Ⅲ．①长篇小说－中国－当代 Ⅳ．①I247.5

中国国家版本馆CIP数据核字(2023)第176141号

出 版 人：张　懿
责任编辑：黎　萍　夏显夫
责任校对：卢凯婷
技术编辑：凌春梅
封面设计：黄肖铭

书　　名	春秋渡 CHUNQIU DU
出版发行	花城出版社 （广州市环市东路水荫路11号）
经　　销	全国新华书店
印　　刷	深圳市福圣印刷有限公司 （深圳市龙华区龙华街道龙苑大道联华工业区）
开　　本	880 毫米×1230 毫米　32 开
印　　张	9.25　1 插页
字　　数	215,000 字
版　　次	2023 年 9 月第 1 版　2023 年 9 月第 1 次印刷
定　　价	50.00 元

如发现印装质量问题，请直接与印刷厂联系调换。
购书热线：020－37604658　37602954
花城出版社网站：http://www.fcph.com.cn

目 录

第一章　望夫石…………………………………………1
第二章　月光冷…………………………………………7
第三章　围龙屋…………………………………………46
第四章　"过番"去………………………………………83
第五章　南迁……………………………………………117
第六章　"番批"来啦……………………………………130
第七章　逃难……………………………………………174
第八章　抓壮丁…………………………………………191
第九章　"运动"来了……………………………………215
第十章　春秋渡…………………………………………262

第一章 望夫石

1

美江是一条发源于粤东那片崇山峻岭、流经客家地区的大江，蜿蜒，浩瀚，绵长，向南，一路向南，然后与其他两条江相遇后汇入滔滔韩江，进入潮汕平原，最后奔向茫茫南海。

美江一路流来，流过许多山野，村落，城镇。她宽厚，仁慈，博大，养育了芸芸众生，万物生灵，也见证了世事沧桑。

千年古镇春秋镇依偎在美江边。

春秋镇有个渡口——春秋渡。春秋渡是客家人"过番"下南洋的始发地。

中华人民共和国成立前，春秋渡叫望夫渡。那里有一块望夫石，堤岸上还有一尊观音像。

文人骚客也许会这样描述、赞叹月光下的春秋渡：月色溶溶，银光闪闪，流水潺潺，江风习习，渔火点点……是诗，是画，是美妙的歌，是如梦的人间仙境。

然而，对于竹林村的张惠巧来说，月光下的春秋渡，是她最害怕的地方。

月光从窗棂照进来，透过蚊帐，斑驳地照在杨思念的脸上。

张惠巧想把窗户关严实的，透过蚊帐看见儿子杨思念蜷曲着正在熟睡，发出均匀的呼吸声，怕弄出声响，便作罢。她撩开蚊帐，打量起儿子来。因为清亮的月光，儿子的睡姿清爽地呈现在眼前。儿子睡得真香啊！她俯下身，疼爱地看着。月光把儿子嫩白的脸庞照得透明似的，茸毛毕现。她想吻儿子的脑门，快到他脑门时又停住。一会儿，又想把儿子的贴肚布摆弄得妥帖些的，刚伸手又收回来。

她怕弄醒儿子。

儿子八岁，正是要跟父母分床睡的尴尬年龄。张惠巧往深里想：儿子就是九岁十岁了又怎样。她也一样不舍得分床。

月光是柔和的，不像阳光有灼热感。她不打算把窗户关严实了。关严实窗户，屋里的空气会闷起来。

2

张惠巧痴痴地细看着儿子脸上的月光，边看边担心，月光好像闪着寒光似的。自从那夜发生了那件事后，她便吃睡不宁。朱阿雁的大女儿李桃红背着大人去渡口"望阿爸"，结果掉进江里，溺水身亡。听说才十二岁啊！朱阿雁赤着双脚、披头散发跌跌撞撞赶到现场，看见湿漉漉、已经僵硬的女儿，她号啕大哭！

"李望海，你快回来看看你的大妞啊！"李望海是她的丈夫，三年前"过番"，一去没有音信。他们有两个女儿，李桃红是大妞。

"大妞，傻妞啊！你以为来渡口望能望回你阿爸啊！"

"观音娘啊，观音娘！都说你是仁慈的观音娘，你为什么见死不救，救救我大妞一命啊——"

悲怆的哭声划破夜空，划碎了银光闪闪的江水。

就这三句话，朱阿雁反反复复地哭喊，撕心裂肺地哭喊。在场的人被她哭喊得黯然落泪。

更让朱阿雁痛不欲生的是，大妞死在渡口，不是家里。他们那一带的风俗：忌尸入屋——"冷尸入屋败到家（家底）"。大妞的尸体只能停在屋檐下治丧——"野死鬼不能进屋"。大妞还未成年，属年少身亡，尸体棺柩忌入厅堂，忌在门前种棺开圹，否则"门口种棺，药碗不断"，"门口开圹，家破人亡"。

族长反复大声提醒她。朱阿雁听得浑身上下一阵阵地打战。牙齿咯咯作响，失声地哭："大妞，你命苦啊！李望海，李望海，你害死你女儿啊！"

李桃红未到成年，又是溺水身亡，他们村里的说法属于凶死。连简单、粗糙的木棺都不许用。用草席捆着运到荒山野岭，找个人迹罕至的地方草草埋掉。山上那些风水好的地方是不能埋葬这类人的。

女儿死后，朱阿雁也差点死去。好几天不吃不睡，眼睛空空的。

张惠巧听村里人讲起这件事，不寒而栗。

那晚是农历的七月十五，月光很好。但是这天是"鬼节"。事后，族长还狠狠地训斥了朱阿雁："'鬼节'忌出行，忌小孩外出，更忌去水边，不怕野鬼缠身拖走？"

李桃红哪里晓得什么鬼不鬼节的！她看着又圆又大又亮的月光，想"过番"的阿爸想得睡不着觉，九点多偷偷地一个人去渡口"望阿爸"。

每年夏、秋，月圆人圆，月光很亮的晚上，总是有不少人去渡口，做父母的"望儿归"，做老婆的"望夫归"，做子女的"望父归"。

渡口由圩镇向美江呈"八"字形，砌了几十级的石阶。两边的堤岸，左边搭建了一块"望夫石"，右边砌了一尊一米高的观音娘的石像。"望夫石"是一块约一平方米的长方形的白油麻石，有点悬空，伸向江面，并围了半圈约半米高的石围栏。常常是一个人地立在上面望。望的人，心里也清明，如果碰上有人排队等着要望的时候，便不敢望太久。白天也有人望，但很少，大家都欢喜在晚上望，在有月光的晚上。因为月光满天地地照着，才能望得好。不然漆黑一片，怎么望啊！谁都晓得"月圆人圆""天涯共此时"的好兆头。尤其是每年夏秋月光出来的晚上，这时的月亮特别好。到了七月半和八月半中秋节这前后几天的晚上，来渡口望的人便多了起来。

月光照着"望夫石"，特别地清亮。"望夫石"像块灵异的奇石，能读懂来望的人的心事似的。"企"（站）在"望夫石"上，便好像进入了一种奇妙的境界。

圩镇的客栈，这段时间的生意特别的好。外地人专门来到这里，住在客栈，为的是去渡口"望夫归"。靠近渡口的客栈的生意很旺。

观音娘石像，慈眉善目，双耳垂肩，伫立在江边，是专门保佑从渡口"过番"下南洋的和来这里"望夫归"的平安如愿的。来这里拜观音娘的从不间断，香火很旺。

多数人都这样在"望夫石"望完后，从堤岸下来，又从那边的堤岸上去，拎着香纸去拜观音娘，双掌合十，紧闭双目，不停默念。

"望夫石"带旺了客栈的生意，而观音娘则带旺了做香纸买卖的生意和相命、看屋场风水这一行当。

"过番"生死未卜，有人去了回来了，回来了又去了；而有人去了，便断了，不见音信。有人赚了钱，而有人依旧穷困……

诸多的不确定因素，造成了这里的人特别地信命、信屋场风水。一条长长的主街和十几条与主街交错纵横的巷子里，有不少打着相命、看风水店名的店铺。其中最有名的两位，一位叫杨镇山，另一位是朱天伦，他们都是竹林围的人，都来圩镇开了店专做这一行当。竹林围，是一座建于乾隆二十八年（1763年）的客家围屋，三楼二围。杨镇山的店名叫"杨大仙"，而朱天伦的是"朱大仙"。他们的店铺偏偏相距不远。他们的主业是看屋场风水。"杨大仙"还会相命和针灸，而"朱大仙"呢，会把脉开药。同行生意便是贼！这样的一对，明争暗斗是在所难免的。

3

朱阿雁是张惠巧的表姐。朱阿雁的姥姥跟她的爷爷是兄妹。

李桃红溺水死后，朱阿雁整个人就开始垮了，成天神情恍惚。

也是从那天开始，张惠巧便天天提心吊胆，不敢让儿子离开视线，直至他上床睡觉。

去年中秋晚上她带着儿子，跟着阿雁姐，阿雁姐则带着大妞李桃红一块去渡口"望"老公。儿子也学着大人的样，站在"望夫石"上望着美江的远方，尽情地"望阿爸"，望着望着"目汁"（眼泪）如断线的珠子一样往下掉。张惠巧俯下身去爱抚着瘦弱的儿子，也禁不住地流泪，安抚儿子说："阿狗，不哭，不哭，不哭啊，你阿爸知道你望他，他会很快回来看你的。"

杨思念啜泣着问："阿妈，阿爸生（长）得'脉介'（什么）样？"

"狗子你生得跟你阿爸一个样啊。'鼻公'（鼻子）直直的，脸盘方方的，'目珠'圆圆的，嘴巴大大的。"

"阿爸做'脉介'不回家？"

"你阿爸可能忙吧。等你阿爸在那边赚了很多很多钱，肯定会回来看你的。你阿爸大嘴巴吃四方。"

"㑇也系（我也是）。"杨思念破涕为笑。月光把泪珠照着亮闪闪的。他轻松起来，说："阿妈，你看我都长那么高了，阿爸回来肯定认不出我的。哈哈。"

"认得出，认得出的。狗子，你快快长大，长大了带阿妈'过番'看你阿爸去。"

张惠巧现在很担心月亮出来，担心儿子趁着月光偷偷去渡口。没有月光，他不敢出门，因为晚上漆黑。再说没有月光去渡口也望不见什么。

明晚就是中秋夜了，月亮又是一年最圆最亮的时候。

张惠巧撑着手肘，细细地看着儿子，觉得手肘都撑酸了。她将身体略侧转了一下。

月光好像也跟着转，偏移了儿子的脸蛋。

从上个月七月半发生那件事，就要一个月了，张惠巧天天这样掌着儿子。像掌牛（放牛）一样，掌牛是用绳子牵着，她是用心牵着。

第二章　月光冷

1

确切点说，张惠巧是慢慢怕月光的。

她长得很可爱，丹凤眼，瓜子脸，樱桃小嘴，高鼻梁，鼻锥微翘，耳廓大，耳垂子肉，活像观音娘再世。她小时候很爱望月亮，看月光。她阿爸张山木很"惜"（疼爱）她，视她为掌中宝。那贫穷落后愚昧的山区农村，女孩往往被卑视如草芥，不给上学。但他家偏偏送她去私塾读书识字。其中一个原因，她的命好，还没出世，在她阿姆（母亲）的腹中，也不管她是男是女，已与"杨大仙"杨镇山老婆肚子里的孩子结下不一般的关系。

杨镇山的老婆已生了三个女孩，他做梦都想老婆这次肚子里怀的是"带把"的。他常常从正面看看"镇山居"，从后面看看"镇山居"，从左边看看"镇山居"，从右边看看"镇山居"，边看边发愁。

杨镇山与张山木是因为相命而相识的。张山木的老婆比杨镇山的老婆更不争气，竟一个接一个连续生了四个女儿，把张山木给生"笑"了——带泪的苦笑。但张山木的老婆郑秀英快生"哭"了，一个人的时候经常自言自语："生一个'倈欸'（儿子）比上天还难啊！"

张山木对成天苦着脸的郑秀英说:"名额可能给阿妈用完了,你看阿妈生的都是'倈欸'。"

郑秀英就偷偷扭了下张山木的屁股:"怨你,没你阿爸的本事!"

"哎,㑉一个人能生啊!"张山木反击,轻轻地拍郑秀英又圆又大的屁股。

"你不够卖力,下的功夫不够!"

张山木便美得偷笑,说:"哦哦哦,'暗埔'(今晚)就让你晓得!"

郑秀英又怀上了。

郑秀英赶忙催张山木去圩上找"杨大仙"杨镇山相命,问问他这次怀上的是凸,还是凹。

张山木与杨镇山原来就认识,两家隔一道山梁。

杨镇山边泡茶边相起张山木的脸蛋来,好像在说茶,好像又在相命。这样相命,有个好处,不会让人紧张。杨镇山是这一带相命最出名的人。别人给人相命,一本正经地相。他呢不这样相,边泡茶边相。他相相鼻,相相眼,相相嘴,相相眉毛,相来相去。他边相边想,张山木长得帅,他老婆生得靓,他们生的小孩肯定好看。听说张山木两公婆是他们那个山村里,出了名的勤劳、善良。

他这样想着就欢喜了,说:"可能是女的,也可能是男的。"

"也可能?这话怎么讲?"

"怕你不乐意。这样说吧,别讲我杨镇山讲'牙舍'(讲笑话),给你个明白点的答案,八成是女的。"

"八成?"

"唔!"

"不是四成，五成？"

"又不是卖茶，可讨价还价的。"杨镇山像唱戏一样，悠着说，"谁叫你生得一张'丈人佬'（岳父）的脸！呵呵呵——"又说，"这样吧，你看行不行？"

"大仙哥，你讲？"张山木挪了挪屁股，上身朝杨镇山前倾一点。

"万一真给我说中了，你老婆肚子里的孩子就配给我老婆肚里的孩子。"杨镇山说出已想妥的话，给张山木递了一杯热茶，"上好的春茶，金凤山的绿茶，去年的，我不随便给别人喝。"

茶香缭绕。

张山木喝了一口，入嘴即香，说："哪敢高攀啊！"

"什么攀不攀，这喊作缘分。"杨镇山又给他的茶杯添茶。

"大仙哥，万一是带把的呢？"

"你是说，我的万一是女的，你的万一是男的，是吗？"

"是，哦不是，我不是这个意思。"

杨镇山放慢语速："我是谁？"

"你，你——晓相命。"

"哦，这就对了。我的八成是男的。"杨镇山不紧不慢，给茶壶倒第二次开水说，"第二泡。一泡水，二泡茶，三泡是精华。"他边说边给张山木斟茶。

在家底殷实的杨镇山面前，张山木显得不自信，说："信你，一百个信你！"

"相命，相命，谁能保证相个全对，是吗。这样吧，我的万一是女的，你的万一是男的，也嫁给你的'倈欶'，万一嫁万一，哈哈！"

"哪能，哪敢啊！"

"再往前讲透彻吧,要是我的男,你的女,便联婚,要都是男,就结拜兄弟,都是女,做姐妹来往。怎么样?"杨镇山给张山木续第三泡茶,说,"三泡才是精华。"

张山木离开"杨大仙"的店铺时,高兴得走路像青蛙一样跳似的,对自己说:"没想到今日行'狗屎运'(出门遇狗屎——好肥料)了!老天爷求你老人家保佑,'杨大仙'老婆怀的是男,我们家的是女的吧。求求你,让我老婆生个金女娃吧!生完这个,我们再下苦功,生个男的也不迟的!"

2

杨镇山家是竹林村两户最有钱的人家之一。他三十多岁便从祖屋竹林围搬出来,在祖屋左边的那个山包下建了一座二堂二横大屋,叫"镇山居",造型属"猛虎下山"。另一户,叫朱天伦,他也是三十多岁便从祖屋竹林围搬出来,在祖屋右边的那个山包下建了一座大屋,正大门的石门框上镌刻"天伦居"三个字。

竹林围一边是"镇山居",另一边是"天伦居",远远望过去很气派。竹林围因为前面一片是竹林而得名。竹林村因竹林围而得名。竹林村除这三座大屋外,还有十几座农宿散落其他山角落,都是小家子气的小屋、矮屋。张山木的祖辈住的是小屋,到了他手里,还是没有改观。他们生活的那个年代,以及往前的明朝、元朝、宋朝,哪个年代不是这样——"龙生龙,凤生凤,老鼠生来打地洞"。想要冲破、打破阶层比登天还难。代代农民的张山木,还是翻不了身。像杨镇山、朱天伦那样做大屋的,凤毛麟角。

杨镇山提议办一个"指腹为婚"的仪式。张山木也有这个意思，但不好主动提出来。至于杨镇山的老婆张良玉和张山木的老婆郑秀英，他们是不用征询她们的意见的。他们那里一代代传下来的习规，女人是不能问这类大事的。

张山木两公婆第一次去"镇山居"。以前只能是远远地看看，远远地赞叹。

"镇山居"依山而建，山上是一片树林，大门前是宽阔的禾坪，禾坪前是一口大大的池塘。正门两边各一个侧门。正门进去一个天井，天井两边为下厅、上厅。两边侧门进去是一排房屋。侧门进去又有上、下两个天井，两个天井之间有一道连着主屋的走廊。

杨镇山领着张山木夫妇从外到里走了一圈二堂二横的"镇山居"，有点喘气地说："好像你们没有来过。"

"没来过。"张山木还在看得出神，"嘿嘿，没来过。"

"上厅坐坐，喝茶，聊正题吧。"杨镇山吩咐张良玉泡茶，带着他们步入上厅。

"不渴，不渴。"郑秀英说，"嫂子，不用麻烦了。"

"哪能不喝呢。"杨镇山笑着说，"泡最好的，才配谈今日的正事。"

杨镇山身材魁梧，面方耳大，不但长相好，声音也洪亮，透着一股子自信。

郑秀英怯怯的，拉了下张山木的衣角，小声说："要么，今日先不说这事了。"

张山木说："不谈？都来了。"

杨镇山从衣袋里掏出烟盒，捻了一支，递给张山木。张山木小心地接过烟，估摸老婆心里是不踏实了，便灵机一动说："杨大哥，有句话不知该说不该说。"

杨镇山笑吟吟地看着他说:"有什么不好讲的,就快成一家人啦——""啦"字,他好像是特意拉长半个音的。

"我们也想高攀,成为一家人的。怕——"

"怕什么哟——"他又是把"哟"字拉长半个音。

"担怕我老婆肚子里的孩子没长健全呢。"

这时张良玉腆着肚子,把热茶端上来,也打量了下郑秀英已经隆起的肚子说:"这杯是你的,淡一些,听说喝浓茶,生出来的孩子皮肤黑。不晓得真有这回事么。"

杨镇山接过话茬:"是有这回事的。喂,你们俩都要注点意哦。"又说,"山木老弟,你们担心冇(没有)的事,这样讲的话,你们这不也担心我们的?去,去,去,衰话不讲也好。不过,怀上孩子了,多留个心思是好的,像刚刚我老婆讲喝茶喝淡的理儿。家里不能随便打钉子,补老鼠洞,打钉补洞,生的孩子会缺唇(兔唇)、瞎目,没屁眼。不能吃姜,姜多枝丫,吃了生的孩子会长六个手指,等等。这些都是老祖宗传下来的,都要记在心上为好,是正理还是歪理,谁惹得起?系唔系(是不是)?"

张良玉说:"他老跟偓讲这些,搞得偓缩手缩脚的。"

郑秀英笑眯眯地喝着茶想:杨大哥真有味道,相貌好,声音好,讲话又好听,听他讲话像吹清风,喝蜂蜜。张山木从来讲不出这些好听的话,寡淡没味,难怪穷酸半生,老人家讲的,讲话也晓生财!杨大哥是匹骏马,张山木是头骡子,不能比。这样想着,又多看了杨镇山一眼。淡淡的烟雾在杨镇山面前飘,飘啊飘,才慢慢散淡。郑秀英觉得今日的烟味不呛鼻,竟还有些香,想:杨大哥抽的一定是好烟。

杨镇山在飘淡的烟雾中说:"这些讲究,你们妇人家比我们男人家晓得多，山木你讲系唔系。呵呵又忘了，在孕妇面前最好不抽烟，怕招惹咳嗽，动了胎气。"说着把吸着的烟掐灭，塞进烟缸里。

张山木说："好烟，嘿嘿我再抽一口。"他猛吸一口后才跟着把烟扔掉，扔在地上，好像舍不得，不情愿一样。

郑秀英瞪着张山木，想：就不晓得像杨大哥一样。用脚踩。骡，蠢骡一个！

杨镇山说："今天正正规规吃个饭，然后送个定亲物，字据就不用立了吧。"

张良玉把准备好的一对金戒指拿出来，金戒指由红布包着。她小心翼翼地打开红布，然后小心翼翼地取出戒指，递给杨镇山。戒指金光闪闪。

杨镇山满脸笑意："山木，这只是你老婆肚里孩子的。这只是我老婆肚里孩子的。"说着便把戒指分发给郑秀英和张良玉。

杨镇山这才发现郑秀英长了一双丹凤眼，其他部位也好看，鼻子是鼻子，嘴巴是嘴巴，眉毛是眉毛，脸蛋是脸蛋，清清爽爽的，长得比人家讲的更好看。

郑秀英惊了一下："这礼物太金贵了，我们受不起的。"

张山木赶忙说："受不起，受不起。要不，要不就换一双银的，好么？"

杨镇山摆了摆手说："别，先别，我还有话要讲。"

张山木和郑秀英两公婆立马竖起耳朵。

杨镇山说："丑话讲在前头。如果双方都生男，又或都生女，这对戒指就要收回了。不然，不是一对夫妻，配上一对戒指，不成了笑话么？"

"对，对，对！"张山木夫妇异口同声。

张山木结巴着舌头说："嘿嘿，要，要是——"

"呵呵，你想讲要是你们的是男，我们的是女，还是一样啊。"杨镇山说。

张山木想问又不敢问——什么还是一样？

杨镇山问："秀英妹子，这段喜吃酸吧。"

郑秀英反应过来后回答："嗯，喜酸。"

"良玉她怀上后爱吃甜。都说吃甜生男，吃酸生女。我们的八成是男，你们的八成是女。这顿订婚饭，吃对了。呵呵——"

张山木夫妇离开的时候，杨镇山夫妇把他们送到门口。

杨镇山指指屋后的竹林，又指指门前的池塘："屋场风水怎么样？"

郑秀英用脚碰了张山木的腿，暗示他——我们家穷过狗牯哪有资格评论，便赶忙说："顶呱呱地好！"

"嘿嘿，你都是我们这一带出了名的'风水先生'，哪敢不是最牛的。"张山木说。

"哪敢？呵呵，不是说'相命先生'没好命，'风水先生'没屋场吗。"杨镇山指着那边的"天伦居"又问："比起那座呢？"

"你系讲竹林围，还是'天伦居'？"张山木一时没弄明白。竹林围和"天伦居"都在那边。

郑秀英抢先回答："'天伦居'哪能比得上'镇山居'呢。"

张良玉说："都系一家人，就别这里自卖自夸了！也不怕羞。"

四个人便笑了起来。

张山木夫妇走后，杨镇山问张良玉："来的时候郑秀英进大门，是左脚先进还是右脚先进？"

张良玉蒙了："哦，没注意哦。"

"她是右脚先入大门的。呵呵呵——"杨镇山得意地说。

张良玉说:"那,那郑秀英八成怀的是'妹欻'(女儿)了。"

杨镇山开心地笑。笑声在"镇山居"飘荡。

3

定情物金戒指拿回来后,郑秀英便觉得肚子里的孩子不一样了。以前怀上孩子,也是有讲究的,但跟杨镇山那天讲的一对比,好像漏洞百出。

张山木更是神经绷得紧紧的,出出入入盯着她的肚子笑容可掬地看:"还有什么得注意的,偓帮你记着。这样,才不会出现万一。"

郑秀英摸着一天天大起来的肚子:"除了镇山大哥那次讲的外,还有,不能食葡萄,吃了生葡萄胎。"

"本来一年从头到尾就没见过葡萄。嘿嘿。"

"别嘿嘿,记着,别插嘴。"郑秀英白了他一眼说。

"不能食狗肉,吃了'化气',怕流产。流了,我们便什么都没了。"郑秀英加重了语气说。

"好的。记住!"张山木咬紧牙说。

"偓不能平整竹席,要不生下的孩子脑门会有一道道沟痕。满脸沟痕,鬼才敢要呢。"

"记住了!"张山木敲了敲脑瓜。

"偓也不能参加红事白事。"

"这个,你我都晓得的。"

"坐月子不能流'目汁'(眼泪),流了会烂目(眼睛)。"

"你现在都成太上皇了。"

"喂,莫惹偓生气啊!"

"不能在坟旁方便（大小便），玷污山神伯公，生的孩子会畸形。"

"嘿嘿，这个呀——怎么会去那个衰地方呢。"

"都记着。"

"还有'脉介'？"

"偃再打听打听，你先别嘿嘿。"

4

张惠巧终于出生了。

产房内外该讲究的都想到了。产房门外挂着一本老通书，门两边插着桃枝，房内挂着老棕衣，窗户挂着烂渔网。这些物件，是辟邪之用——把"锁哩鬼"（"落月死"）赶出房外。

接生婆宋福娘走出产房，撩开竹帘，跟蹲着守候在门口的张山木淡淡地说："你老婆'供'（生）了，'也好'（戏称女孩）。"

张山木霍地立马站起来激动得忘情地拍宋福娘的手臂："真系好！"

宋福娘懵了："不是'带把'的'俫欸'！"

"偃就要'妹欸'！"

"你们前面不是有四个'妹欸'？"宋福娘更懵，心里说，鬼打倒，世间竟有这样的人。她忘了换衫洗脸说："奇了怪了，你老婆还没来得及缓过劲，也这样讲。"

"对呀，我们就是还要'妹欸'！穷人家，没本事做屋给'俫欸''讨'（娶）老婆。嘿嘿。"张山木说。

宋福娘摇摇头。让她更意外的是，张山木给她两倍的工钱和礼物。她拎着十六只涂了红色的鸡蛋，两只大阉鸡。

张山木的阿姆徐香兰笑呵呵地把宋福娘送出门口。

宋福娘还是觉得过意不去："一只鸡，八只蛋就足足了。"

徐香兰说："好在是'妹欤'。那份呢，是特别感谢你带来的欢喜。"

"欢喜？"宋福娘更疑惑了，心里叫冤枉，"狗血泼！俓送这样的欢喜？"

徐香兰点头，赶紧捂严实嘴巴。"倈欤""心舅"（儿媳）一再叮嘱她不要向别人讲那个"秘密"。

杨镇山那天吃"定亲饭"的时候，他们四个人就一再强调这是他们四个人的"秘密"，谁也不能外传，等事情有了"眉目"（快成事了）再说也不晚。

张山木夫妇回家后，忍了一段日子，实在忍不住了，便跟他母亲讲了"指腹为婚"的秘密。弄得徐香兰成天守着秘密，像握着一枚炸弹一样。张山木的父亲两年前"过逝"（死）了，要不，他也会跟父亲讲这个天大的秘密的。

宋福娘回头看了看徐香兰才上路，心想：这家子病得不轻啊！

两只大阉鸡你叫一声，我回一声，嘎嘎嘎地欢叫，一路比赛似的叫得欢，叫得她心乱如麻。

张惠巧的名是杨镇山"安"（命名）的。张山木为这事专门赴圩去了他的店里。前面四个女儿"安名"，张山木夫妇没那么重视。也不是他们家这样，村里其他人家都是这样——给女孩"安名"比较随便，不算生辰八字，也不算"五行"。男孩"安名"才要讲究。他们想到什么，便安什么名，只要不跟上辈同名就好。四个女儿依次叫阿春、阿夏、阿秋、阿冬。而这次，是万万不能马虎的，因为这个女儿是杨镇山指定的未来"心舅"。

杨镇山高兴得走来走去，详细地问了张惠巧的出生时辰后，又是查书，又是掐手指，就"五行"金、木、水、火、土方面算来算去，最后算定什么都不缺后，说："惠巧吧。望她日后成为贤惠心灵手巧的妻子。呵呵——"

郑秀英"坐月子"一点也不敢大意。屋里的煤油灯日夜点燃，给女儿"开光"（见光）。女儿出世头三天"洗三朝"，用苏茅草熬了水洗（避邪），天天请接生婆宋福娘来洗。咬牙花钱买个讲究。煮洗澡水时，取了鸡蛋一起煮，水开蛋熟，把蛋捞起，送给"家娘"（丈夫的母亲）和其他家里人吃，吃"三朝红蛋"。她想上天送给她这个女儿，家人都要一起来欢喜。"坐月子"一个月，她天天吃"鸡酒"，虽然吃腻了，但为了"排瘀"（排除体内瘀血），咬紧牙关坚持吃。除了吃干饭干菜，虽然很想吃青菜，换个口味，但不敢吃，怕吃青菜"过奶"，担心女儿吃了奶会泻肚子。

"坐月子"一个月，她天天用手帕系着脑门，不缺一天，不敢开窗吹风，不敢用冷水。女儿出世头七天，不让外人见女儿和自己。她这次"坐月子"，比起以前的四次，都更加用心。白天不出户门半步，夜夜"药浴"。用的"药"树，很讲究，多为枫树，"虎板树"或"老艾茎"，用这些树煮了水，去"渍"后"洗身"。她在产房待了七天后才走出房间见家人，二十天后才见亲戚，一个月后才见天日。

她所坚持的一切，都是为了女儿好。她想女儿好了，今后全家人也跟着好。

她疼爱地看着女儿，时时刻刻这样想。

这一个月，家里里外外由张山木包揽。张山木非但没有半句怨言，还干得屁颠屁颠，很快活的样子。

这期间，张山木每天忙前忙后，从早忙到晚。郑秀英还时不时催促他去杨镇山他们那边探听动静。

郑秀英越是困在产房，不敢离开产房，越生发心事。她老这样说："老天保佑，良玉嫂子赶快生，生个白白肥肥的'俫欸'来！"

"嘿嘿，万一生个'妹欸'呢。"张山木比她更担心。

"乌鸦嘴，就你那么多的万一！煮鸡酒去！"

张山木一会儿端了一大碗鸡酒进来，又说："她万一生个'妹欸'，那我们就——"下半句话，他吞下去了，没敢说出口。

这会，郑秀英就真的不爱听了，用力打了下他的屁股说："煮药水去。去去去！"

张山木虽然煮药水去了，她还在心里骂他："只会驶牛耕田卖死力，怪不得穷过狗牯，代代这样，翻不了身。你看人家镇山大哥，一大座屋，家大业大，算命、看风水，吃'软门钱'。"

5

杨汪海在张惠巧满月后的第三天出生了。

杨镇山、张良玉夫妇高兴不在话下，更高兴的是张山木、郑秀英夫妇。

张良玉"坐月子"，张山木又是送鸡又是送蛋。每次送鸡送蛋，郑秀英催促张山木："快去。良玉嫂子多吃鸡酒奶水多，'婿郎'（女婿）哈哈长得快。"

"哪个'婿郎'？"张山木一时没反应过来，接着他便乐了，"嘿嘿，对对对，我们今后的'婿郎'。"

郑秀英说："侄不吃鸡酒了，都出月了，家里的鸡和蛋都送过去。"

"他们家底厚，还愁鸡和蛋？我们家的'千金'也不能亏待啊。"张山木说。

"看，看看，汝（你）又犯傻了。万一他们家不高兴不要我们的'妹钦'。虽然下了定亲物，但又没立字据。我们的'千金''百金''十金'都不是，是根草！从现在起我们两家人就要像走亲戚一样。"

张山木又嘿嘿地笑："长毛不短见哦。"

"喂，谁长毛？"郑秀英瞪圆了眼睛。

"偓，偓长毛，好么？"

"你不短见？就你这个出息。"郑秀英生气地说。

"你叫偓怎么讲？"

"还唔晓得短在哪里？难怪穷到没屋住。"郑秀英一想到全家七口人，就挤在两间窄小的泥屋里就来脾气。现在又再生一个女儿，八口了。

"又不是我们一家穷。你看竹林村上百户人家，只有杨镇山、朱天伦两家建大屋。"

郑秀英没再讲话，哦哦哦地哄女儿吃奶。女儿啜啜地吮得欢。

郑秀英看着女儿吮奶："听讲，他们两家明里暗里斗得凶。"

"全村人谁不晓得，大户人家有脾气嘛！"

"三年前，听讲朱天伦的儿子朱文河做满月，专门发了帖请镇山大哥。"

"嘿嘿，说你短见了不是。朱天伦这是故意气杨镇山的。朱天伦一炮打响，头一个就是'倈钦'，杨镇山呢，连生三个'妹钦'。他肯定是取笑杨镇山胯下那东西不行的。嘿嘿嘿。"张山木得意地说。

"喂——你呢，一炮？放多少炮了，响了么？半斤笑八两，你更是让人家笑话,连生五个'妹欻'!"

张山木挠挠凌乱的头发。

"上天保佑,好在这个是'妹欻'。"郑秀英说,"你听谁讲的?"

"偃闷(想)的。"张山木又活气了,探身想看女儿吃奶,郑秀英立马把他快靠近的脑门搡开。

"喂,这回镇山大哥的'俫欻'做满月,你看他会回请朱天伦吗?"

"请,干吗不请,一定请,不信你等着看。"

"你不是讲大家人户有脾气吗?"

"喂——这就是脾气。朱天伦有脾气,杨镇山的脾气更大!"

"不是说,竹林村那间设立在竹林围的私塾,请'李私塾'教书的工钱,由他们两人全包了,朱天伦和杨镇山各出一半,谁也不肯比谁出少,也不能让谁多出。就要一半一半,各不相让。"

"别杨镇山杨镇山的,连名带姓地叫,都快成'妹欻'的'家官'(家公)了!"郑秀英说,"讲你笨,还就是笨!去、去、去,给'妹欻'烧水浇身去。"

张山木边走边想:郑秀英这是怎么啦,脾气日见着大,使唤他就使唤狗一样。自从有"指腹为婚"那件事,接着生了"妹欻",接着杨镇山老婆又生了"俫欻"后,脾气就像吹气泡一样噌噌噌地变大,这样下去,自己不成了家奴?苦日子还望得见尽头?

6

杨镇山给儿子做满月,好像竹林村在办喜事。

张良玉的外家（娘家）去了"一张桌"（八个人）。张良玉的大嫂挑着担去，扁担被压得上下不停地晃，两只"小木盛格"（竹箩）装满东西：衣衫、被子、帽子、鞋袜、背带、布、银镯、鸡、粄、糯米粉（做汤圆的材料）。

每家每户都派了代表去祝贺。

张山木、郑秀英准备了一对银手镯，抱着刚出月的女儿早早来了。

"镇山居"上、下厅堂摆满贺礼，最多的是鸡和蛋。厅堂里道喜的人讲得欢。鸡们呢，也嘎嘎嘎地叫得欢。

郑秀英好奇地问张山木："朱天伦家谁来？"

"没看见吗？看，就那位头发油光发亮、绾起来的大嫂。"张山木用手指着端坐在上厅穿戴醒目的那位。

"他们家送什么礼？"

"听说，跟其他人一样，一只鸡八只蛋。"

"不会吧。"

"听说，三年前他们的'俫欻'做满月，镇山大哥叫良玉嫂子去，也是送了一只鸡八只蛋。"

"哦，这样啊。"

"大户人家就是让人看不懂。现在晓得了吧。"

张山木开始得意了，炫耀自己见多识广。

"今日少讲这些，讲欢喜的话。"

"晓得，晓得。"

"晓得就好，就怕——不讲了。"郑秀英哄了哄怀中的女儿。

杨镇山专门请来村中"老大"——郑百顺大爷。郑百顺是村里的"和事佬"，哪家跟哪家有纠纷了，不管大大小小的事，双方争执不下的事,都请他来调解。郑百顺虽然没读多少书,但明事理,会讲话,人缘好。双方各占四六、三七甚至二八比例的事情,给他讲来讲去,加加减减,往往便变成五五开。他的真名叫郑阿顺。调解的事多了,顺了,成了,大家便给他起了个外号——"郑百顺"。言下之意:"正"(郑的谐音),郑阿顺,他一讲就顺,真正顺,郑百顺!

杨镇山把张山木夫妇送来的一对银镯交给郑百顺。

张良玉抱着儿子来到郑秀英面前。郑秀英抱着女儿。张良玉轻轻撩开包着她女儿的红布,嘟着嘴称道:"哟哟,生得比你两公婆还好看呢。"郑秀英也学着张良玉的样,看了又看张良玉怀里她的儿子说:"像,像镇山大哥。"然后两人便呵呵地笑着。

上、下厅堂和左右横廊摆满宴席,八菜一汤也已摆上桌,等着郑百顺宣布开席。

郑百顺穿着崭新的暗红色的大褂,红光满面,站在宴席中间,朗声说:"经双方父母的授意,现在侲宣布一个大大的喜事,杨镇山张良玉的'俫欤'跟张山木郑秀英的'妹欤'日后结成'秦晋之好'。"

"什么'秦晋之好'?"有人在嘀咕。

"哈哈,就是喜结'连理'。"

"'脉介'叫'连理'?"

"夫妻!老公、老婆!"

"啊——"

"好啊——"

"稍静,他们双方父母几个月前已'指腹为婚',今日立个字据,正式向外公开,他们两家的意思是把喜事做明白。这对小家伙生辰八字很合!呵呵这方面镇山侄儿比侲晓得。"郑百顺把一张按了杨镇山夫妇和张山木夫妇手指印的字据扬得高高的给大家看,然后把一只银镯给张良玉怀里的儿子,一只给郑秀英怀里的女儿,说:"这是一对定亲的银镯子,望这对好命的娃儿快快长大,早日成婚。"郑百顺手一挥,像指挥官一样,"开宴!"

杨镇山、张良玉夫妻在正月十二日前选了个良辰吉日,为出生不久的儿子举办"升新灯"仪式。仪式在祖屋竹林围举行。那天,他们买了一只又大又红的灯笼,在灯笼上写上杨汪海。杨镇山拎着灯笼去大厅的祖宗牌位前叩拜,然后把灯笼挂到大厅的副梁上。从这天开始,他们一直给灯添油,燃着的灯笼挂到正月十五。那天,他们家宴请了所有的亲戚好友。亲友们送来的衣料、玩具、食品等礼物,真多啊!这些礼物中有不少甘蔗,放在很醒目的位置。甘蔗都是连根带叶的,寓意节节高升。

午宴开席前,热闹得很,来道贺的亲友们逐一排着队等着抱抱不满周岁的杨汪海,一个个在挑吉利的话来讲,一句比一句动听。杨镇山夫妇笑得合不拢嘴。横梁上挂着许多灯笼。杨汪海的这盏最醒目。杨镇山办的这场"升新丁"仪式也是最隆重的。

7

张惠巧四岁了,张山木郑秀英夫妇这几年的床事不太正常。

张山木有一天终于跟郑秀英说:"有句心里憋闷了很久的话。"

"你也晓得憋话?"郑秀英觉得杨镇山像条又深又大的河,张山木只是一条浅得一眼可见的小溪。杨镇山家家底厚实,而他们家家徒四壁。什么人就有什么样的样儿。张山木每日从早干到黑,耕地种田,上山砍柴,忙里忙外,没有片刻的清闲。一年四季除了寒冷的冬天,几乎天天光着脚板,穿短裤,打赤脚,连上衣都穿不上。张山木有时蹲在门槛,端着碗喝粥。郑秀英悄悄踢他一下,小声说:"坐高一点去。"张山木一脸不解地站起来。睡目的时候,郑秀英说:"蹲着,那东西都给人看见了,你不羞,我还臊呢。"张山木这才傻笑——都怪短裤头太宽松了。郑秀英又说:"让狗叼走才好。"张山木说:"叼走,狗还不给你打死!"

  冬天就算是穿上长衫长裤,那都是打了补丁又打补丁的,分不清原布了。屋呢,还是两间破泥屋,家当还是那些破家当。全家人只是勉强地活着。郑秀英一个人的时候,常常叹气——竹林村的大部分家庭都这样啊!除了杨镇山、朱天伦两家外。从明朝到这里开基创业,现在是民国了,这里的一代代人还是穷,那些村庄像被扔掉的垃圾一样堆放在那里。一代代人重复着一样的活法。吃不饱,穿不暖,住不好。只是在传宗接代,只是活着而已。夏天纳凉、秋夜望月成为奢侈的享受。张山木的爷爷留给他父亲两间破屋,他父亲又将这两间破屋留给他。张山木今生最大目标就是起一间新屋。杨镇山、朱天伦他们脑瓜好使,懂得相命、针灸、看屋场风水,不靠卖力气吃饭。家业大了,人也不一样啊!连笑声都区别大着。张山木笑的声音是"嘿嘿",而杨镇山是"哈哈"地笑。穷和富,尊和卑,苦闷和自满,从笑声里都可以听得出来。郑秀英不由自主地看了下黝黑的丈夫:"什么时候学会憨话了?"

  "还记得你怀上细妹后我去圩上找杨镇山看是'俫'还是'妹'的事吗?"

  "哪能不记得。正因为那次,才有今天的'指腹为婚'的。"

  "杨大仙看了又看我的面目后讲,我要等到四十岁后才能有'俫'!"

"杨大仙？"

"杨镇山啊！人家背后不是叫他大仙吗？"

郑秀英好像回想起什么："难怪——哦——你——"

张惠巧四岁了，这期间他们同床做那事的次数比以前少很多，而且每次张山木跟她相好快要那样的时候，突然抽身转背，弄得她不尽兴骂他："没用的家伙！"有几回，郑秀英实在太气恼了，大声问他："莫非生'妹欻'生怕了！"

张山木笑而不答，心里有难言之隐。

郑秀英说："你才三十八，还要推迟两年？"

"杨大仙的话你敢不信吗？"张山木说，"大仙的话就像唐僧念的紧箍咒。再说，我们也不能再生'妹欻'了，等生个'俫欻'传宗接代就不干了。"

"你过得，俚也过得。"郑秀英话中有话。

"最好分床睡？"

"你有多余的床？阿姆跟大妹、二妹，三人一床，三妹、四妹跟我们挤一床，现在加上细妹，五个人。你不知么？三妹怕挤不上床，夜夜早早上床装睡目！"

"不分，也不能尽兴了，莫又睡出人命来。"

郑秀英噗的没忍住笑。

"八九张觜，天天要吃，供不过来！"

郑秀英喀地叹气："老天爷也不照顾我们，前四个里面不安排给我们一个'俫欻'。"

"都怪我，不晓得一结婚就去杨大仙那里相命。"

郑秀英说："也不能全怪你，我要是全生'俫欻'的命，你一个人能生'妹欻'吗？"

那年代生男生女是困扰人们的大问题。竹林村的杨大民，他老婆连续生了七个女儿,都快生疯掉了。听说,第五个女儿出生,她听接生婆说又是"也好",当即呜呜地哭。有人拿这事跟杨大民开玩笑:"七仙女!"杨大民摇头苦笑:"望你下辈子也跟㤙一样,当七仙女的爹。玉皇大帝!"

"玉皇大帝是七仙女的爹吗?扯没谱了!"

上山村的李屋楼呢,是另外一种情形,他老婆连续给他生六个儿子。"一头豆一根签",六个儿子起码要起六间屋讨六个"心舅"。他逢人便倒苦水:"㤙李屋楼哪有这个本事啊!老天爷你怎么搞的?"

下山村的张有银有"倈"有"妹",但他老婆就是生个不停,竟两年一个,一个接一个生了四个"倈"四个"妹"。他又是一种苦恼,有人问他,他也不害臊说:"㤙也不想啊!我家穷到连裤都穿不上,稀粥都喝不上,谁想生那么多?但一睡,我老婆就怀上,一睡就怀上,一睡就怀上。"人家便乐了说:"你的枪好啊!百发百中!"他笑道:"有时忍着不打子弹了,但、但,你看,结果还是中了。奈何?㤙想把那个割下来喂狗了!"

那年代没有节育的好法子。想生,想不生,是一个令人头疼的大问题。因为生孩子生怕了,想不生,闹出许多笑话、段子。这是笑中带泪的笑话。

张山木想:郑秀英自从嫁给自己,没有过上一天好日子。男人苦,女人更苦,一样起早摸黑干活,一样吃不饱穿不暖睡不好,还要担起十月怀胎,哺育小孩的重任。女人,比男人加倍地苦啊!

张山木说:"我想把三妹、四妹送给人家养。要不,细妹缺衣少吃是照顾不好的。要是她面黄肌瘦,身体没长开的话,杨镇山家嫌弃,他们的'倈欸'杨汪海看不上反悔了,到时有目珠叫没目汁出,'麦熟'(迟)了!"

郑秀英惊了下:"你怎么想的?想把'妹欸'送给别人?"

"当然不舍得,个个都是心头肉!可又能有什么法子呢。前两年,我们家因稻谷歉收,揭不开锅,杨镇山送了两百斤大米帮我们渡过难关。细妹没长大还没嫁过去,老吃人家的,过意不去啊。再说,也不能老被人家同情。"

"我们家又没伸手跟他讨。阿姆那里,你怎么跟她开口?"郑秀英说。

"杨镇山的'俫'还没'讨'我们的'妹欸'前,得人家的救济总觉得不好的。"

"㨗看你穷到神经有问题了。喀,镇山大哥帮我们家是看在我们两家已定亲的份上。别人家,他能这样吗?"

张山木说:"话虽这么讲。㨗这个人穷来穷去,唔(不)晓得拐着弯想。没读过一日书。大妹、二妹、三妹、四妹没进过学堂,但细妹'样般'(无论怎么样)也得送去竹林围的私塾读书识字。"他讲话讲着讲着常常会变个道。

他们清楚——从祖宗传下来的规矩,女孩是不能进学堂的。可能是因为穷,也可能有其他原因。

"你不呆啊,想一块去了。再说,李私塾的工钱,镇山大哥出了一半。再说细妹日后是他们家的'心舅',谅想他们也想'心舅'知书懂礼。㨗连'上大人孔乙己'都不晓写,'光瞎'(没有文化)一生。"

"把三妹、四妹送走,也有其中的考量。对五个阿妹都好。"

"尤其对细妹更好。细妹是我们家日后的靠山了。"

张山木沉默了一会儿说:"你看这样好不好。"

"偃是长毛,你讲好就好。"

"偃长毛,偃短见。"张山木语气里在生自己的气。

"偃晓得你是为了'细妹',也是为了其他阿妹生活得好一点。"

"偃,偃——"

"讲啊!"

"偃想找个借口,跟阿姆讲三妹跟你生相不合,四妹跟偃生相相克。"

"阿姆要是问为什么现在才讲呢。"

"偃也想好了,最近才叫相命先生相的。"张山木怯怯地说。

"那、那要送,也得送给家境好一点的人家。"

张山木说出这想法,像病了一场似的,说:"三妹送给上山村放竹排的刘浪雄家。"

刘浪雄比张山木大一岁,他老婆没有生下一儿半女。

张山木的三妹张阿秋去了他家后,改名叫刘山花。

半年后,四妹张阿冬送给下山村行船的张树高。他已有三个儿子,但没有女儿。阿冬的名换成了宝珠。

三妹、四妹送走后,床一下子变宽松了,由躺五个人变成三个。其实算两个半,张惠巧才四岁多,小不点的。

张山木躺在宽敞的床上望着一片漆黑说:"要是杨大仙没讲那鬼话的话,我们今夜就要放开手脚大干一场的。喀!"他这样说着下面生动了起来。

"你吃豹子胆,你不怕死啊!这样吧,中间隔着细妹,你就不会有歪想法。"

"嘿嘿。"

"嘿嘿,你就晓嘿嘿。"郑秀英隔着细妹,踢了张山木一脚。

张惠巧成了真正的细妹,满妹,不单阿婆疼,父母疼,岁数长她一大截的大姐、二姐都学着大人的样疼她。全家人几乎把所有的爱全给了她。

张惠巧转眼五岁,越发的活泼可爱。

8

张山木家的屋门前有棵杨桃树,遮了半个门坪。

夏天天热的时候,张惠巧的阿婆徐香兰抬了两张矮凳到门坪纳凉。萤火虫飞来飞去。张惠巧追着萤火虫也飞来飞去。张惠巧常常能捉住一两只,放进手掌里捂着。一会儿偷看一下,一会儿又偷看一下,从掌缝里看。手掌像透明似的,很奇妙。这时徐香兰摇着蒲扇说:"好了好了,它们会闷死的,放它们飞吧。"

张惠巧把手掌捂着的萤火虫放飞。一会儿,又去捉,像蝴蝶一样飞来飞去。累了,热了,便坐在阿婆面前的矮凳上嚷着阿婆给她摇扇"泼凉"(扇风)。

徐香兰不给她占便宜逗趣说:"偃扇汝五下,汝回偃三下。汝赚两下。"

张惠巧偏起小脑瓜望着阿婆嘎嘎嘎地笑,像赚了很多便宜一样。

七月、八月月光好的晚上。徐香兰望着天上的月光说:"阿妹,你给阿婆挠痒,挠了,阿婆教你唱'月光光'。"

"偃想唱,偃想唱,阿婆你快快教偃。"

徐香兰撩起衫,让张惠巧挠后背。她的身上长满痱子,尤其是后背,密密麻麻,从夏天到秋天,长了一茬又一茬。大人几乎都这样。他们把这一茬又一茬的痱子,分为夏痱、秋痱。

徐香兰眯着双眼，很享受的样子，教张惠巧唱起童谣《月光光》："月光光，秀才娘。骑白马，过莲塘。莲塘背，种韭菜。韭菜花，结亲家。亲家门口一口塘，放个鲤嫲八尺长。长个拿来煮酒食，短个拿来敬姑娘。敬个姑娘矮笃笃，朝朝起来打'屎吻'（屁股），打得屎吻宁挣挣（红肿），拿界（拿给）鸡嫲食哩咯咯咯。"

张惠巧的大姐张阿春、二姐张阿夏听见阿婆教唱《月光光》，赶忙从屋出来，跟着张惠巧，央求阿婆教了一遍又一遍。张阿春是大姐，她总是收敛着嗓音跟唱，年长几岁，好像不能跟她们一样幼稚、天真似的。直至把月亮从天上这边唱到那边，月亮害羞，不好意思似的。

张山木一会儿来门坪，一会儿进屋去，嘴里叼着烟，笑吟吟。

郑秀英忙完家务，也抬了矮凳，坐在她们的一边，不远不近地看着。

张阿春有时会扯徐香兰的衣襟："阿婆听讲你晓得唱山歌，教我们唱唱，好么？"徐香兰摸了摸已有少女模样的张阿春的脸颊说："山歌要山上歌的。"她看着儿子张山木进屋去，便小声唱道："狐狸上山尾拖拖，鹧鸪上山着绫罗，南蛇上山溜溜光，画眉上山会唱歌。"张阿夏还想要，嚷道："阿婆再唱一首嘛。"徐香兰假装望屋门口说："你爸出来了！"然后婆孙仨就笑了起来。

这样的晚上，张惠巧不愿回屋睡觉，常常趴在阿婆的怀里睡着了。然后被她阿爸张山木背回屋去睡，口水洇湿了他的肩膀。

郑秀英望着张山木背细妹张惠巧回屋的背影，回想起他们仨赴圩的情景。她用背带背着细妹，走了一段路后，张山木心疼她累，担心背带勒久了肩膀酸疼。于是他们便闪到路边。张山木解下背带,将细妹放在自己的肩上,双手上举抱着细妹的小腿,接着走路。年幼的张惠巧像骑马一样,哈哈哈地笑。

笑声飞扬在蜿蜒的小路上。

9

三十九岁那年,张山木起屋的想法变得迫切起来,他想赶在老婆生儿子之前建一间新屋,给儿子今后讨"心舅"。这是他一生最大的心愿。

起屋,首先是要准备好木料。梁呀,柱呀,椽呀,棚呀,这些是生树晒干后做的。

入秋后,是上山砍树的好季节。那天,张山木天蒙蒙亮就起床,装了几个饭团,拎着一壶水,带着斧头和砍刀进山。附近的山早已看不到像样点的树,做屋用的树要去十多里外的鸡公山。

太阳快下山了,张山木还是没有背着树回家。郑秀英和徐香兰在门口一遍遍地张望,越望心越乱。她们俩等不下去了,拿着点火的竹竿进山。结果在山脚下,发现张山木被一棵大树压着,已断气。

她们俩当即哭晕了过去。

徐香兰拜天跪地、一把泪一把鼻涕地哭喊:"老天啊,你睁眼看看,救救我'倈欿',他还没做屋、生'倈'啊!老天啊,你救救我'倈欿'!老天啊,都说你仁慈,快救救我'倈欿'啊——"

郑秀英俯在张山木的身边,肩膀一耸一耸地抽动,泣不成声,眼泪如断线的珠子一样翻滚。

一年后,徐香兰跟着儿子而去。那天大清早,她去溪边洗衣服,掉进水里,淹死了。

张山木死后，徐香兰整个像被慢慢风干一样，萎缩下去。一个人的时候，嘴里念念不停——"'倈欸'你命苦啊，十三岁就没阿爸，驶牛犁田，做牛做马，顶着撑着这个家，连一个'倈'都没留下就走了。老天不该断你香火啊！'倈'你走了，阿姆也不想活了。阿姆走后，这个家怎么办啊！"

徐香兰虽然舍不得这个家，但还是走了。

清明上坟，郑秀英把年幼的"满妹"张惠巧寄托给邻居。带着大妹张阿春、二妹张阿夏祭拜"家娘"和丈夫。

"家娘"和"家官"合葬在一块。郑秀英母女三人撒了纸钱，烧了香，想跟坟里的"家娘""说话"的。张阿春忍不住哭了起来，她一哭立马带动她们两人哭，结果三个人抱哭成一团，一句话也说不出来。

去另一个山头祭拜丈夫张山木的时候，在去的路上，张阿春对郑秀英说："阿姆，祭拜阿爸的时候，我会忍着，偓有话要同阿爸讲。"郑秀英说："偓也有话要跟你阿爸讲，先不哭，不哭。"但一见坟头，张阿夏哇地竟放声大哭。母女仨又是抱哭成一团。

乌鸦在土坟上空飞来飞去，哇哇哇地叫来了一天地的凄凉。

10

徐香兰、张山木母子逝世后，这个家风雨飘摇，摇摇欲坠。郑秀英的三个女儿尚未成年，大女儿张阿春十四岁，二女儿张阿夏十二岁，最小的女儿张惠巧才六岁。郑秀英两年间，长了不少白发。

杨镇山隔三岔五叫妻子张良玉帮衬她家，或挑米去，或拎着油，或送布料。接济多了，郑秀英觉得受之有愧，坐不住了。

张良玉晓得郑秀英的心里话:"都定亲了,全村人都知道的,你家的困难就是我家的困难。"又说,"你家今后的好事就是我家的好事。这喊(叫)'脉介'来着,哦,有福同享,有难同当。"

张良玉后面的话说生动了,郑秀英说:"阿春、阿夏两姐妹都十几岁,田头地尾能帮手了。落力(勤力)做,饿不着的。就是满妹惠巧——"

"你讲。"

"就是——"

"你讲,你讲啊。"张良玉竖起耳朵。

"山木和我家娘俩还在的时候,他们都有一个心愿,想送惠巧去私塾读点书识几个字,不然怕配不上你家的'倈欶'汪海的。"

张良玉没想到郑秀英会提出这个问题的。远远近近好像还没有听谁家送女儿进学堂的。她家的三个女儿也没有进学堂,朱天伦家业大,他的两个女儿也没有。杨镇山和她从来没有这个想法。从老祖宗一代代传下来的——都是男孩进学堂。女人一生的任务就是守家,藏着,掖着,不参加家外的事务,不许抛头露面。女人无才便是德。她一时没有回过神来,还以为听错了:"你刚才讲'脉介'?"

郑秀英又重复了那句话,还特意放慢了语速。

"哦,这样啊!"张良玉表情愕然,一会儿说,"偓回去就跟镇山讲讲。偓怎么没有想到,我们家的三妹杏花也才八岁,正是进学堂的年龄啊!要不,要不汪海和惠巧、杏花三个一块去,有伴,哦,哦,这样好啊!偓怎么就没想到呢。喀,偓怎么就是想不到呢。秀英,还是你有远见!好,这样好,偓这就回去跟镇山讲。秀英妹子,你有远见啊!"她高兴得说个不停。

"山木还在的时候,老说俚长毛短见呢。"

"喀,俚才长毛!"张良玉高兴地拉着郑秀英的手说,"我们的'妹欻'再也不能像我们一样没踏进学堂半步,做一世的'睁眼瞎'!这样你看好么,我们家三个小家伙就送去竹林围的私塾读书,跟李夫子读,离我们家近,惠巧也住在我们家。这样从小到大也好培养感情。古话有句叫什么来着?"

"青梅竹马。"

"对对对,梅和马。妹子,你还晓得这句文绉绉的话。"

郑秀英说:"听人家讲过,我不小心记着了。"

张良玉便哈哈地笑:"不小心?"又说,"李夫子教书的工钱我家出了一半,他肯定会收这三个小家伙的。再说教一个是教,教多几个也是教。对不对。我叫镇山私下里再多给他一些工钱。不愁他不收。嘻嘻,今日来,收获比天大。"

"就怕给你们家添麻烦了。"

"喀,又讲这话了,再讲,莫怪姐我不高兴了。"

郑秀英扬起嘴角笑。丈夫和"家娘"死后,她是第一次开心地笑。

11

郑秀英熬到第五天,悄悄去竹林围的私塾"偷看"满妹张惠巧读书。

围屋内那间最大房子挂着"书屋"的牌子,里面有几排矮桌,坐着十几个年龄在五六岁至十几岁的孩子。

郑秀英趴在书屋外的木格窗往里面望——有两个女孩,一个是张惠巧,另一位是杨镇山的满妹杨杏花。

教书先生"李夫子"看上去六十岁的样子，穿淡蓝色的长衫，留着胡子，戴了眼镜，高高瘦瘦，脸也是瘦长的，好像为匹配身材而长成这样似的。他不紧不慢迈着方步走进书屋。

"先生好！"子生们起立鞠躬并异口同声问好。

"请坐。"李夫子回道。

李夫子手执教鞭，指示这边年龄小的孩子："你们先来。"然后又指指那边年龄大的孩子说，"不许讲话，不许交头接耳，好好写字。"

李夫子推了推眼镜，开始教孩子读："人之初，性本善。"他的声音不大，但洪亮，好像从很远的地方穿透过来似的。

郑秀英贴紧窗沿，瞪大眼睛看着女儿。尽力缩紧身体，好像怕李夫子发现，怕女儿发现，怕其他孩子发现似的。

张惠巧端坐着，昂着小脑袋，看着李夫子的嘴巴跟读。

"性相近，习相远。"夫子教下一句。

张惠巧和孩子们跟着读。

郑秀英心里说："真好听！"

她的眼泪出来了——女儿的声音又清又甜，在一群男孩声音里显得很动听，杨杏花的声音也好听，但还是没有自己的女儿张惠巧的甜。她的眼泪像冒泉一样止不住，女儿那一句句甜美的读书声把她陶醉了，想：女儿好幸福啊！自己没有进过学堂一天，阿姆的命更苦，从小裹足，连走路都磕磕绊绊。自己虽然没裹足，表面看上去，命运好像比阿姆那代女人好转了，但不识字，也像裹足一样，出不了远门啊！

女儿来读书的第一天她就想来"偷看"的。她跟张良玉打听，知道女儿前几天不肯吃住在张良玉家，哭着要回家。第四天才稍为好转。第五天，她实在熬不住了。

郑秀英抹着泪离开书屋,像喝了蜂蜜一样。竹林围的一砖一瓦从未像今天这样的亲切,书屋像间发光的房子。路上遇见的乡亲也好像比以往更可亲。"天气好啊""吃饭么",主动这样跟人打招呼。这样的表现,把自己也惊着了。

刚过几天,郑秀英又熬不住了。这回,她"偷偷"地藏在女儿上学的路旁的一棵大树下,激动得心突突地狂跳。日头爬上山一会儿,女儿和杨汪海、杨杏花两姐弟,他们背着书包,蹦蹦跳跳来了,像三只快乐的小鸟,叽叽喳喳。有那么一会儿,杨汪海拉着女儿的手。看上去,杨汪海要矮一点点,样子很可爱。

郑秀英从树这边转过树那边,巴着眼,满脸笑意地看着望着。天啊,他仨竟然边走边背书。

"人之初,性本善。"杨汪海先背一句。

"性相近,习相远。"女儿接第二句。

"苟不教,性乃迁。"杨杏花接上。

郑秀英像着了魔似的尾随着,她担怕被他们发现,半蹲着,在路边的杂草的掩饰下,悄悄地跟着。心里在叫:"喂喂喂,你们别走得太快啊。"就这样,隔着一小段距离尾随着他们。他们走进竹林围后,她才心满意足地离开。

郑秀英想女儿想得急,每个星期六日,她把女儿接回家,一起睡两个晚上。晚上,她有时跟着女儿学写字。女儿挨得很近,她们的脑袋快碰到一起了。女儿有点急说:"阿妈,上字先写竖再写横最后又写横的。"郑秀英笑眯眯地照着她说的写。第二次,又先写横。女儿说:"唉,不是讲你先写竖吗?"郑秀英便把刚才写的老老实实擦掉,用嘴巴将橡皮屑吹去。女儿说:"像你这样,李夫子要用戒尺打手背的。"郑秀英写着字说:"李夫子那么凶啊!"其实她能猜测会是这般情形的。女儿得意地说:

"阿妈，偃还没挨过李夫子打手背。"写着写着，两颗脑袋咚地碰在一起。郑秀英抹了口水边擦女儿的脑门边笑。一会儿，郑秀英的脑袋不小心靠近灯盏，头发被火苗烧得嗞嗞响，发出烧焦的味了才发觉，手指一捻，烧焦的卷起来的头发成了粉末。然后母女便哈哈地笑起来。她有时盯着女儿写字，读书，便发呆——进学堂读书多好啊！读书识字有文化才能走出村里到外面去看看，不会一生困死在村里，一生都是"井底之蛙"！不管怎么样，女儿就是不能跟自己一样成了"睁眼瞎"！只是其他几个女儿因为过了入学的年龄不肯进学堂。自古以来，学堂也不接收女孩。她的满妹和杨镇山的满妹杨杏花进学堂读书，是竹林村从未有过的事情。

三年后，张惠巧学会背写《三字经》《百家姓》《千家诗》《千字文》。

"天伦居"李天伦家虽然家底厚实，但他家的两个女儿跟村里的其他女孩一样不肯进学堂读书。

那天，郑秀英偷看女儿读书从学堂回来那晚，已深夜"转点"（过十二点）了，才迷迷糊糊地睡。一会儿，她做了个梦。她跟"过世"的丈夫张山木说："山木，完成你的心愿，送满妹惠巧进学堂识字了。"

张山木给她竖起大拇指，大拇指竖得又直又挺，只一闪便消失了。

郑秀英想说："山木，我最近头疼得厉害老睡不着，你说怎么办呢！"刚张口又合上，"山木，我还有话跟你讲，你别那么快走，回来啊！"

天快白了，远远近近的雄鸡在打鸣。

郑秀英流泪到天亮。

12

郑秀英对"过世"的丈夫张山木越来越不满。

那晚，她梦见张山木，告诉他女儿进学堂的事后，第二、第三天，一直等到第二年秋天的一个晚上，他才再次现身她的梦中。

郑秀英的头也越来越疼，时浅时深地疼，不定时地疼。

"死鬼，你死到哪里去了，你知道俚等你等得有多累吗？"郑秀英骂他。

"秀英妹子，你别一见面就骂老公嘛！你以为俚就好过？傻妹子。"张山木一点都没生气的样子。

他们从相识到现在，张山木这是第一次叫她"妹子"。郑秀英的眼泪一下子哗地出来，说不出话。

"妹子，你别一见面就哭。好么？"张山木心疼起来，"哥知道你苦。我走后，你更苦，是不是。"

郑秀英呜呜地哭起来。

张山木也是第一次在她面前称自己为"哥"。

"妹子，你还是在哭，哥就走。"

郑秀英立即止住眼泪，抹着泪水："山木，你别走，俚有话要跟你讲。你别走。"

"不走，但你不许再哭，会哭伤身体的。你要是有个三长两短，这家就垮了。"张山木安慰说。

"山木，俚、俚一时不知从哪里讲起。"

"俚知道，不急，慢慢想。"张山木开导她，"俚走后，家里没个男人，你当男人驶牛耕田，村里就你一个人这样。你知道，你第一次驶牛时，牛不听话，俚怕犁犁伤你的脚，很着急，偓赶忙下田牵着牛鼻子，引领着在前面走。"

郑秀英一脸惊愕："那天你来了，偓怎么没有看见啊！难怪牛一下子乖巧了。"

"偓一着急，还捆了牛脸两巴掌。"

"你那么凶啊！偓从来没见过你凶啊。五个'妹欻'，你从来连一个指头都不舍得点她们。你骗偓的。"

"妹子，你傻呀，你怎么能看见偓呢。"

郑秀英又哭了起来。

"妹子，刚才不是说好的嘛。你还是在哭，偓就走。"

"山木，你别急着走啊，我不哭。"

"还有好几次，妹子你记得吗，雨越下越大，你背着蓑衣在驶牛。偓叫你停下来躲雨，你不听，边驶牛边哭，雨那么大声，你哭得那么大声。偓让你哭哭了。"

"偓没听见你哭啊。"

"你又犯傻了不是，阴阳两隔，你听得见吗？偓把你戴的蓑衣一次又一次地披好，怕大雨淋坏了你。"

郑秀英哇哇哇地号啕大哭。

"别哭啊，不是说好的吗。偓就怕看见你哭，你一哭，偓的心里就七上八下的。"

"死鬼，你就不能让偓好好哭吗？"

"好好好，你哭，你哭吧。"

郑秀英咧嘴笑了笑。

"你上次不是说你头疼吗？"

"死鬼，你还惦记着啊。"

张山木露出被烟熏黑的牙齿笑："你去叫杨镇山看看。他晓得针灸，听讲好多人被他针灸了几次就不疼了。"

郑秀英这才想起来，杨镇山好像是有这门医术。

"喂，偃问你，今年我们的田是谁帮我们犁的？"

"镇山大哥家，自从细妹跟他家的杨汪海、杨杏花两姐弟一块进学堂后，我们两家就走得近了。他们雇请了别人帮我们家犁田。"

"噢——好啊！偃这下就放心了。"张山木吐了一口气，"记得啊，明天就去找杨镇山给你针灸。"

他说后便消失在黑夜里。

"山木，山木，你别走。"郑秀英的眼泪哗地喷涌而出。

张山木还是连名带姓叫杨镇山。

13

又是一年中秋夜。

又圆又大的月亮挂在天幕上。皎洁的月光普照着，一天地的清亮，澄明。

过中秋，是竹林村人一年中最看重的节日之一。无边的苦日子如果没有节日的话，便是苦得无边了。艰难的岁月，逢年过节成了前行的希望，像夜行者看见了前方的亮光。

郑秀英早早炒好花生，买了四块月饼。

她把饭桌和长条凳搬到门坪的杨桃树下。

一盘花生，一盘月饼。

赏月吃月饼，是有说法的。但为什么要吃花生呢。中秋前后地里刚好产花生，再说花生经吃，而月饼吃三几口，一块一下子就完了。估计是这些原因吧。

她们母女四人坐在一起吃花生，分月饼，不时抬头望望天上的月亮。

月亮如此透亮，像白天，又不像白天。白天哪有这般的宁静、凉快。白天的白是日头照射的。月夜的白，是月亮照的。如果说日头是男人，那月亮便是女人。日头哪里有月亮温柔啊！

望着月亮，被清亮的月光柔柔地照着，内心便一点点宁静、舒坦、惬意。

张惠巧说："阿姆，阿姐，你们知道吗，李夫子是个好好笑（有意思）的人。"

"你还没讲，我们怎么晓得李夫子好笑不好笑。"郑秀英捻了几粒香喷喷的花生放到张惠巧的面前。

一转眼，张惠巧去竹林围的学堂读了四年书。她的言谈举止和两个姐姐张阿春、张阿夏明显区别了开来。在一起，有点像凤凰与乌鸡的区分了。

张阿春说："阿巧，你还没好好讲学堂里有趣的事呢。"

张阿夏将一块月饼分成四份，把一份递给张惠巧说："讲啊。"

张惠巧说："李夫子偏爱教我们月光诗。"

郑秀英说："月光诗？"

"'脉介'叫月光诗？"张阿春问。

"写月亮的古诗词。"张惠巧说。

张阿夏掩嘴在笑："他是老夫子啊。"

"以前阿婆教我们唱'月光光'的童谣，没想到李夫子教俚背写月光诗。"

张阿春、张阿夏姐妹俩立马来兴致，瞪大眼睛，几乎异口同声："阿巧，快快背啊！看跟阿婆教的'月光光'有'脉介''来去'（区别）。"

郑秀英问："李夫子教你背的第一首月光诗是'脉介'？"

"《静夜思》。"

郑秀英和张阿春、张阿夏母女仨没听过这首诗。张阿春性急了："阿巧，你快，快快背啊！"

"《静夜思》，唐，李白。床前明月光，疑是地上霜，举头望明月，低头思故乡。"

张阿夏说："阿巧，后面的四句才是诗吧。唐朝，李白，是什么意思？"

张惠巧咧嘴笑着说："是唐朝的诗人李白写的。"

张阿春说："噢——跟阿婆的'月光光'完全不是一回事啊！"

郑秀英笑眯眯地说："以前你们的阿婆教你们'月光光'，'暗埔'阿巧教你们背月光诗好了。"

"太好了！"张阿春、张阿夏姐妹俩高兴得跳了起来，"阿妈，你也一起背。"

郑秀英说："阿妈声音老，夹在里面，会坏了你们，不好听的。"嘴上虽这样说，她的内心已在萌动。

"阿妈的声音不老，好好听。"她们姐妹仨说。

"这首叫《望月怀远》，唐，张九龄。"

"静一静。阿巧你背，背啊。"郑秀英边说边给张惠巧剥花生。张阿春，张阿夏也跟着给张惠巧剥花生。

"《望月怀远》。海上生明月，天涯共此时。情人怨遥夜，竟夕起相思。灭烛怜光满，披衣觉露滋。不堪盈手赠，还寝梦佳期。"

张阿春竖起耳朵，愣着表情问："阿巧，这首诗讲'脉介'？"

"俚刚跟李夫子背的时候也'唔晓'（不知道）'脉介'意思。李夫子教我们，说背多了，慢慢地就明白了。姐，你们困的时候，多背背。"

她们边抬头望着月亮，边跟着张惠巧背诗。

郑秀英对着天上的月亮，在心里说："山木，你看见我们在背月光诗了吗？看见了吗？你不会取笑我们母女苦中作乐、苦中寻乐吧。不会笑话我们母女生活苦出汗了还有心情背诗吧。"她的眼睛湿润了，低头拎水瓶给她三姐妹倒水，"来，我们母女碰一杯。"

四只碗咚地碰在一起。

"阿妈，还要背吗？"张惠巧问。

"要、要、要。"张阿春、张阿夏说。

郑秀英说："'暗埔'月饼甜，'番豆'（花生）香吗？"

"甜！香！"

张惠巧在李夫子的感染、影响下，她也喜爱上背月光诗。

李夫子偏爱这口，没想到自己比李夫子更爱这口。

"阿妈，阿姐，李夫子最喜欢的那首月光诗，还要背吗？"

月亮已经过了中天，向西边移去。

"要背要背，李夫子最喜爱的，听听是'脉介'好诗。"郑秀英也像孩子一样，好奇起来。

"喀，阿巧，你一开始就要背这首的。"张阿春说。

"这首有点长啊！"

"再长，也长不过月亮在天上走过的路。"张阿夏调皮地说。

张惠巧被逗笑了："阿姐，给偓倒水，口有点干了。"

郑秀英说："哎，什么时候学会卖关子了。"

"这个臭丫头，说你胖你就喘上啦！"张阿春说。

"阿巧，姐给你倒水。才读几年书识几个字，就把姐当丫鬟使唤啦。快背。别磨蹭。"张阿夏给她的碗添水。

张惠巧嘻嘻地笑:"好,好,来啦。《水调歌头·明月几时有》,宋,苏轼。明月几时有?把酒问青天。不知天上宫阙,今夕是何年。我欲乘风归去,又恐琼楼玉宇,高处不胜寒。起舞弄清影,何似在人间。转朱阁,低绮户,照无眠。不应有恨,何事长向别时圆?人有悲欢离合,月有阴晴圆缺,此事古难全。但愿人长久,千里共婵娟。"

郑秀英母女仨静静地听她背诗,她抬头望着清亮的月亮,背着背着竟进入诗中情景。

郑秀英眼眶潮红。

"阿巧,婵娟指'脉介'?"张阿春问。

"嘿嘿,月亮啊。"

"你笑话阿姐,臭丫头。"张阿春说。

张阿夏望着月亮,痴痴地说:"但愿人长久,千里共婵娟。"

张阿春说:"天上就一个月亮,当然是全天下人共有的啊!"

郑秀英和张阿夏、张惠巧母女仨,被张阿春逗得哈哈地笑。

月亮在天上遥望着她们母女四人,她们一波又一波地赞美月亮,月亮害羞不好意思似的,一点一点地向西边的群山走去。

小时候,张惠巧听阿婆教她背《月光光》的童谣,后来李夫子教她月光诗。而今她又给阿妈阿姐背月光诗。张惠巧对月光有许许多多的想象,憧憬。

月光如水,水一样的月光从她的心里缓缓流淌。

第三章　围龙屋

1

杨镇山在圩镇开了间店铺，两层。第一层的前格摆了简单的桌凳，给人相命，看屋场风水；后格呢，有一张床，针灸之用。第二层，摆两张床，也是针灸之用。晚上，患者走了，他可任意睡哪一张。店铺看上去不大。而他在竹林村建的"镇山居"是座两横一圈的围龙屋，大，很气派。但这么大的"镇山居"是靠那间小店铺的钱建起来的。往深里想，是店铺大还是"镇山居"大，有时不能光看表象。

杨镇山一年三百六十五天，几乎天天在圩镇那间店里。"镇山居"好像不是建来自己住，是给家人住，给外人称赞，给脸面贴金的。他一个月回"镇山居"睡那么三几夜。回去就是跟老婆睡觉，让老婆生孩子。像村里其他男人一样，生女儿不是目标，目标是生儿子，传宗接代。

杨镇山于清朝光绪十八年（1892年）冬出生。那年冬天比往年冷。他睁开眼睛第一眼看见就是很冷的世界。稍大一点开始懂事起，他体会到真正的冷是穷。

那年代竹林村几乎家家都穷，穷过"狗牯"。又何止竹林村穷呢？春秋镇的所有村庄都穷。又何止春秋镇穷呢？天下所有的村、镇都穷。

村里村外所见的都是破败的泥坯房，即便是四横二围的竹林围祖屋，那一间接一间的房屋都是泥坯房。所见男女老少，几乎都一个模样：满脸愁苦，衣不蔽体，光着脚板，干巴瘦弱，很难看见一个稍胖的人，看见开心样子的人。

穷的日子，穷的境况，望不见尽头啊！

穷，但还不停地生孩子，越生越穷。除了无奈，还有一定要生男孩、多子多福、延续香火的根深蒂固的思想。

杨镇山的父亲杨水森和母亲朱唤香，像村里大多数人一样生个不停。

也奇怪，几乎天天喝稀粥下咸菜，吃番薯，挖野菜，有时吃了上顿没下顿，别说营养不营养的，能活命就阿弥陀佛，上帝保佑了。但特别能生育，又没有什么节育的好法子。夫妻睡在一块，就容易睡出"人命"（怀孕的意思）来。睡在一起苦恼，不睡在一起更苦恼，没有乐子。即便再苦恼也起码生两个儿子——过老（逝世）时两个儿子一前一后好抬棺材。

不过生七八个小孩，长大成人的往往就四五个。因为缺医少药、缺食少衣、天灾人祸等原因。

杨镇山的前面有三个姐姐，后面有三个妹妹和一个弟弟。但两个姐姐，一个三岁时得天花死了，一个两岁时发烧没了。一个妹妹去溪边玩水，溺水而亡。

竹林村有座叫野鬼窝的山，埋葬了许多这种没长成人的"少年亡"。

杨镇山小时候听见野鬼窝的名字，就不由自主地发抖，起鸡皮疙瘩，尤其是夜晚。大人常常拿"野鬼窝"来吓唬孩子——再不听话，就捆去野鬼窝过夜。这句话，成为村里教育孩子最管用的话。

2

杨镇山家的家境是从父亲杨水淼手里开始改变的。杨水淼三十八岁那年开始给人家看"风水"。杨镇山那年七岁。正是那年，他家的家境发生了变化。

那年的一个夜上，杨水淼的老婆朱唤香像往夜一样收拾好"灶头锅尾"，准备上床睡觉。

杨水淼突然说："先别吹灯。"

煤油灯闪烁着微弱的火苗，一高一低，时强时弱，半死不活的样子。

朱唤香愣了下，鼓在嘴巴的一口大气瘪了。

杨水淼看着床上躺着两个孩子，床边还搭了木板，也躺着两个孩子，叹气说："俚想给人家看'风水'。"

"你晓？"朱唤香边说边摆弄着孩子，不然，他们四个人睡一张床是躺不下去的。每夜他们夫妻睡觉前，都要做这件事——推推这孩子的脑袋，伸直那孩子的手脚。大女儿还要去邻居那位七十多岁孤寡阿婆那里搭睡。分家的时候，他们只分了一间房子。

杨水淼从屁股下抽出一本旧书，又拿出罗盘，得意地说："看，这是'脉介'？"他"偷看"的这书叫《宅经》。他上过几年私塾。

朱唤香觉得好奇："你什么时候起这个心思的？"

"十多年了。"

"十多年？"

"俚担怕年纪轻嘴上无毛做'风水'先生人家不信，起码得熬到四十岁前后干这营生。俚等得急死了！"

朱唤香知道杨水淼的脑瓜好使，但还是生疑："你晓得看'风水'，赚'软门钱'？看不准会惹人骂子孙三代的！"

"'脉介'算看得准，'脉介'又算不准呢。水深着！水深才有鱼！"

朱唤香知道杨水淼不但脑瓜灵，嘴水也滑（口才好），是块做"风水"先生的好材料。再说，也穷怕了，日日起早摸黑，耕田种地，风吹日晒雨淋，卖死力流大汗，一年从头做到尾，交了田租，一家人连稀粥都时常喝不上。遇到水灾旱灾，脸面都顾不上出门去"讨食"（要饭）。但她也同情别人，说："吃了人家的'软门钱'，本来就穷的，再东借西借欠了一屁股的债，他家的日子不是更苦吗？"

"前怕狼后怕虎，成不了事，俚顾不了那么多！再等，就穷死一生了！"杨水淼没想到老婆朱唤香会讲这番活的，"看人收钱，看菜下饭，只好这样，区别着对待。"

从那时起，杨水淼便成了一名"风水"先生，并有了个外号——"杨先生"。成了杨先生后，他从外到里慢慢发生了变化。衣着干净，也没有补丁，面容总是微笑，眼神也蓄满笑意，讲话不急不慢，声调不高不低，待人不温不火，从容着，淡定着。

几年后杨水淼家便发生了变化，起了一间新房，吃了上顿没下顿的情况也没再发生。

3

那年月，村庄凋零。圩镇也缺少生气。灰旧的街市，只有逢集时热闹一阵，其他日子便冷清。街上，除了卖吃的和一些农用、家用的竹制、木制品外，除了画相、看命、看"风水"等行当的店铺外，很难找出其他什么来，即使是卖吃的摊档，也是卖粄、青菜等素类食品。至于猪肉、牛肉、羊肉等这些肉类品是鲜见的，卖不起，也买不起。

杨镇山从懂事起，无聊、空闲时就爱琢磨事物。在村里村外东看西看，在圩镇东看西看，越看越觉得今后的日子不知怎么过下去，路怎么走下去。

杨镇山二十三岁那年跟父亲杨水淼学看"风水"。

那年他跟张良玉结婚。

他跟老婆张良玉说："今后再像过去一样日日做牛做马耕田种地，苦日子看不到边啊！等生了'俫欸'分家了，连粥都喝不上的，莫讲做新屋。"

张良玉说："要不，跟你阿爸看'风水'。"

"你讲到偃心里去了。"

前人种树，后人遮荫。有父亲杨水淼在前面引着，杨镇山的路便好走了。

"杨先生，这位是你带的徒弟？"他们经常一块出门看"风水"，有人问杨水淼。

"呵呵，是偃的'俫欸'，算是吧。"杨水淼回答。

杨镇山长得像他母亲，但脑瓜好，口才好，像杨水淼。

"看模样，你的'俫欸'上道了。"

杨水淼便说："还嫩，不急，才二十郎当（二十几岁）。'风水'学又不是下地干活，三几日能学会的。"

杨镇山在一旁赔着笑。

"年纪轻轻便跟着你学，日后还了得？一家出父子两位'风水'先生，少见少见的。"

回家的路上，杨水淼说："镇山哪，阿爸三十八才学行'风水'，你现在由阿爸带着，少走弯路了。"

杨镇山说:"'风水'挺新奇的。"

"新奇才好,不新不奇,能叫赚'软门钱'?阿爸这样手把手教你,看病有句常用话叫、叫临床!床临多了,你就晓得把脉看病了。跟偓学几年,估计就入门了。当'风水'先生没到一定岁数,人家不会请的,你阿爸快四十才拿罗盘。"

杨镇山感激地望着父亲的背影,看了又看手中的罗盘,像捧着金饭碗似的。

杨镇山三十岁那年发生了两件大事。第一件,他父亲杨水淼病逝。第二件,他接过父亲的衣钵,成了"风水"先生。

杨水淼得了肝病,很严重。有人说,他是长期喝酒,喝出肝病来的。那年代"风水"先生的地位很高,被人捧着。怎么说呢,大概因为"风水"是很玄妙的东西,大家认为一个人一个家庭甚至一个家族的命运,都掌握在"风水"先生的手里,起屋建房选址,做坟墓选址,往上一点,或往下一点,向左一点,或向右一点,弄高一点,或弄低一点,全在"风水"先生手中把玩的罗盘中。所以谁也不敢怠慢"风水"先生,就是不孝敬父母,也一定要笑迎"风水"先生的。"风水"先生去了哪家,哪家总是拿出最好的东西敬奉他,准备好肉好酒请他。自从做了"风水"先生,杨水淼的酒量就慢慢地上去了,而且有了酒瘾。他还没做"风水"先生时,是不喝酒的,也没酒喝。就这样,"风水"先生杨水淼喝酒给喝死了。

他有事没事总爱看看罗盘。他有两个罗盘,一个大,一个小。死的时候,他手里还拿着那个小的罗盘。没有别人在的时候,有时他会边看罗盘,边在笑。

4

越贫穷，越落后，越信"风水"，因为无助，茫然无望，好像寄托于这些玄乎的东西，就抓住了救命稻草似的，同住在竹林围的朱抱金见杨水淼洗脚上田看"风水"后，噌噌噌地发家，坐不住了。暗中经过三年多的准备，也做起了"风水"先生，穿起了干净的长衫，出门看"风水"，也是一手拿罗盘，一手捧着书，不过他信奉的书跟杨水淼不同，是《入地眼全书》。

一手拿罗盘，一手捧着书，是人家这样描述的。其实是说这两样东西他随身带的意思。

这下好了，竹林围出现了两位"风水"先生。杨水淼长得高，眉毛浓，鼻梁直，嘴巴大，嘴角左边有颗痣，梳一条长辫，爱穿深蓝色马褂。朱抱金身材不高，眉毛淡淡，辫子比杨水淼要短一些，也穿马褂，他的嘴角也有颗痣，长在右边。光看嘴角的痣就知道他们是天生的死对头。

同行生意便是贼，由于他们都看"风水"，两人的关系已发生变化，不再是单纯的邻居了。

竹林围的杨大山家请杨水淼给死去的父亲做"风水"（做坟墓）。杨大山有三兄弟，他是大哥，老二叫杨远山，杨近山是满弟。坟墓做后的三年来，他们兄弟三家几乎没有出现同步顺心如意的事情。于是互相猜疑，杨水淼暗中得了谁的好处，动了手脚。

"都说长兄如父。父亲的'风水'做了三年，我老婆吃药吃了两年。你这样当父的？"杨近山上门找杨大山发火。请杨水淼做"风水"是杨大山的主张。

"人无千日好，花无百日红。近山，你老婆身体不好找医生看哪,怎么拿'风水'说事呢。"杨大山说,"当时请杨水淼,也是我们三兄弟商量好的意见。"

"千日好?能百日好就算'风水'好了!你怎么晓得偓没找医生?阿爸的'风水'肯定是亏了我这房!"杨近山提高嗓门说。

杨大山是大房,杨远山是二房,杨近山是细房。

杨大山愣愣地看着杨近山,哑口无言。

过一阵,老二杨远山也找上门发火:"你就这样当大哥的?这两年我家很不顺,不是猪病,就是鸡瘟。再这样下去,我们家日子没法过了。人家都说,二房一般都会占'风水'的好处多一点的。狗血泼!反倒吃更多亏,别怪我脾气躁,偓,偓——"

"你想干什么?"杨大山的火气也上来了,喀,连猪事,鸡事都扯到"风水"的事了,说,"你莫不是想挖父亲的坟?"

"再这样下去,你以为我不敢?活都活不成了,还顾什么面子?"

"我家的牛去年下仔不是也难产死了吗?"

"你家是你家,我家是我家!阿爸葬错了地方。"

"喂,老二,你还真不讲理了!"

"谁不讲理了?阿爸的'风水'没做前,我家一直顺顺的。"

这样的事,隔三岔五便争吵。

清明扫墓,杨大山召集杨远山、杨近山"上坟"祭祀父亲。

杨远山没好气说:"他都不保佑我,不去!坏'风水'越祭越倒霉!"

"要去你去!我家都衰成这样了。不是偓不想阿爸,'风水'把他葬错了地方,不晓保佑后代!"杨近山说,"阿爸有灵的话也不会错怪偓的。哪个父亲不想保佑孩子的?"

又一年清明，还是这样。杨大山觉得再这样闹下去，三兄弟很快会变成仇人。最后，杨大山只好又召集杨远山和杨近山，商量了一场挖坟、迁坟的事。这次，他们暗中请朱抱金看"风水"。

朱抱金吸了一支烟，接着又吸一支，说："既然你们信任偓，又上了两次门，好事不过三，偓应承吧。不过，你们三兄弟不能在外面讲。不然，你们就是出再多的工钱，偓都不敢应承。"

"朱先生，喀，你以为我们还是口无遮拦的小屁孩啊——"杨大山看看杨远山，又看看杨近山说。

"千万千万别讲出去，不然，我们就得罪了。拜托你们兄弟！"朱抱金又抽一支烟说。

"让你难为了，我们给比杨水淼多半倍的工钱。"杨大山说。

"不关钱多钱少的事。"朱抱金悠悠地吐着烟圈，眯起眼看飘着的烟圈。

"我们晓得。"杨远山说。

"这是打死都不能讲的秘密！"杨近山说。

也怪，迁坟后，杨大山三兄弟的日子平静了，六畜无恙，大小平安。虽然没有大喜事大好事。那年月乡下人也很难有大喜事大好事。他们三家人也不再拿"风水"的事斗气。

世上没有不透风的墙。杨水淼还是知道了朱抱金背地里干了让他难堪、丢脸的事。自此，杨水淼和朱抱金就对上了，明里暗里干上了。

夜深人静的时候，杨水淼辗转反侧，想：兔子不吃窝边草！天下之大，朱抱金你不是不可以做"风水"先生，我杨某人不妒恨，但你不能把我看过的"风水"否定掉啊！还偏偏在我眼皮下发生，这不是羞辱我，给我挖坑吗？你这样干，不是欺人太甚吗？你做了初一，别怪我"敬"你十五……一想到这些，杨水淼就无法睡觉，披衣起床，走到屋外，一个人边猛吸烟，边抓头跺脚。

杨水淼也不顾及朱抱金的脸面，只要有人找到他，否定朱抱金看的"风水"、看的屋场，他二话不说便爽快答应，干得很解气。

"风水"是件很玄乎的事情，生活中的人和事，与这些事情有关联，还是没有关联，谁拎得清。但生活中越是说不清的事情，越让人着迷。杨水淼和朱抱金他们就是在这些玄乎的事情上表演。他们心知肚明。

那年代不管圩镇还是乡下，除了信屋场、"风水"，还迷信其他玄乎的事情——安门，要择日；结婚，要择日；做寿，要择日；送葬，要择日；起灶，要择日；拜山，要择日；扫墓，也要择日……杨水淼、朱抱金同时揽起这些择日的活儿。他们的竞争，是全方位的。村里村外的人，几乎无人不知道这对一个嘴角左边长颗痣、一个嘴角右边长颗痣的"冤家"。不少人信杨，也不少人信朱。

他们俩别说来往，说话，几乎不见面。有些事情实在要"碰"在一起，也是暗中干。村里修路，迎神捐款，杨水淼问上门募捐者："他出多少？"

募捐者便知道杨水淼说的他，指的就是朱抱金，说："他出这些。"边说边比画。

"俚也捐这些。"

另一事，募捐者上门找朱抱金。朱抱金劈头便问："他捐多少？"募捐者知道朱抱金指的他就是杨水淼，便笑了笑说："他捐这些。"边说边打手势。

"偃也出这些!"

5

朱抱金比杨镇山慢三年死。不多不少,三年。

杨水淼比朱抱金早三年做"风水"先生,不多不少,也是三年。

有好事者便到处讲:"杨水淼,朱抱金,嘿嘿,吃'风水'的'软门钱'的时间一样长,真是杠上了!"

不过,朱抱金不是喝酒喝死的,是抽烟抽死的。他自从做起"风水"先生后,也跟杨水淼一样,受人尊重,被人好菜好酒好烟敬奉着。他也喝酒,但不像杨水淼一样上瘾。他是抽烟抽上瘾。烟不离嘴,除了睡觉实在没法抽外。

朱抱金嘴上烟味越来越大,大到他老婆不敢跟他坐在一块。他老婆烦死了:"少抽几口,会死啊!"

"偃也有想过,但不抽,烟会吸潮,坏掉的!"他说。当"风水"先生后,别人不断地送给他烟丝,一包一包的,纸包着,堆在一起。

"心疼是吗!转送给你的兄弟亲戚。"

"送?以前偃没烟抽的时候,他们都没送我!"

"送你?他们都抽了上口没下口,能送你?你是有盈余!"

"不送不送!要么,你拿到圩市上去卖?"

"不怕人家笑话!偃才不干。要卖你卖去!"

"不送也不卖!"朱抱金斩钉截铁地说,"没听过抽烟抽坏抽死的!"

一语成谶。结果他抽坏了气管和肺。到后面,连喘气都成了问题,哈咻哈咻,吹哨子一样响。气管坏了,肺估计也黑掉、硬掉了。最后喘不上气，一口气没续上，便断了气，命被阎王爷收走。

村里又时不时传出这样的话——"食禄食禄，人一出生的食禄就定下来的，杨水淼、朱抱金的食禄吃完了！"

杨水淼和朱抱金这代杠上了，他们的下一代，杨水淼的儿子杨镇山跟朱抱金的儿子朱天伦也杠上了，而且杠得有过之而无不及。

杨镇山接过杨水淼的衣钵也做起了"风水"先生。朱抱金的儿子朱天伦接过父亲的接力棒也做起"风水"先生。他们比他们的父亲更进一步。杨镇山在圩镇开店铺看"风水"，朱天伦也在圩镇开店铺看"风水"。连起屋建房也杠上了。

杨镇山三十六岁那年在竹林围的左边大包山下开始筹建"镇山居"。

竹林围的右边也有一座山，叫小包山。这两座一左一右的山的山形像隆起的包，两座山的山上都有一片树林。但杨镇山真正"合心水"（合意）的屋场是小包山。这小包山的面前有口大大的水塘，水塘面前有一片开阔的农田。两座山对面的远处有座笔架山。不过，小包山与笔架山是正对面。所以他更中意小包山。

杨镇山像捕蝉的螳螂，窥视着小包山下的那片山地。他一再打听，确定这块山坡地的主人叫朱有坡。朱有坡"愿"（喜好）喝酒，赌博。酒喝高了后，容易情绪失控打老婆。赌博输钱了后，也容易情绪失控打老婆。他是做了好"几面"阿爸（有几个孩子）后才慢慢迷上酒和赌博的。也许是由于生活太苦闷，无处消愁。他老婆一忍再忍，苦捱到最小的孩子十岁后，才离家出走，且一走再无消息。他老婆为什么会一忍再忍呢，因为他喝酒把老婆打哭了后，他也会哭骂自己："朱有坡不是人！"这一哭，他老婆的心就软了下来。但一段日子又会旧病复发，看不到他洗心革面的迹象。

杨镇山探听清楚这些情况后，上门偷偷给他塞钱："快去把老婆劝回家，你不苦，但孩子没娘，苦啊！"

朱有坡将钱推回去："无功不受禄，偃不能要。再说孩子他娘不知去哪里，怎么找？"

"偃的钱挣得容易些，去去去，赶紧去，你看你家的孩子都给你养成猴哥了！"杨镇山又把钱塞给他，"共村人，谁家没个艰难的时候。就算不是你家，别的家庭，偃也会这样做的。你以为你跟别人不同啊。"

朱有坡像下地劳作，累得要死，突然吹来了一阵凉风，和煦了起来，便不再推辞。

隔一段，杨镇山又上门这样做。这样的事情多了后会上瘾的。朱有坡上瘾了。

杨镇山这样坚持两年后，有一天对朱有坡说："老哥，听说小包山下的那片山坡地是你家的，是么？"

朱有坡假装对杨镇山问这句话出乎意外，愣了下，点点头。其实他早有预感，杨镇山迟早有一天会跟他说这事的。朱天伦曾跟他说过小包山那块地是"风水宝地"。朱天伦见杨镇山跟他走得近，便暗中猜测杨镇山的用意。

"偃想买你家这块地盖房。你看我一家几口还挤在竹林围的一间房子里。"杨镇山直接说出了已蓄谋两年多的想法。

朱有坡挠挠头皮，本来就乱如杂草的头发更乱了，皱起眉头说："喀，不巧了，朱先生已跟偃说要买这块地，一个月前交了定金。"

"哪个朱先生？"

"还会有哪个?跟你一样做'风水'先生的朱天伦哪。"

"这样呀,不会吧?你早不跟偓讲。"杨镇山的脸上立即满是后悔,后悔自己没有先下手。

"你又没早跟偓讲要买?"朱有坡心里有点不舒服,说,"听讲,你们俩还是对手。"他也想让杨镇山不舒服,故意这样说。

"同行生意,能不对上吗?"杨镇山坦率地说,"他给你多少定金?"

朱有坡打了个手势说:"这些。"

"偓也一样给你这些,不,不,再多给一半!"

"哪能呢。做人要厚道,偓收了他的,就不会收你的。不能脚踏两条船。对不对。"

杨镇山失意地呆在那里。

"杨先生,都怪你自己,要这块地又不早'话偓知'(告诉我)。不然,先留给你的。这两年你没少救济我家。"

"讲不出口,怕你误解。"

朱有坡在心里冷笑——误解?

杨镇山走后,朱有坡立即去找朱天伦。朱天伦像料事如神的诸葛亮,得意得嘴角的那颗痣在跳舞:"你答应卖给他了?多日不见,我们兄弟喝一壶吧。"

于是他们俩你一杯我一杯就着花生喝了起来。朱有坡很快喝高了:"偓、偓骗他说你先给了偓这块地的定金。"

朱天伦拿起酒杯:"老弟,偓再敬你一杯,你厉害呀,真人不露相,平日怎么没看出来呀!"

朱有坡便嘿嘿地笑,露出两排黑黑的牙齿。

"嘿嘿,你真是真人不露相!"朱天伦也喝晕了。

"谁叫偓也姓朱?"

"呵呵,说得好,说得好!朱老弟你啊你,来,老哥再敬你一杯!"

"三杯三杯,别小里小气的!"朱有坡好久没这样喝了。

于是,他们相拥着连干三杯。

"偓什么时候给你定金的?"朱天伦喝傻了,醉着眼问。

"你这个'风水'先生算白当了!还说'风水'先生脑瓜好使?偓是糊弄杨镇山的。他以为老施舍一点小钱救济我家,就想钓上大鱼呀,偓就投降啊,也太小看偓朱有坡了吧?偓肚子里的水没那么浅吧。嘿嘿——"

"老弟今天偓算服了你。"朱天伦眼巴巴地欣赏着他,"你说偓给了你多少定金?"

朱有坡摇晃着身体,打了个手势。这个手势,比他跟杨镇山给的数额多出一倍,说:"酒后吐真言,你讲,你买不买?要不要?"

"要!买!不说定金了,偓直接买下。今天就立字据,按手印。老弟,你讲老哥办事爽不爽快?"

"爽、爽、爽!快、快、快!"朱有坡的舌头像打了结,"你买了这块地起大屋,把杨镇山的势头摁、摁下去。也让我们朱家摆、摆威风!"

有道是,隔墙有耳。

那天,朱天伦跟朱有坡边喝边谈买那块山坡地的事,很快传了出去,像风中的蒲公英,吹来吹去。

杨镇山听后跳脚大骂朱有坡:"一条养不乖的狗!"

让杨镇山想不到的是,那位曾叫他去看"风水"的杨大海,知道这件事的来龙去脉后,竟悄悄地给杨镇山出恶气。

杨大海的父亲的坟墓是杨镇山踏遍好几座山后才选址做的。坟墓起好后，一大家人日子过得很顺心。猪喂得像猪，鸡养得像鸡，菜长得像菜，便很感激杨镇山。

杨大海在一个晚上，直接把朱有坡打了，借着从窗户照进来的月光，打得他头破血流。他看不见杨大海。杨大海看得见他。他一边打一边吆喝，理直气壮的样子："朱有坡，你是条狗，养不乖的疯狗，再敢一肚子花花肠子，再糊弄杨先生，休怪俚送你上西天见阎王爷！"

朱有坡抱着疼得厉害的脑袋，差点笑出声来——西天有阎王爷？他摸黑问："你是谁？"

"你大爷，杨大海！"杨大海说。他是个粗人，四肢发达，脑子简单。"要把灯盏点亮，看看我杨大海吗？"

朱有坡一听这个名字，别说已站在面前，虽然看不见，他便软了："不点，不点了。"

不过，杨大海最后还是得到了教训。朱天伦花了钱暗中叫管辖这片地方的地保，把他抓起来，关了几天。杨大海出来后，像被调包换了个人似的，说话的声音明显细了，走起路来身板也没以前挺直，像被抽了一根筋似的。

这蹊跷、转弯拐角的事，杨镇山、朱天伦心知肚明谁在暗中"做鬼"。

这以后，他们就成了真正的死对头。

杨镇山只好退而求其次，买了大包山下的那块地建了"镇山居"，立大门时，让大门尽量地对准笔架山。

朱天伦在小包山下建了"天伦居"。

"镇山居"是两横一围的围龙屋。

"天伦居"也是两横一围的围龙屋。

6

郑秀英很久没梦见丈夫张山木了。

那夜夜已很深,她仍翻来覆去睡不着,流着泪说:"死鬼老公,你别老躲着偃啊,你死哪里去了。今天是'七月半'(中元节),记得上次见你时还是五年前的七月十六晚。差一天就整整五年,你晓得这五年来,偃过得有多苦吗?"

她边流泪边自言自语。也许实在太困了,然后便迷迷糊糊地睡去。不一会,张山木竟"出现"了。

张山木说:"偃怎么不知道你苦呢。没有男人的家,肯定苦。天塌下来,要你顶着。"

"你怎么没刮胡须啊。差点没认出来。"郑秀英眼里虽然满是泪水,但散发出惊喜的目光。

"想你须都想长了。留着给你刮。"张山木故意逗她开心。

郑秀英的脸立马红了起来:"偃什么时候给你刮过呀。"

"刮,刮过的。你这个人就是记性不好。"

"你骗偃的,偃才没有这份闲心呢。"郑秀英说,"喂,偃问你,前村后寨的不少男人都打骂过老婆,你从来没有骂我打我。"

张山木便呵呵地笑。

"记得有一次,二妹摔破一只碗,前几天才摔破一只,偃'发火'(发脾气)追打她,一出门不小心竟踩死一只鸡。偃知道你心疼那只鸡,但你一句话也没骂我。"

张山木呵呵地笑。

"有时偃心情很坏时,也拿阿姆出气。你怕得罪两头,当作没看见走开。都说客家妇女吃苦、善良、贤惠,偃不是个好女人。"

张山木还是呵呵地笑。

"别呵呵傻笑。你讲心里话呀。"

"偃知道你跟着偃,苦,连一天自在都没有。"张山木说,"你三岁时你的阿爸就病逝,阿妈改嫁,跟着七十多岁的阿婆,在别人白眼、歧视中捱过来的。偃一直记住你跟偃讲过的话。"

"别提这些老事了。"

"嫁给偃后,更苦。每日鸡一叫就早早起床,挑水,洗衣,浇地,做饭,喂猪,匆匆扒拉了几口粥,又想着干活,要不挑尿桶、扛锄头下地,要不拿着镰刀、担杆上山割柴草。午饭你总是最后一个拿碗的,撂下碗又去干活,日头下山回家,还要服侍一家老小,收拾好灶头锅尾,躺到床上往往已过十点。日日这样,偃怕你累垮。偃知道劝你也没用的。"张山木说着说着声音便喑哑起来。

"谁家的媳妇不是这样。"

"你更苦,阿妈的身体不好,又没'家官',比别人家的'心舅'干的活多得多。"

"以前,没听过你讲这些话,今天怎么啦?"郑秀英嘴上虽然这么说,但心里还是很感动。

"活着时讲不出口,你知道偃这个人嘴笨。你嫁给偃,真是命苦。连一身像样的衫裤都没有。"

"你来了,偃就不苦。你知道偃等你差一天五年?"

"五年?偃经常来看你,你没梦见吗?"

郑秀英的眼泪控制不住地涌出来。

"秀英,你莫一见面就哭,你老是哭,偃就不敢来,怕你哭坏了身子。"张山木心急心疼了。

"好，倕不哭，不哭。"郑秀英赶忙抹干眼泪，"满妹惠巧读了五年书回家帮手，十四岁，快长成大姑娘了。杨镇山的'俫欻'杨汪海跟惠巧一起读五年书后又去圩上接着读，他们没在一起，怎么办呢，你赶快拿主意啊！"

"这事你问杨镇山了吗？"

"还不到婚嫁的年龄，开不了口。"郑秀英说，"你跟他讲呀！"

她嫁给张山木的时候是十八岁，张山木那年二十岁。

"呵呵，他看得见倕么？"张山木说，"再等几年吧，杨汪海好像跟满妹同龄的。"

郑秀英怔了下，哦，竟忘了张山木是"过世"的人："倕担怕——"

"担怕'脉介'？"

"怕他们没在一起，淡了，凉了。"

"不是一起读了五年书，在一块吃住五年了吗？"

"那时还小。有时别人笑他们是'两公婆'，他们还不晓得害羞呢。后来，杨汪海去圩上读书后，就不再来我们家找满妹了。"郑秀英越说越担心，"再这样下去，怕——"

"你晓得满妹的心思吗？"

"看得出来，满妹喜欢杨汪海，她经常在倕面前讲起他们一起读书时路上背诗的事情。但杨汪海喜欢满妹吗？"

"你也别太急太操心，他们还在肚子里时就已定亲的。杨汪海满月时他家请郑百顺，还公开了这事。你忘了。"张山木这样安慰，"杨汪海是细'俫欻'，懂事要晚一些，再过几年，就不一样的。呵呵，倕十八岁才变身呢。"

"哈哈，鬼才信你呢。看你那样子，说不定十二三岁就变了。"

张山木心里生动了起来，软着声说："呵呵，妹子，你还记得我们第一次一起睡时的情形吗？"

郑秀英的脸唰地红了起来，下意识地摸了摸脸："羞死人了，慌慌张张的。"

"俚也慌慌张张呀。都是第一回嘛。"

"记得你不慌张，你骗俚。是谁事先教你的？"

"你怎么知道。结婚前几天，爷爷很急的样子，原来他心里有事，他背着别人把俚叫到一边，偷偷教了几句。"张山木说，"要讲真记住的，还不是爷爷教的那几句话，是偷偷看狗在野外干那事。但讲归讲，没干过这事，还是慌张的。"

"你坏。"

"不坏，你会疼俚么？不是讲，男人不坏女人不爱么！记得干完那事后，你哭了？"张山木说，"还没问你，你当时为什么要哭呢？"

"当然要哭啊！想到干了这事以后就是你的人了，嫁猪随猪，嫁狗随狗，嫁了狐狸满山走。"

张山木一脸嬉皮笑脸："妹子，俚尿急了，先尿尿，去去就回来。"

"先别去，俚还有一肚子话要跟你讲呢。"郑秀英着急了。

"俚没尿，逗你的。"

郑秀英扬起手掌朝张山木的屁股拍去，结果拍空了。

"妹子，你又忘了，我们阴阳两隔。唉！我们看得见，摸不着了。"

郑秀英嘤嘤地哭。

"别哭啊，再哭，眼袋像猪卵了。俚听不得你哭，你哭，俚就要走了。"

"好,不哭,不哭。"郑秀英揩干泪水。

张山木说:"那晚以后,你好像就缠上偃了。差点把偃搞残。"

"没有的事。是你缠偃,别冤枉偃。"

"好好,是偃缠你,树缠藤,不是藤缠树。"张山木说,"你怕偃营养跟不上,三天两天给偃煮鸡卵,你别以为偃不知道。"

"知你个头。"郑秀英说,"偃怕你驶牛耕田净是重活,吃不消呢。"

"呵呵,耕你的'田',日耕夜耕,耕出一群'妹欸'。你是良田,高产啊!"张山木又讲"牙舍"(开玩笑)。

"你是取笑偃不会生'倈欸',断了你的香火吗?"郑秀英的脸色不好看了。

"没怪你,以前不是讲过,生'倈'是夫妻两人的事,偃怎么会怪你呢。"张山木说,"喂,偃问你,你觉得偃那个功夫怎么样?"

"什么功夫?"

"床上的啊!"

郑秀英又扬起巴掌,看了看,慢慢放下。

"偃还没问你?"张山木继续逗她。

"问呀,别婆娘一样,磨磨蹭蹭的。"

"偃那东西——"

"'脉介'东西?"

"呵呵,就是胯下那——"

郑秀英不让他说下去,抢白说:"像猪像狗像牛!"

张山木便呵呵地浪笑,很放荡的样子,笑得胡须像盛开的黑色花朵。

"早知道这样，偃就不梦见你的。"

"你不想偃吗？不是差一天五年了？"张山木刹住了笑，"偃怕你太苦太闷，故意逗你开心的。张山木活着时是个老实、刻板、沉闷的人。"

"喂，这五年你死哪里去了？"

"读书。"

"读书？"

"偃去学堂读了五年书，了却活着时没进过学堂的心愿。"

"新奇事，地下也有学堂？"郑秀英张圆嘴巴。

"喂喂——不在地下，是天堂，天堂也有学堂。"张山木纠正说。

"天堂？"郑秀英说，"你去天堂了？"

"活着时苦，苦过地狱，死后就升上天堂了。"张山木得意地说。

"难怪，五年不见，你讲话一套一套的，原来肚子里有墨水了。"郑秀英说，"你也带偃去天堂读书啊！"

"妹子，你还不能走。你走后，'妹欸'她们怎么办啊？现今的时势又穷又苦又闷，偃站在上面俯望下面，天啊，到处都穷困，不单是竹林村穷，春秋镇穷，天下都一个样穷。你再捱捱，捱过这代人，下一代也许会好起来的。"

"你不会骗偃吧。你为什么这么狠心抛下我们？"

"偃自私，对不起你。"

郑秀英才猛然想起了张山木当年是上山砍树被树活活压死的，脑浆、鲜血流了满脸。她心疼起来："山木，偃知道你苦，起早摸黑，牛马不如，你不自私。"

"秀英，你不能倒下，你倒下，全家就散了。"

"俚的头越来越疼，老睡不着觉，怕哪一天跟阿姆一样，蹲在溪边洗衣服，头一疼眼一黑掉进水里淹死。"

"你怎么忘了，杨镇山会针灸，找他扎几针。听说他的针很灵。"张山木说。他曾见过杨镇山给人扎针。

"只听讲扎针治手软脚痛，头疼也能扎？"

"试试。哪儿不是疼，一样是疼，试试。"

张山木说后隐没进无边的黑夜里。

郑秀英赶快爬起来，把手伸得长长的，想拉住张山木。

7

郑秀英躺在杨镇山给人针灸的床上。

杨镇山正在准备银针和消毒用的棉球。

这会儿，郑秀英觉得脑子很乱，心也很乱，怦、怦、怦地跳得快。她是第一次跟杨镇山单独见面。刚进店门的时候，他们礼节性地寒暄了几句。

"弟妹，你是第一次针灸吧？"杨镇山坐到床边问。

郑秀英的丈夫张山木比杨镇山小一点。他叫郑秀英弟妹。

"俚怕扎针，不敢来的。但头疼，疼得厉害。有时。呕吐，怕风。"郑秀英看见杨镇山手上的长长银针，眼眶便红了，"俚那个——他老催俚来你这里扎针，夸你的针很灵的。"

她差点把死去的丈夫张山木的名字说出来。

"谁夸俚啊。"

杨镇山说话又轻又缓，听他说话，郑秀英觉得头没那么疼似的：" 邻居一位大叔。"

"哪，哪儿痛。"

郑秀英捏捏这，捏捏那："这里，这里，还有那里，那里。"

杨镇山便笑了："哈哈，那么多地方啊。"

郑秀英好久没听杨镇山"哈哈"的笑声了，他的笑声不高不低，但爽朗，像明媚的阳光。她还拿他的笑声跟丈夫"呵呵"的笑声比较过。杨镇山的笑声就是好听。她突然调皮地说："远不止那么多呢。这里，那里，是指得出的，还有很多指不上来的。"

"哈哈，有明有暗，是么？"

"对、对、对，遍布整个头。"

"哈哈，你的脑瓜真能装，装了那么多的疼。"

"嘿嘿。"郑秀英憨笑着，"谁想装这些鬼东西？尤其是晚上一疼起来，快炸了，天旋地转。"

"你闭上眼睛，俚给你扎几针，一点都不痛的。"杨镇山边用棉球抹那些部位边说，"顶多像蚂蚁咬一样。"

郑秀英闭上眼睛，想：哦，被蚂蚁咬一样，不是麻麻、痒痒、酥酥吗？于是便放松下来，心里竟生出期待的冲动。

杨镇山的手指修长、白净、软柔。他找准太阳穴、玉枕穴、百会穴等穴位，然后给每处扎二三针，或捻转，或提插，边扎边问："不痛吧。"

"不痛。"

"像蚂蚁咬吗？"

"是有点像。"

"现在觉得怎么样？"

"有点麻，有点胀，似乎（好像）有点酸。"

"对，这就对了。这针虽然长，但细如头发，针头比蚂蚁的嘴巴还小。你见过蚂蚁的嘴巴吗？"杨镇山说，"扎完后，闭目养神，大约等二十分钟，便可拔针了。"

郑秀英安静地躺在床上，用手掌遮住双眼想：蚂蚁的嘴巴看得见吗？

她闭着眼睛回想：坐在床边的杨镇山身上有股淡淡的香味，淡淡的，似有似无的，香味也能安神的，像杨桃花的味道吗，不像。像龙眼花的味道吗，也不像。像什么呢，那么好闻……张山木则没有这种好闻的味道，除了呛鼻的烟味，天热的时候还一股汗酸味。

杨镇山再次坐到床边，把郑秀英头上的针，一针一针拔下来。

郑秀英哭了，没有出声，默默地流泪。

"不舒服吗？"杨镇山惊了一下。

郑秀英摇摇头，然后说："头不沉，不胀，也不痛了，轻轻的。"

"哈哈，吓着偓了。"杨镇山说，"还以为扎错了针，让你的头更痛呢。"

"四五年来，第一次觉得头轻轻的。"

"多扎几次，会更轻。"杨镇山收拾好银针离开床边，"刚才怕你分神，没问你其他。你满妹惠巧读了几年书，也算知书达理了，今年好像十四岁，快长成大姑娘了，你多一位好帮手。"

"惠巧本来就乖巧，读书后更乖巧懂事。"

"偓有好些年没看见她，哪天你带她一块来，顺便去街上逛逛。"杨镇山说，"她会'烧火'做饭了吧。"

"嘿嘿，晓、晓得。她早就晓得做饭了，还很合口味呢。"

"哈哈，心灵手巧。要不，偓事先买几样菜，逛完街，到店里来让她做饭，一块吃。"

"好，好好。"郑秀英欢喜地说，"也好让你尝尝你'心舅'的厨艺。"

杨镇山说："好嘛，要上得厅堂，入得厨房。看来，偓'倈欻'汪海'讨'了她有福气啦。"

郑秀英突然无厘头地问："你没抽烟吗？"

杨镇山愕了下，然后笑眯眯地说："自从学针灸后就戒了。"

这以后，隔一日，又隔一日，郑秀英连着去扎了第二次、第三次针。但她没有带惠巧一块去。她觉得还是不要让女儿看见自己躺在杨镇山的床上让他扎针。再说，杨镇山也许是那么随口说的。如果真要一块去，最好邀上杨镇山的老婆张良玉。惠巧读书的时候曾吃住在他们家五年。张良玉与惠巧不陌生。这样的话，不但热闹，而且好说话。同时也可让张良玉看看惠巧的表现。张良玉是惠巧的"家娘"（家婆）。"家娘"与"心舅"的相处，比"家官"与"心舅"的相处更重要。

第二次扎针，郑秀英觉得扎后头比上一次更轻，耳聪了，目也明了，像大热天吹了凉风，又像泡了山泉水，脑袋通透许多。

第三次扎针，郑秀英竟睡着了。醒来后，竟呜呜呜地哭。这次真把杨镇山惊着了，他赶快坐到床边，情急之下，轻轻地摇了摇郑秀英的肩膀问："怎么啦？"

郑秀英不好意思地捂着脸："让你见笑了，偓好久没睡得沉，睡得那么死了。"

"死？哈哈——"杨镇山朗朗地笑，"你是夸偓的针好吗？"他听见了郑秀英刚才睡着时发出均匀的呼吸。

"偓睡死过去很久吧。"

"不多，两个时辰左右。要不，再睡一会。"

郑秀英爬起来，脸一阵一阵地发烧："让你笑话了。"

"哪会呢，还有人扎完针后睡过去半天的呢。"

这时，郑秀英看见一位妇女从楼上下来。杨镇山叮嘱她几句话，她付了钱，离开，还顺便回头望了她一眼。

杨镇山说："她刚扎完针，跟你一样老头疼的。楼上还放了两张床。"

"你名声在外。来扎针的人自然多的。"

"也不一定的。上次你来时，就你一个人，今天来了几位。"

郑秀英这时才发现一楼的楼角下，有尊菩萨，菩萨面前燃着香，淡淡的烟雾，淡淡的香味。

回家的路上，郑秀英一直在回想杨镇山身上的淡淡的香味。

郑秀英要给他钱，他执意不肯收："都一家人了。"

郑秀英以为扎了三次针后，头就不会再疼了，没想到，过了四五天，头又隐隐地疼。

那晚天快破晓，远一阵近一阵地传来雄鸡司晨的声音。张山木竟然就现身了："秀英，秀英妹子，是偓，你老公啊。"

郑秀英打了个激灵："死鬼老公，是你啊，胡须刮了。"

"上次你嫌弃后，偓立马就刮，天天刮呢。为了见妹子你。"

郑秀英开心起来——没想到，活着时沉闷得像块石头的张山木"变鬼"（说话做事有趣）了，一见面便左一口妹子右一口妹子地哄她。

张山木问："针灸后，头还疼吗？"

"扎一次针管用一两天，不扎，又疼。"

"呵呵，那勤一点去扎，扎几次了？"

"三次。"

"才三次。扎它十几二十次吧。"

"老麻烦杨镇山，不好吧。"

"有'脉介'不好的，你是惠巧的阿妈，惠巧是他的'心舅'呢。"

"万一还扎不好呢。"

"再扎多几次吧。真是万一扎不好的话，找朱天伦把把脉，抓中药吃，听说朱天伦开的药方子灵得很。"

"不好吧，不是说杨镇山跟朱天伦是死对头吗。"

"背着杨镇山去找朱天伦。"张山木把想妥的话掏出来说，"边扎针边吃药，双管齐下，说不定好得快呢。"

"万一被杨镇山发现了呢。"郑秀英还是担心。

"万一就万一，发现就发现吧！治病救人，杨镇山会理解的。"张山木说，"再说，你的头疼治好了，呵呵——可以说是杨镇山的针扎好的，也可以说是朱天伦的药吃好的。"

"死鬼，还是你的主意多。喂——喂——别那么快走啊。"郑秀英眼巴巴地望着张山木变成一缕烟从窗户的空隙飘走。

她赶忙坐起来。又是一场梦。

天还没亮。

8

其实，杨镇山学针灸，目的不是要赚多少钱。看屋场"风水"才是他赚钱的主业。学针灸是他做"风水"先生后几年的事情。

越是拿多了别人请他看"风水"的"软门钱"后，他内心越是发虚，总觉得像骗、像抢钱似的，晚上睡觉，总是不踏实，不安生。于是，他找到了一个疗伤，减罪的办法，跟人家学针灸。学会针灸能帮人摆脱、消除病痛。这是实实在在的治病救人。所以他给人扎针，象征性地收那么一点工钱。遇见穷困的患者来扎针，他主动劝他（她）不用交钱，笑眯眯地说："针又扎不坏的，对吧，再说闲着也是闲着，是吧。"

穷困的患者觉得杨镇山说得在理，又实在拿不出多少钱，便轻轻地、犹豫着离开。

杨镇山见他（她）离开后，则暗自高兴，握了握拳头，像做了一件善事一样，为自己鼓励。有时，还会对自己说："又还了一笔债。"

他认为赚着"风水"的"软门钱"，像欠债。什么债？良心债！债越积越多，便要及时地不断地还，虽然只是还了一点点，但毕竟自己努力在还了，内心才能好受一些。

朱天伦为病人把脉开药方，他的想法也是跟杨镇山的想法一样。他是做"风水"先生三年后，开始学医。他也象征性地收病人一点点处方费。拿不出钱的穷困病人，他有时也免收费。他连说话也跟杨镇山一样的腔调，说："一支笔用到你畏（耐用到生厌之意），墨水和纸嘛，也不值几个钱。再说倕闲着也是闲着。"

这两位"风水"先生在这方面又想到一块去了。

9

这晚，郑秀英不是头疼睡不着觉，是因为失眠。

躺上床后，她就提醒自己不要合上眼睛，担怕梦见老公张山木。她老在回忆：张山木前几次是从哪里现身的？想来想去，只记得最近一次见面的情形，张山木变成一缕烟从窗户空隙飘走的。其他的，就是想不起来，好像突然就出现在面前，见了面说了话后突然又隐没在夜色里。来无影，去无踪。

她怕吵醒身边睡得正香的女儿，轻手轻脚地起床，点亮了煤油灯，把窗户关严实。但还是不放心，找了烂布条，把窗那一点点的空隙塞瓷实，又用手指捣了捣。

她蹑手蹑脚重新躺下，睁着眼睛，在心里埋怨自己："现在没脸见张山木了。"

她反反复复地回想，昨天下午发生的事情。

她去杨镇山那里扎针。这次杨镇山让她上二楼等着。上二楼时，她望了一眼，一楼那张床有个女人在做针灸，看上去跟自己的岁数差不来去，四十几岁的样子。头上插了七八枚针，正在闭目静养。

过了一会，她听杨镇山上楼的脚步声，噔、噔、噔，越来越近，她赶忙躺到床上。她想：大概那女人已做完针灸，离开了。

还是像上几次一样，杨镇山坐在床边，先用棉球搽抹穴位，然后一针一针地扎。还是像上几次一样，她闻到了杨镇山身上那淡淡的香味。还是像上几次一样，闭目养神。她闭着眼睛想：要是自己身上也有一股这种淡淡的香味多好啊！但不一样的是，她想着想着，心里像过冬板结的泥土沐浴春风春雨一样，在哗哗地萌动，她好像听到了哗哗的声音。

也许是经杨镇山扎针和吃了朱天伦开的中药后，她的头疼缓解了很多，睡眠的质量也改善了许多，四十几岁还是壮年的身体便有了期待，再加上丈夫又"走"了多年……她便有点意乱情迷。

当杨镇山再次坐到床边，俯身把她头上的那一枚一枚的针拔下来时，她再也不能自己了，主动去抱搂杨镇山。

杨镇山顺势压在她身上。

这时天色已暗下来,杨镇山忙而不乱,把店门关上,然后重新躺回床上。

他们在淡淡的香味中,倒凤颠鸾,狂风暴雨。好像一场蓄谋已久的暴雨似的……

歇了一会儿,他们又做了一次。这次,他做得更猛烈。

回家的路上,她老在回味:杨镇山做那事,比张山木舒服啊!杨镇山配合自己,自己也不由自主地配合他。张山木这个死鬼呢,总是生硬,呆板,自己一点想配合的意愿都没有。不过,她又后悔了,万一这件糗事传出去怎么办?杨汪海和惠巧知道了怎么办?他们已定了亲,是名义上的夫妻了。自己是惠巧的阿妈,杨镇山是杨汪海的阿爸。她越想越后悔。

她还想起了朱天伦。

她去他那里看头疼有好几回。几回后他们就熟知了。朱天伦给她把脉,开药方,每次都不收钱。她总觉得欠了他的人情,执意要给他钱。

朱天伦便说:"偓又不光是对你一个人这样。何必多心哦。"

"不是多心,总觉得不好的。"

"你看,偓闲着还不是闲着吗?写几字,又不用成本。你的钱留着去药店抓药。"

朱天伦只给人开药方,但不卖药。

郑秀英想想也是,再说家里实在穷得叮当响。

但欠多了朱无伦的情后,自己心里还是不踏实。有一次,店里就她一个病人,朱天伦给她把脉,把着把着,便又动了歪心思。但她拒绝了。她讨厌他嘴里吐出来的烟味,起身便走。

朱天伦在后面喊:"药方还没给你开呢!"

"开给你自己,神经病。"郑秀英回头没好气地说。

朱天伦张大嘴巴,钉在那里。

但杨镇山呢,是自己主动要他的。杨镇山不单言谈举止生动,干那事也生动。第二次时,他竟有讲有笑。那些话她是从来没有听过的,听得心痒痒的。自己被他带动着,快乐得像一只叽叽喳喳的小鸟。

干完那事后,杨镇山反而不出声了。他们各自在整理衣服,不慌不忙,没有说话,只有穿衣服发出的窸窣的声音,然后抬头互看一下对方,不经意似的,淡淡地笑。他们坐一块吃饭时也没怎么说话,只有吃饭的声音,偶尔看了眼对方,也是笑,浅浅的笑。

他们心里都这么想:说什么好呢。

吃完饭,杨镇山悄悄地打开店门,伸出脑袋望了望,然后朝她扬了扬手,示意她赶快脱身。她侧身轻轻地出去,像风一样消失。

她觉得这样真好,新奇,不闷。张山木干那事则闷得很,像干农活,没有半点享乐的样子。但她又往深里想,跟女儿睡一张床,干那事能放松吗?每次都像做贼一样。有一回,张山木可能想放松干那事。一直等女儿熟睡后,才小声把她叫下床来,然后在床边摸黑干那事。房间小,又拥挤,又土又大的灶头占去好一部分空间,灶头旁边靠墙摆了饭桌,眠床在灶头和饭桌后面,成品字形排列。饭桌前的门后搁了个尿缸。灶头后搁了只大大的水缸。一边靠墙的眠床跟水缸并排,中间留条窄窄的通道。他们就站在这条通道扶着水缸干那事。但还是不能放松,担心不小心磕着水缸弄出声响来。正好着的时候,其中有个女儿竟做梦,哈哈地笑。他们一惊,说时迟那时快,赶忙松开。张山木立马凉了,像迎面被泼了盆冷水。他们只好又重新上床睡觉,像两条死鱼一样直挺挺地躺着。

张山木苦啊!他可能也有杨镇山那样的生动,但他让像大山一样的苦闷压没了。但他"变鬼"后,见面说话生动多了。

10

偷情这种乐事,往往有了第一次,便有第二次,第三次。郑秀英和杨镇山尝到了甜头后,便不能自拔了,暗中偷偷地不断地干那事。

自从跟杨镇山好上以后,郑秀英的头不疼了,觉也睡得香。杨镇山逗她:"哈哈,是俚的针扎得好。"

郑秀英也不害羞:"哪儿的针?"

他们互看了一眼,便笑起来。

郑秀英打着治头疼的幌子,杨镇山打着给她扎针的幌子,两面幌子在风中纠缠在一起,猎猎作响。

就这样很快过了两年。这两年,郑秀英没有梦见过张山木。但现在她很想梦见他。

那天晚上,郑秀英不单不往窗户的空隙塞布条、还特意把窗户打开。说也怪,后半夜她就梦见了他。

"两年不见,你白发怎么多了。"郑秀英说。

"能不多吗?见不着你,愁白的。"

"俚也想见你,讲讲这两年家里的变化。"

"你每夜都睡得沉,你不做梦,俚怎么见你?"

郑秀英便嘿嘿地笑:"忘记了做梦。都怪俚。"

"头疼治好了?"

郑秀英点点头说:"好睡了。"

"家里'脉介'好事,想急着'话偃知'(告诉我)。"

"大妹嫁给圩上那家打铁铺家的大'倈欻',他家的家底还好,总比日日面朝黄土背朝天干农活强。大妹也乖,听杨镇山的话。是他做媒人的。二妹,杨镇山本想介绍给圩上那家打洋锡家的细'倈欻'的,但她看不上,嫌他家的'倈'矮,鼻梁有点歪。"

张山木呵呵地笑:"二妹自小就爱挑选人家的相貌。随她吧,长大了,她的老公她自己选。跟她过,又不是跟你过的。"

"我们家刚起了一间新屋。"郑秀英说,"算完成了你的心愿。"

"哇——哪儿赚了大钱?"

郑秀英犹豫了:"杨镇山给钱起的。起初偃也不想。但他说再过一两年汪海和惠巧就要摆酒正式结成夫妻了,还见什么外?偃一转想觉得这样也好,把汪海和惠巧俩捆得更紧。"

"捆得更紧?用索一样捆?"

"别讲鬼话,谁说用索捆了?"

"头不疼了,还去杨镇山那里扎针吗?"张山木听到新屋是杨镇山给钱起的,心里有点不是滋味,转换了话题。

"不疼?谁还去扎,赚肉疼啊!半年没去了。"郑秀英生怕他起疑心,便骗他。

"说不定过了一阵,又疼了呢。再扎它一段,巩固巩固好呢。"

"你这张乌鸦嘴,鬼才信你。有'脉介'好巩固的?"郑秀英假装生气。

"呵呵,偃巴不得你时不时头疼一下,睡不着,才会梦见偃。"

"你个死鬼,两年不见就坏成这样。"郑秀英抡起拳头,停在黑暗中。

她爬起床,点燃煤油灯,望着窗外,发呆。

11

经过一次又一次的自我说服后,郑秀英觉得是拒绝跟杨镇山暗中来往的时候了。那天黄昏后,她跟杨镇山美美地干那事,这次比以往任何一次的时间都长。

刚好上的时候,他们是不怎么说话的。后来,干了那事后,他们说话了。

郑秀英气息均匀,情绪平复了后说:"你上次不是讲汪海和惠巧明年二十,到正式结婚的年龄了。"

"明冬办吧。你觉得呢。"杨镇山说。

他们那一带的风俗习惯,结婚的日子大都定在入冬后春节前。大概是因为冬闲和积了一年的收成的原因。

"也不能再等了。十八九岁好结了。"郑秀英说。他们俩的婚事,她比杨镇山家还急。

"那就择个好日子吧。"

"这样的话,偓想——"

"想'脉介',别说一半留一半。嘿嘿,留一半你是不爽的。"

"别'牙舍'了。"她是第一次这样说话,"偓想我们再不能这样来往,万一被汪海和惠巧知道了,对大家不好。你老婆知道的话,更坏!人带面目,树带皮。面目往哪里放?"

"你的头不疼了。"杨镇山看着窗外。

"早不疼了。"郑秀英捋了捋头发说,"已给你的针扎好了。"

杨镇山便笑:"偓以为还疼呢。"

"目也比以前好睡。"

"要是又疼呢。"

"别乌鸦嘴。"郑秀英说,"喂,偓问你,不跟偓相好后,你会跟谁相好?"

郑秀英自从跟杨镇山相好后,就一直在怀疑,杨镇山以前跟来他店里扎针的女人相好。有时她的头不疼也会主动找到他店里去。一是想念他,二是起疑心。杨镇山有时外出给人家看"风水",店门便挂上纸牌,写上:今日外出。她望着纸牌发呆,然后一步三回头地离开。

杨镇山哈哈地笑。

"问你呢。"郑秀英急了。

"没发现比你好看的。偓原以为肥水不流外人田。张山木不在了。"

"外人田?"郑秀英觉得又好笑又好气,不知怎么回话。

"再说,闲着也是闲着。"杨镇山调皮地说。

"你讲偓,还是讲别人?"

杨镇山还是哈哈地笑,笑了一会说:"讲偓自己。"

"反正明天开始偓就不来了。"

"你怕汪海、惠巧知道?怕我老婆知道?"杨镇山说,"我老婆这几年已对干那事'么愿'(没兴致)了,她才不管偓的鸟事呢。"

郑秀英愣了下说:"偓昨晚做了个梦。"她编了个借口。

"'脉介'梦?"

"梦见张山木,他说发现我们暗中相好,把偓臭骂了一顿,还踢了我一脚。"郑秀英说着撸起裤腿,膝盖边果然一个红肿的包。这是她特意磕在木凳上制造出来的。

杨镇山瞪大眼,张大嘴巴,倒吸了口凉气。

"有药酒吗,帮我揉揉,偃怕痛自己下不了手。"

"不怕张山木看见?"杨镇山故意逗她,"偃又不是治跌打损伤的,哪会有药酒。只晓针灸,要不也扎几针?"

"讲鬼话,偃是三岁小孩?别骗偃。"

杨镇山哈哈地笑,然后说:"张山木才讲鬼话。要不,偃用口水抹抹,揉揉?"

见郑秀英没回答,他说:"其实,偃心里也不自在的。唉——"杨镇山这么一叹气,郑秀英便伤感起来。本来她的心里就不是滋味。

"你是偃遇见的女人中,最合适偃的。"

郑秀英这下便受不住了,眼睛立即起红潮。这几年暗中相好后,她也这样认为,杨镇山很合适她。

"可惜,我们结婚后才遇见。对的时候没碰上,不对的时候碰上了。老天爷捉弄人啊!"

"惠巧像偃,汪海像你的话,他们今后一定幸福的。"

"听你的,明天就不那样了。"杨镇山看见郑秀英眼睛红红的,知道她的不舍。

郑秀英离开的时候,特意从杨镇山面前慢慢走过,深深地吸了又吸他身上那淡淡的香味。

第四章 "过番"去

1

朱阿雁的丈夫李望海"过番"四年后回"唐山"（大陆）。回家后，他才发现家里发生了巨大的变故。

大女儿李桃红溺水身亡，葬在野鬼窝。妻子朱阿雁经不起打击，女儿死去后的第二年春精神失常，疯掉了，在一个晚上去野鬼窝寻女儿，掉下山崖，摔死了，也被葬在野鬼窝。葬在她女儿的土坟边。小女儿李苹儿成了孤儿，先是由他的阿哥李望山收养。但李望山已有六个孩子，经常吃了上顿没下顿，最后只好把李苹儿送给邻村姓卢的一户人家做"等郎妹"。卢家儿子比李苹儿小四岁，等他儿子长成人后才跟李苹儿"圆房"。

这种婚姻，客家地区很普遍。"等郎妹"的悲苦，从那首山歌可窥一斑——"等郎妹子真孤凄，等得郎大妹老哩；等得叶浓花又谢，等得月圆日落西。"

李望海背着别人，一个人跌跌撞撞寻去野鬼窝。他整个山头去找，最后跪在两堆挨着的土坟面前。他认为这两座是妻子和女儿的，看上去像一两年的样子，但已长了稀稀疏疏的野草。他边拔草，边号啕大哭："阿雁'妹欸'你们母女俩那么傻呀，偃走时明明讲好赚了钱很快就会回家看你们的啊！"

野草在山风中哗哗作响。

"你们看见了吗，偓回来了。偓李望海不是人，回来晚了。偓'过番'去了泰国，没想到第一年那里发特大洪灾，找不到活，四处讨饭才活下来。第二年又闹干旱。第三年才有所好转，去了一家橡胶园做工。偓一直在找'水客'带信带钱给你们的，但老找不到'水客'。再等不下去了，怕你们急坏了，今年便起身回来。没想到，万万没想到看到的竟是——老天你睁眼看看吧。偓李望海前世作了恶吗？作了'脉介'恶，让偓李望海遭这样的报应。老天爷，你说，你说，你说啊……"

李望海跪着，膝盖扎进土里，抬头责问天。

山风呼呼地叫。

李望海哭累了，流干了眼泪，满脸是泥土。仰躺在土坟前。坟前摆放着他从泰国带回给他妻子和女儿的新衣服和新鞋。他知道：妻子没有一件像样的衫裤和鞋，离家时，女儿嘟着小嘴一再叮嘱给她买新衣服和鞋。他记得，有一回妻子去圩上"捞街"（逛街），因为找不出没打补丁的衣服，便把别人晾在门坪的衣服偷偷拿来穿，回家后又赶快晾回去。结果还是被发现了。她被骂得呜呜大哭，无地自容。

乌鸦在头顶上盘旋。哇哇哇地叫，叫来了一天地令人窒息的凄凉。

他划燃了火柴，把给妻子的新衣新鞋，给女儿的新衣新鞋点燃。

火苗在风中摇晃，炙烤着他满是泪痕和泥土的脸。

他像木偶一样，呆呆地、眼神空洞地把新衣、新鞋点燃。没想到，一件燃烧着的衣服被一阵风吹到旁边的草丛中。他从呆滞中惊醒，去扑打火苗。火扑灭后，他瘫坐在地上，像死人一样。

李望海想去看小女儿李苹儿的,但又放弃了这个想法,不知怎样面对女儿。想去见收养女儿的那户卢姓人家的,也放弃了这个想法,觉得不知跟她的养父养母说什么话好。最后,他托付哥哥李望山,等他离开后,把新衣、新鞋捎给女儿,并叮嘱哥哥李望山新衣新鞋是他们夫妇买的。

李望海把几块菜地、两丘水田和两间泥坯房交给哥哥家管理,也没立字据。他老婆朱阿雁死后,房子和田地已由哥哥家代管了。

原来一个完整的家散了。

回泰国的前两天,李望海实在经不住想念女儿李苹儿的煎熬。

他跟哥哥李望山商量:"劳你和阿嫂俩去一趟苹儿她养父养母家,去请他们带苹儿'捞街',给苹儿做身新衣服,然后到饭店吃一顿,联络联络感情。"边说边掏钱交给李望山。

李望山说:"你不是已由偓转交给苹儿的新衣新鞋了吗?又说不去见苹儿的?"

"这次不见,又不知要等到猴年马月。偓心不安啊!"李望海捂着嘴,控制着情绪,"不过,偓还是不见苹儿。"

"你要怎么见?"李望山疑惑。

"你们带苹儿去圩上叶裁缝那里量身做衣服,偓找个地方藏起来,远远地偷望。"

"偷望?"

"偓给苹儿带回来的新衣新鞋,你也带到来旺饭店去,吃饭时才拿给苹儿。就说是你们事先买好的。"

"也带去?这样啊。"李望山说。原来这个想法他已想好了的。

"你们吃饭的时候,偓又好再'见'苹儿一眼。"李望海语气里透着喜悦。

"还是远远地偷望吗?"

李望海点点头。

没想到第二天,李望山夫妇、苹儿的养父养母带着苹儿的小"老公"一块去裁缝店。李望海先去圩上逛。离开四年了,圩上还是像以前一样冷清,行人稀少,没什么买卖,看不见希望。匆匆逛一圈后便急忙赶去饭店,在饭店后的窗户下站着,但窗户太高,看不见店里。恰巧窗户边有棵柳树,他爬上去,透过窗户能清楚地望见店里。

苹儿正在高高兴兴地量身。戴着眼镜的叶裁缝用尺量来量去。苹儿转过身来又转回去。

苹儿的养母帮叶裁缝拉尺,很欢喜的样子。叶裁缝有时嘴里咬着尺,低头在本子上写字。

旁边有个小男孩,正看得出神。小男孩应该就是苹儿的"老公"了。他"过番"时,苹儿四岁,现在八岁了。那小男孩看上去比苹儿矮一个头,小几岁的样子。

苹儿量完身,选布料,好像拿不定主意。问问养母又问问伯姆。

李望海攀着树干,极力地往店里张望,想叫女儿但又不敢叫,喉咙咕咕地响,眼泪像断了线的珠子滚滚而下。

苹儿他们离开裁缝店一会后,他才从树上下来,这才觉得手脚酸痛。天啊,树干上有血迹。他看看腿又看看手。原来右手拇指蹭破了。他把蹭破的手指放进嘴里吮吸,将混着鲜血有些咸腥的口水吞进肚里。第三次吸的时候,才止住流血。他以前从没想过自己有一天竟会爬到树上去看女儿的。忍不住眼泪又流了下来。

他们在来旺饭店吃饭的时候,李望海早已趴在饭店的窗外。饭店有两扇窗。他选定离他们吃饭近的那扇。

有位大叔觉得好奇:"不进去看看?有酿豆腐,有梅菜扣肉,有鱼丸汤,有算盘子粄,好吃,也不贵的。"

李望海尴尬地笑了笑,假装路过的样子,走几步,又折回去,趴回那扇窗。这扇窗大,很好望。正合他的心意。

早过了十二点饭点的时间,李望海忘了肚饿,目不转睛地望着女儿他们美美地吃饭。他一点也没觉得肚饿,只觉得眼睛饿。眼睛看不饱,往饭店里面看呀看,越看眼睛越饿似的。心里不断在说:"越看越觉得你长得像爸啊,都说女儿像爸。俚的心肝宝贝'妹欻',阿爸对不起你,让你受苦受难了。阿爸不是不疼你,但阿爸回来发现家里的巨大变故后,心都碎了,阿爸现在还不能认你,认你,怕你今后更苦。你阿妈阿姐不在了,家也散了,阿爸一个人抚养不好你。再说你已去你养父养母家一年多了。明天阿爸要回泰国去,家破人亡,待不下去了。心肝宝贝'妹欻'啊,你一定要听你养父养母的话,才有好日子过。这个小男孩,看上去还乖巧。求老天爷保佑,他长成人后一定要为人正派,好好待你。阿爸今生没什么心愿,最大的心愿就是你日后能幸福。别牵挂阿爸,当作阿爸死了!心肝宝贝'妹欻',你听见了吗?"

吃完饭,嫂子拿出他从泰国带回来的新衣新鞋,送到苹儿面前说:"伯姆和你大伯上次'捞街'时给你买的。你试试。现在在裁缝店做的,还要等一阵子呢。"

苹儿立即高兴得跳起来:"俚一下子有两身新衣服了!伯姆,这身新衣服那么不一样?"

"喜欢吗?"她差点说这是"番衫",你阿爸从泰国带回来的。

苹儿一个劲地点头说:"喜欢,太喜欢了!"

苹儿的养母轻推了下她说:"还不赶快感谢你阿伯、伯姆。"

苹儿边试衣服边连声说:"谢谢阿伯,谢谢伯姆。"

望着眼前的情景,情感的河堤轰然坍塌,李望海的眼泪顺着窗沿汩汩而流。

李望海离家前一再叮嘱哥哥一家不要跟别人,尤其是跟苹儿他们透露他回来的事情。

他回来只停留四天。

因为他哥哥家不说,外面的人可能永远不知道他回来。

他家和他哥哥家共住的这座屋,孤零零地建在一座山下。前后左右相隔好远才能找到其他房屋。屋不大,除上、下厅堂和走廊、天井外,只有五间房子。是他父母建的。分家时,父母留一间,他家和他哥哥家各分两间。他"过番"前父母相继过世,母亲比父亲慢三个月走。父母的那间房给了哥哥,他的孩子多。父亲经营了大半生的炭窑也分给了哥哥。因为他的大儿子成人了,能帮手。他和哥哥相隔一大段年龄。中间有两个姐姐。大姐嫁给邻村的担货郎。货郎姓曾,走村串寨,吆喝买卖。大姐经不起他的吆喝,更经不住他担子里的东西,便乐颠颠地嫁给他。细姐嫁给另一个村的阉鸡师傅,吕师傅。吕师傅边阉鸡边爱讲古说传。《西游记》里的"孙悟空三打白骨精",《水浒传》里的"逼上梁山",《红楼梦》的"刘姥姥进大观园",《三国》的"草船借箭""姜太公钓鱼愿者上钩"……她喜爱听吕师傅讲这些故事,有时忘了干活,忘了吃饭。

他还再三嘱咐哥哥:"日后你去看望苹儿的时候,劝她不要像她姐姐一样去圩上的渡口望他,直截了当地告诉苹儿,说他已死了。"

李望山知道弟弟的心里很苦，晓得他的心思："哪天厓带苹儿去圩上画张像寄给你。"

李望海没忍住，眼泪哗地涌出来。

离开的路上，李望山目送着弟弟渐行渐远的疲惫的背影，大声地说："你一个人出门在外，千万千万要照顾好自己，别傻，哥哥等着你回来，等着你回来。"

"哥哥等着你回来"的呼唤声在山间久久回荡。

2

明朝以来，尤其是清末、民国时期，客家地区不少人因生活所逼，漂洋过海"过番"谋生。

李望海像大多数人一样，也由于生活艰难，离家别子"过番"下南洋。

客家人的生活史、奋斗史，就是一部离迁史。有史记载，从宋朝开始，为避战乱，客家先民从北方一路向南，向南，向南，再向南，经过五次南迁，最后来到远离权力争夺，远离是非之地的南方山区安顿，定居。他们像惊鹿一样，才惊魂甫定。因为有群山峻岭作为屏障，心才踏定下来。

李望海的父亲于一九〇九年迁居到春秋镇的群山之间。他起初以烧炭为生。上山砍柴背回家，烧成黑炭，再挑到圩上去卖。烧炭卖炭之苦正如唐代诗人白居易的那首诗《卖炭翁》所写："满面尘灰烟火色，两鬓苍苍十指黑。卖炭得钱何所营；身上衣裳口中食。可怜身上衣正单，心忧炭贱愿天寒……"

他父亲学烧炭那年二十出头，一头青丝，虽然不是两鬓苍苍的年龄，正值青年就饱尝了烧炭的艰辛。烧炭积了点钱，买了点良田、山林、菜地。把初来暂且安身的茅寮拆掉，起房屋，总算把扛在肩上的故乡卸下来，把家安下来。

李望海分家时，跟哥哥李望山一样，各分得三分水田和一片山地、几块菜园。他和妻子一年从春忙到冬，终日在三分地里刨食，但还是经常挨饿。逢山洪和干旱，不得不厚着脸皮出门讨食。他一想起那一幕便心酸。那天午饭照例是喝稀粥。

"阿妈，偓看见偓的脸了。"大女儿端着碗正低头喝稀得看不见饭粒的粥。

妻子用汤匙从自己的碗里打捞几粒饭粒给女儿。

"阿妈，偓吃了一大碗，似乎饱饱的。"女儿滋溜喝下半碗粥，"可没跑几下又饿了，肚子咕咕叫。"

妻子起忙别过脸，眼泪哗地一下子就出来了——家里的米缸存那么一点米，连稀粥都喝了上顿没下顿啊！

他还想方设法跟地主租种一点耕地，但除了交租外，往往所剩无几。一年又一年，这样的苦，压得全家人喘不过气来，看不到日子好转的希望。

春秋镇很多人不满这种现状，寻求改变命运，一直以来都不断有人"过番"。

李望海第二个女儿刚满月，他便萌生"过番"的想法。那天，他跟妻子朱阿雁说："今'暗埔'开始，我们分开睡。偓跟大妹，你跟细妹。"

他们那一带的说法：小孩出世不满三个月，不能跟老婆干那事，三个月后才能"开斋"。

朱阿雁纳闷："嫌弃偓？"

他凑前吻她的脑门。这个亲热的举动，从认识到她结婚以来他没有做过的。

朱阿雁更纳闷:"莫非背着偃做了亏心事?"

"哪敢呢。每日都累成狗了,还有这份闲心?"他将女儿从妻子的怀里抱过来,"阿爸想去'过番',日后你们才有好日子过。"他好像对刚满月的女儿说话。

"'脉介'时候起的心思?"

"现在,刚刚。所以分床睡。"他用手指轻轻地抹了下女儿粉嫩的小嘴,"怕做了那事,让你又怀上了。偃想赶在你还没生'倈欻'前,'过番'赚了钱回来起屋给'倈欻''讨'老婆,起码生两个'倈欻'。如果不'过番'在家里待的话,就是跟牛跟马一样累死也赚不到钱起屋的。"

朱阿雁把女儿从他怀里抱回来,撩开衫给女儿喂奶。其实,她也曾有过这个想法,但一想到丈夫漂洋过海"过番",先别说赚钱,也别说想念,就说平安,她便不敢起这个念头了。

气氛一下子沉闷起来。

窗外,蟋蟀在唧唧唧地叫。

从萌生"过番"的想法到他动身"过番"又过去了四年。这四年,他们也分床四年。直到女儿苹儿会说话,走路,晓讲屙屎屙尿,母亲和嫂子应承帮妻子照顾。这四年,他实在迈不开腿,两个女儿那么小,妻子一个人忙不过来。这年,又闹了一次旱灾,水稻歉收。他便铁了心"过番"。

萌生"过番"的那段日子,朱阿雁紧张,害怕,四处打听"过番"的事。邻村有两户人家的男人"过番"。一位姓钟,已去了泰国九年。另一位去了马来西亚四年,在一家矿场当矿工,姓黄。姓钟的第一年就给家里来信报平安。姓黄的则是第二年。他们都在信中说那边的钱比家里的好赚,生活也比家里的好。

朱阿雁打探了这两家人的情况后,才稍稍放心。

九月以后，台风渐少。"过番"一般会选在九、十月间。

那年九月，李望海从春秋镇的"望夫渡"乘船下南洋。"过番"前那个晚上，他们夫妇一夜没合眼。朱阿雁没说几句话就流泪，揩去眼泪刚想说话，又流泪。李望海也跟着她流泪。

朱阿雁听人家讲，从圩上的渡口坐船到汕头港口搭红头船，乘着东北风出发，顺风的话，往往一个半月才可到达南洋。途中缺食，缺淡水。她也像别人一样，准备好糯米蒸的甜粄。因为这种粄放得久，吃了耐饿（不易消化）。准备了冬瓜，没水喝时，当水"喝"（吃）。零碎的日用品，用浴巾包着。最要紧的是纸符和香草。她把纸符精心折好，将香草用心包好，装进丈夫的衫袋里。这是保平安的。她一再叮嘱丈夫，这两样东西千万千万莫弄丢。

李望海本打算跟妻子亲热一场的，四年，一直没亲热过，有时实在熬不住时，他便偷偷地自己解决。曾有几次实在想得慌，亲热了，但都不敢尽兴。明天就要走了，这一走，生死未卜。他越想心里越沉重。但直到天亮，都没有亲热的心情。李望海看着窗外透亮的天色，最后抱了抱妻子。不抱还好，一抱，妻子竟放声大哭起来。昨天，他一整天不断叮嘱七岁的大女儿："不要去水塘边玩水，不要跟妹妹争吃，不要打妹妹。喝滚水时，先用嘴吹凉了才喝。要惜妹妹。要听阿妈的话……"

李望海抚摸妻子的后背："不哭，不哭，你不是已打听过了吗，'过番'安全着呢，说不定三几年赚了大钱就回来了。"

"真赚了钱回家，就不再'过番'了啊。"朱阿雁在他怀里一耸一耸地哭。

"肯定的。你傻啊，谁会舍得老婆孩子啊！不是快穷得要死，俇才不去'过番'呢！"

"𠍲要你亲口应承。"

"好，好，好，赚了钱回家就不再'过番'！要立字据按手印吗？"

朱阿雁破涕为笑："你又不会写字。"

"不会写字，以后怎么给你写信？"李望海说，"你又没看过𠍲写字。小时候阿爸教过𠍲认字。"

朱阿雁捶打起他："你又没'话𠍲知'（告诉我）。"说着给他塞了一封信。

李望海惊奇："嘿嘿，莫非里面塞了路费？"

"你想得好？𠍲哪来钱？打开看看。"

原来是一张纸，上面写了一首《阿哥出门去过番》的歌——"阿哥出门去'过番'，穷人眼泪洒不完。恩爱夫妻今日散，鸳鸯两地各孤单。阿哥出门去'过番'，好比飞鸟入深山。目汁流像河中水，同情分手舍情难。双手攥紧郎衣角，问哥几时回'唐山'。阿哥出门去'过番'，日思夜想想唔光。一日唔得一日过，好比利刀割心肝。阿哥出门去'过番'，早晨郎望日落山。一东一西相思苦，见天容易见郎难。"

"哪里来的？"

"𠍲叫人家帮𠍲抄的。"

看完信，李望海又把妻子拥抱进怀里，抱得紧紧的，泪水顺着妻子的脸哗哗地往下流。

3

六点半开船。

杨汪海提前半个小时已上船。虽然已坐进船舱里了，但他还是很着急，焦虑。不时往外面张望。

船靠在"望夫渡"口,踏板一头搭在渡口的石阶,另一头搭在船舷。他的心像刚才走在踏板时上下晃动一样,忐忑不安。

天快亮未透亮。

江上有薄薄的雾,像透明的薄纱。水鸟在江面上翻飞,还有蜻蜓。偶尔有鱼跳跃,噼噼啪啪。江风习习,掠起阵阵寒意。

渡口停泊了好几只船,还有三几处竹排。竹排在船的两边。这些船和竹排估计要比他坐的这只船慢些出发,或许明天出发。

有人到江边挑水,哎哟哎哟地叫,扁担在摇,水桶在晃,洒出的水在地上画了线似的。洗衣的女人,蹲在渡口边,砰砰砰用木棒槌打衣服。还有人候在河堤上,提着鱼竿在钓鱼……

他觉得眼前的渡口的景象竟是那么的不真实。他是第一回那么早来渡口。虽然在圩上的画像馆待了几年。但他从来不晓得清晨渡口的情景。

他害怕碰见熟人。这是他选择坐这趟船的原因。两天前,他已打听好了,这趟船六点半开船。且只有三个人坐,不多,正合心意。

渡口停泊的船,大都是载货的。把这里的山货包括木炭载到潮汕去卖,又将潮汕进购的咸鱼和日用品载回这里来卖。潮汕是城市,靠着大江,物产丰富。偶尔也有载人下潮汕转乘红头船"过番"下南洋的。竹排和木排也是放到潮汕去卖的。

杨汪海要坐船到汕头,然后再转乘大船"过番"下南洋的。因为是偷偷"过番",所以船还没有离岸前,特别担心被熟人碰见。

他将头和脸用浴巾遮着,只露出眼睛和半张脸。

船主姓宋,由于行船江风日吹夜吹,身上露出来的皮肤全是黝黑发光。拦腰系着浴帕。

杨汪海叫他宋大叔。宋大叔问他:"冷吗?"

"不冷,江风有点凉。"他说。

"白皮嫩肉的,哪像侳老皮老骨,成日江上来来去去,都快感觉不出江风了。找你阿爸吗?"

"唔,啊。"他支支吾吾。

"刚二十出头吧。"宋大叔摆着船桨,"听说在海上要行一个多月呢。小心晕船哦。"

"你下过南洋?"

"没,没去过。听'过番'回来的讲。"

"哦,啊。"

"看上去,你是第一次'过番'吧。"

"啊,唔。"他不知怎么回答好。

这时来了另一位乘客,挑着担子,约莫四十岁,后面跟着一个女人。看样子是他的妻子。女人跟着他上船。

"喂,小心,小心点。"宋大叔帮他把担子放到一边,"你莫不是朱大哥?"

他微笑,点点头:"侳系。"他掏烟递给宋大叔和杨汪海。

宋大叔笑着说:"船上不抽烟的。"

"船大叔,请你路上多关照关照我老朱。他是第一次出远门。"女人说着便想流眼泪。

"有这位后生一路做伴呢,等会还会有一位。"

朱大哥对妻子说:"快开船了,你回去吧。"

宋大叔说:"你老婆吧。哪个女人不这样啊。"

"侳再待会。"朱大嫂牵牵朱大哥的衣领,又扯扯他的衣角,"等会你就要走了。"

杨汪海看着他们这样依依不舍,心里五味杂陈。他突然觉得对不起妻子，刚结婚几天就不辞而别。但这时候不走，万一让她怀上了，孩子生下来，不是更对不起她吗？他说服自己把她当作妻子，但他做不到，睡在一起很痛苦。她更像自己的妹妹，虽然大自己几个月，但不是妻子。不是！怎么办呢？只好逃跑逃得远远的，逃到她和家人永远也找不到的地方。这样，她也许会难过，难过一年半载，但总比自己难过一生、痛苦一生好啊……

这时又上来一位大叔。他跟他一样一个人来的。看上去四十好几，衣着打扮像"番客"，背着鼓囊囊的包。

"你就是李大哥吧。"宋大叔问。

"系，偃系。"

"李大哥哪日回'唐山'的？"宋大叔见他这身花花绿绿的衣服问，"哪年过番的？"

"五年前。"

"暹罗？发到财了，一定发到财了。"宋大叔行了二十多年的船，见多识广。

"马来西亚。还没发财呢。才几年？"李大哥说，"刚去几年。"

"听口音不是春秋镇人。"

"嘿嘿，前山镇的，距这里五十里路。怕赶不上，昨晚在渡口边住了一夜。"

"看样子大哥不是第一次'转唐山'的。"

"前年回过一趟。"

朱大嫂赶忙说："这位大哥，我老公要去'暹罗'找他细叔，跟你同路吗？"

"嘿嘿，'暹罗'是'暹罗'，马来西亚是马来西亚。不同一个国呢。"

"这样呀。"朱大嫂有点失望,"路上,大哥你'老脚'(有经验),多关照。"

"百年修得同船渡。"宋大叔说,"大嫂别担心,他们肯定会的。李、朱、杨三位'番客'到齐了,偓要抽踏板开船发大财去啰!"

朱大嫂紧张说:"孩子他爸,记得一到那边就要来信报平安啊!"

"记得记得。你看。"朱大哥边说边捻"耳公"(耳朵)。

"让偓再看一眼。"朱大嫂眼泪要出来了。

"看一眼,两眼,三眼,你好好看十眼吧,不急。"宋大叔说。

朱大嫂便嘻嘻地低头笑起来。

"孩子还在家等着你做饭呢,回家吧。"朱大哥说。

"真晕船了,你口袋有药,记得啊。"朱大嫂这才转身要下船去。

"喂,偓这里有万金油,太阳穴搽抹搽抹,兴许就不晕了。"李大哥边说边从裤袋里掏出万金油,"看,就这种。"

宋大叔凑前去看:"马来西亚的虎头标万金油,顶呱呱。"

"偓这里刚好还有一盒。"宋大叔说,"你等等,这盒送给你。防家掌屋。不单可治头疾肚痛,还可驱蚊驱虫。"

朱大嫂接过万金油:"有你这位大哥照应,偓就放心了。"

朱大哥望着妻子的背影,声音哽咽:"孩子他妈,家里交给你了,你多注意啊!"

朱大嫂不敢回头,边离开边呜呜呜地哭。

"不是讲好不哭的吗。"朱大哥大声喊,"你再哭,偓就不走了。"

李大哥说:"女人都这样,所以偃不想让我老婆来送。"

杨汪海捂着头,望着茫茫江水,眼泪默默地流——李大哥去马来西亚,朱大哥去"暹罗",自己要去哪里?

漂洋过海"过番"下南洋,有人因生活所逼。而杨汪海"过番",他为情所困。

4

杨汪海在竹林围的私塾读五年书后,接着去圩上的学堂读四年。

那是破旧迎新的年代,也是困惑混乱的年代。科举制度已被废除,但所谓的新式学堂又不能培养出人才。读书无用论在社会上像病毒一样流传。

十七岁的杨汪海,对前途感到一片迷茫。

他既不愿回家种地,因为八岁开始读书就一直没下过地干活,更不想跟父亲行地理做"风水"先生。他总觉得地理"风水"、相命是说不出来龙去脉、因果不明、玄妙虚假、骗取钱财、不讲良心的东西。爷爷干这行,父亲跟着干这行,也许是因为生活所困,逼不得已走上这条路的。自己呢,无论如何也不能再走这条让人背后说三道四的路了。

烧炭,打铁,剃头,接生,杀猪,补锅,做媒(猪中人、牛中人、媒人),阉鸡,阉猪,担货郎……他将乡下所有行当捋个遍,但没有一个行当是适合自己的。于是他到街上探寻,从街头走到街尾,又从街尾走到街头,数过来数过去,数过去又数过来。饭店、旅店、药店、小卖店、小吃店、裁缝店、熟食店,还有去渡口边行船、放竹排……所有这些,都不合心意。最后选择去画像馆学画像。

他父亲意外得差点跳起来:"学画像?读那么多年书,就为画像?"

"唔,画像。"杨汪海的表情不像十七岁的人的样子,淡定,自然,"有了知识,文化,学画像可能容易上手呢。"

恰巧有位大婶在父亲的店里做针灸。针扎好后,那位大婶正闭目躺在床上。杨汪海坐在桌边,等父亲忙完后才说出心里的想法。

"要不,跟爸学针灸。"杨镇山试探着问,其实这不是他心里的想法。他没说跟他看"风水"。

"俚下不了手,不想,不想。"

"别看针那么长,但细呀,细如毛发,扎下去只像蚂蚁咬一样的。"

"怎么能像蚂蚁咬一样呢。蚂蚁的嘴是软的,肉长的。"

杨镇山便哈哈大笑,想:没法说下去了,他真想学针灸,自己还不愿意呢,万一遇上心里有想法的妇人家,莫被人家"强奸"了。当然也有可能像自己一样看想人家……

"唉,'倷欤',爸就是想到头疼,也想不出你想学这个。'脉介'原因?"

"画像,呵呵。"

"讲啊,爸不笑话你。"

"画像,把人画好了,别人好,自己也好。"

"自己怎么好?"

"心情好啊!"

"心情好,心情好能当饭吃?"

"能,能啊。心情好吃什么都香,你不是讲过。还有——"

"还有'脉介'?"

"心情好,身体就好。你讲过的。"

"哟哟哟,这几年你的书确实没白读啊。"

"都是爸你和阿妈惜侄,供侄读的。"

他母亲张良玉也不赞成他学画像:"真学会了,也画不来多少钱的。听人家讲画一张像挺费神的。看看你爸,罗盘一摆,钱就来。要不跟你爸看'风水'算了。要不是你爷爷看'风水',你爸看'风水',我们家也像其他人一样一代比一代穷的。阿妈想来想去你还是跟你阿爸学看'风水'好。都说肥水不流外人田。"

他从小知道,家里是父亲说事的。母亲只是个摆设。他硬着口气说:"我阿爸都答应我学画像了。"

"阿妈怕你以后穷。"

"街上的马师傅他家画像画了几代人,画穷了么?"

"他们家是祖传的。"

"阿妈。你想想,把人家画好了,人家多开心。一生都做开心的事,值不值,你讲?"

"好,好,妈讲不过你了。你爸都应承了,还有'脉介'好讲。随你吧。"

圩上有两家画像馆,其中一家的画像师傅姓魏,另一家的是马师傅。

那天杨汪海去店里,杨镇山主动问他:"跟魏师傅,还是马师傅?"

"哪家?"

"上街的那家是魏师傅,下街的这家是马师傅。"

"下街的那家。"

"你见过马师傅。"

"偷偷去见过。马师傅看上去温和。"

"原来背着阿爸已相中那家了。"杨镇山突然觉得儿子长大了。杨汪海八岁开始读书,一直读到现在,很少在家。自己一年从头到尾,不是为人看"风水",就是在店里给人针灸,在家待的时间少之又少,"你站起来。"

"站起来?阿爸你叫偃站起来吗?"

"哦,站起来,站起来是吗?"

杨汪海看着父亲犹豫着站起来。

杨镇山凑上前去跟他站一块,用手掌按了按自己的脑袋,又按了按他的脑袋:"呀哈哈,差那么一点点就跟阿爸齐高了。爸一米七多点,你肯定也近一米七。啊哈哈。"

杨汪海问:"阿爸,你同意偃画像了?"

"当然同意。你看你都长得跟阿爸一样高了,又比阿爸有文化。同意。"杨镇山开心地说,"明日阿爸就找马师傅去。"

5

马师傅的画像馆比魏师傅的开得久,是百年老馆。

坊间这么说:马师傅的父亲,他父亲的父亲,他父亲的父亲的父亲一代接一代给人画像。这么一路画下来,闻名而去找他画像的自然便多起来。画像这门手艺,像看病,一代接一代的话,往往能成"精",像神上了身一样,一笔一画都奔着要领去。

马师傅五十岁上下,不高,脸圆,鼻圆,眼睛圆,眉毛像半圆,耳廓像半圆。看上去很有喜感。但他的手指修长且温软。一般而言,身长,手指才修长的。马师傅不高但手指修长。坊间这么说:马师傅天生是拿笔画像的,讲话温和,人也安静。

画像馆门面挂了牌匾,画的是如来佛,旁边写着五个字:如意画像馆。

努力一跃，往往能摸到牌匾。触摸到了牌匾，就触摸到了如意一样。

杨汪海和钟胜春住一楼的后面。前面是店面，中间有天井，后面用木板隔了三格，其中一格摆了张床和其他简单的家具。杨汪海还没来时，钟胜春一个人住，杨汪海来了，他们俩便睡一张床，反正都是同性的小年轻。其他两格，一格放尿缸，另一格是茅房。

马师傅一家四口住二楼和三楼，二楼有厨房，吃饭也在二楼。木梯，木棚，走在上面，嘭嘭嘭地响，知道你走到哪里了。杨汪海走在上面，总是很小心。

杨汪海的父亲问他要不要一起吃住，要的话，就要学会做饭。杨镇山一个人住的时候，基本不做饭，去饭店吃，省得洗碗。男人都不爱干家务，尤其是下厨房做饭，尤其的尤其是洗碗。再说，他也时不时被人请去看"风水"，看到哪里便被请吃到哪里。杨汪海不会做饭，也还不想学做饭，更主要的是他不想跟父亲住一起，觉得住一起的话，肯定不自在。所以他决定吃住在画相馆。虽然父亲的那间店与画像馆相距走路也就十几分钟。

去画像馆的第一天，马师傅把话挑明："小杨啊，你也跟小钟一样，当学徒第一年没工钱，管吃住。第二年，发一点。第三年，又加一些。丑话说在前面，看表现。小钟表现还好。他第三年了。"

事后，杨汪海悄悄问钟胜春："哥，马师傅说的表现指哪些？"

钟胜春把门关上，摸他的脑袋："全部。"

"全部？"他愣着脑袋。

"哥跟你这样说吧,就是师傅看见你时,你要把自己做好。呵呵,他没看见时,他老婆和顾客在师傅的面前讲你好。呵呵,包括偓。"

"师傅说你的表现好。哥,你肯定会关照弟的。"

钟胜春把他揿倒在床上,上上下下挠他:"这就是师傅说的还好。"

杨汪海笑得差点岔气。从小到现在,他从来没被人这样挠过痒的。他边哈哈大笑边求饶:"停,停,停,哥,求求你放过偓。哥,今后你要多教小弟。"

"肯定,谁叫我们有缘呢。"钟胜春看上去不像十八岁的样子,可能在画像馆阅人很多的原因。

钟胜春长得眉清目秀,白白净净,身材修长。笑的模样很好看,绽放出两个小酒窝。说话不快不慢,不高不低,很动听,像从幽幽的山谷传过来的。

第二天,他早早起床,早早把馆门打开。

吃早餐的时候,马师傅笑眯眯地说:"小杨,画像馆又不是早餐店,八点左右开门够了。小钟忘了告诉你吧。"

他没说,早开门是钟胜春特意吩咐他的。他看见马师傅笑眯眯的,心里感激起钟胜春来。

他和钟胜春跟他们一家坐一起吃饭。钟胜春看了一眼他,他回看了钟胜春,两人会心地笑了笑。

吃早餐的时候,师傅说:"小杨,从今日起你开始打下手,学得快,一年。"

事后,他问钟胜春:"哥,'脉介'叫打下手?"

钟胜春十八岁,比杨汪海大一岁,正是蓬勃的年龄。

钟胜春又想把他推倒床上挠他。他赶忙躲闪求救:"哥你放过我，我最怕痒的。"

"打下手嘛。"钟胜春像孙悟空一样眨眨眼说，"怎么说好呢，下手，不是上手。唔，你——杨汪海站在师傅旁边，师傅要笔，你便递笔，要纸递纸，让你捻纸，你就乖乖捻。不递不捻的时候在一边待着，好好看师傅画，不要说话，师傅问你话了才能说。"

"哦，这叫下手。哦——"他悟到什么似的。

"师傅干的活叫上手。"钟胜春笑着说，"哥自己这样说的啊，别跟师傅说，还有很多讲究呢。"

"哥，有你前面带路，弟不慌。"

"哥哥弟弟的，你嘴抹蜜了。不过，师傅待人很随和的。"

"哥，你也是。"

"可能跟师傅画像给画成这样的。"

"画像画成这样的？"他觉得新奇。

"画像讲究慢工出细活，慢悠，慢慢悠悠。跟来画像的顾客讲话，也要慢悠，不可让他把不正常的情绪上脸。上脸了，画不好。唉，一时半会也说不好，一年半载后你就慢慢地晓得其中的一点门道。"钟胜春把他拉倒在床上，躺着说话。

以前钟胜春一个人睡时，不到十点就吹灯睡觉的。现在两人睡一起，灯灭很久了，还在说话。

6

转眼半年过去，他还在打下手，钟胜春学画五官近一年了。他羡慕起钟胜春来："哥，偓要'脉介'时候也能像你一样拿笔画五官？"

"别急，你以为学画像像学做饭啊。哥打下手足足是一年半。现在才开始画五官,画眼神画神情更难呢。"

"师傅开始教你这些了?"

"教了一些。师傅说画像分四个步骤,正在教偃学第二步。"

"哇,哥你赶紧也教教偃。"

"教你,你好像马上能懂啊?"钟胜春瞪圆眼睛说,"好吧,让你过过耳瘾也好。"

"要不,偃拿笔记下来。"

"记啊。偃也记下来了啊!但要把这些话变成画,还远着呢。"钟胜春说,"师傅画三十年了。弟,三十年啊!"

钟胜春说:"记好,第一步,准。"

"准?"

"准!先用淡墨画出五官的形状,五官的位置和面部轮廓线条。"

"记下来了。"

"师傅肯定还不放心让你给顾客画五官的。你心急了吧。偃是前几个月,师傅才让偃给顾客画五官的。这样吧,你先开口向师傅讨纸、笔、墨,回屋后关起来自己试着画。你来之前,哥就是这样做的。"

"好啊!下午收工时候就跟师傅要。"他说,"哥,你手把手教教偃。"

那天晚上,他向师傅要了纸、笔、墨。吃完饭洗了身,早早把自己关进屋里。坐下来后,才想起要找谁来画呢。他突然想起钟胜春。钟胜春"捞街"去了。他立马去街上找他。

钟胜春"捞街",不是去花钱的,只是东看看,西看看,过过眼瘾。他家比一般家庭还艰难。他父亲在他八岁、哥哥十二岁时病逝,父亲病逝后的第二年母亲改嫁。爷爷早已过世。他们兄弟俩跟着奶奶过。前年,哥哥成家。去年,奶奶病故。他成了"单身哥"。画像馆是他安身立命的地方。

马师傅的老婆生了四个孩子,前面两个没活下来。钟胜春来后,他老婆竟生了"双胞胎",而且是"龙凤胎"。儿子取名马宝龙。女儿叫马宝凤。马师傅夫妇认定是钟胜春带来的好运。也许是因为这个原因,马师傅很尽心教钟胜春画像。

杨汪海一路跑,气喘吁吁找到钟胜春,央求道:"哥,你这就回去好吗?偓想画你。"

"画偓?"

"你不是要偓自己先学着画吗。师傅给了纸、笔、墨。"

"心急吃不了热豆腐。"

"偓现在就想吃热豆腐。嘿嘿。"

"嘿嘿吃你个大头。"钟胜春轻轻地敲了下他的脑袋。

他们俩快步回到画像馆。半路,他看见一间卖烧饼的,买了四个:"画饿了,当点心。"

烧饼的香味涌上来,钟胜春条件反射地咽了咽口水,喉结在上下滑动。杨汪海摸了下钟胜春那像桃尖的喉结:"戳痛偓的手啦!"

"别'鬼神鬼样'(调皮),走。急什么急,画像,讲究的是慢。"

"晓得晓得,哥,等会看偓怎么慢慢画你。"

钟胜春坐着不动,让杨汪海画。

杨汪海面对钟胜春,突然不知怎么下笔。

"像师傅画顾客一样画啊。"钟胜春急了。

"偓也想啊。"

"唉,你爱怎么画就怎么画吧。反正也别指望你第一次能画成的。"

钟胜春坐累了。杨汪海画得满脸是汗,这满脸的汗是急出来的。

杨汪海把画提起来给钟胜春看。两个人当即笑得抱成一团。钟胜春嚷嚷:"你把俺画成马师傅了!"

画没画好,烧饼倒是吃得很香。

下半夜,杨汪海呀呀呀地叫。钟胜春醒过来,觉得屁股后面湿了一片,他摸了摸那片布,黏黏的。杨汪海原来在做梦,那东西顶着了他。

第二天杨汪海一天心神不宁——昨晚那事太丢人了。好在发现钟胜春一切如常。第三天,钟胜春还是一样,他才放下心来。

过了几天,好像是深夜,他迷迷糊糊,钟胜春用手摸了摸他那东西,他立即生动起来。他们的头跟头挨着并排睡。第二天钟胜春一切如常,好像昨晚没干什么事一样。又过了几夜,钟胜春又这样。杨汪海竟有点上瘾了,钟胜春不那样他反而不能入睡。有一夜,杨汪海睡不着在想:也摸摸他。第二天晚上,杨汪海假作做梦,摸了他那东西。哇!一下子就立了起来。自己便想入非非,下面跟着挺起来……就这样,他们经常在睡觉时演哑剧,心知肚明,欲罢不能。

半年后,马师傅开始教钟胜春第二步:皴染。

"定好五官后,用粉彩层层烘染人物面部阴阳凹凸。"马师傅边示范着画边说。

钟胜春和杨汪海在一旁屏气凝神,目不转睛。

又半年后,马师傅教钟胜春第三步:提。

马师傅说:"用浓墨勾醒眼、眉、须发等,再将毛发以淡墨逐层染至浓墨状。这样,每个人的眉毛、发须的疏密,曲直,形态，则不会雷同。再用笔劲拔细密，毛根入肉，鲜活逼真，历历可数。"

杨汪海跟钟胜春一样，认真地做笔记。

马师傅说："这门功夫要学到手，十年八载也不定，甚至一生。"

一年半后，杨汪海学会了画钟胜春的五官。

那晚睡觉前，在油灯下，钟胜春看看杨汪海的五官，逗他："有人讲看五官能猜测男人和女人那东西。"

"师傅讲的？"他新奇地问。

"师傅哪会讲这些破事。喂，是我们画像馆隔间的那个人称老不正经的洪大叔说的。他不是经常来看师傅画像吗。"

"他怎么讲？"

"男人看鼻梁，女人看嘴巴。"

"他又没'讨'老婆，晓个鬼！"

"谁说的，听说他老婆早年跟渡口行船的一个行船佬跑了。"

杨汪海便盯着钟胜春的鼻子看。

"喂，看什么看？"

"哦，哥难怪你那——"

钟胜春用手指点点他的脑门，然后他们便呵呵地浪笑。

他们都正值身心发育期，渴望了解对方的变化来印证自己的变化，纯真，好奇，无邪。但又没有谁传授他们这些知识，父母不会，亲人也不会，他们在渴求中只好从其他人那里，从一些事物那里获取一些，像云里雾里一样，似清非清，似懂非懂。

圩镇下面的河边有一大片竹林和沙滩。夏天，很多人在游泳。小孩一丝不挂。大人穿了裤头在游。钟胜春来画像馆当学徒那年十五岁。他也经常去游泳，有意无意就爱看大人那地方，湿漉漉的裤头把那东西呈现得若隐若现。大人游完泳去竹林里换裤头，他也跟着去。有时候"不小心"看见大人的那东西，便立即喘粗气，面红耳赤。有一次，他看见一位大哥在抚弄那东西。他赶忙蹲下来，透过竹林的空隙偷望，不远不近，刚好在视线内。一会儿那位大哥就发出呻吟声。他全身热血沸腾，口干舌燥。他迷恋上了夏天的竹林。

"哥，画像，师傅还教你什么秘诀？"杨汪海摸了摸刚才被钟胜春点过的脑门问。

"喂，喂，师傅教我也教你啊，一块教的。"钟胜春说，"师傅说的那些讲究，你记得吧。观颜察色，因人而异，欢喜就好。十二个字。"

马师傅画像总是讨人喜欢。

他问男顾客："画严肃点吗？"

男顾客总会点头。

他问女顾客："画笑容点吗？"

女顾客也总会赞许。

对长得好看的，马师傅给他画正脸。长得不太顺眼的，往往画侧脸。对长得凶的，画柔和一些。对长得软绵的，则画多一点"脾气"。还有画嫩一点的，画"老成"一点的，等等，这些都有讲究。总之，他总结为：观颜察色，因人而异，欢喜就好。

马师傅有时上门给人家画像，大都是行动不便的老人，或快要离世的老人。大都是钟胜春跟着他去。有时他也会叫杨汪海跟他去。从跟的次数的多少，便可以看出他们的差别。

马师傅把画好的像挂起来后，上看下看，左看右看，边看边感叹："画形易，画神难啊！神在哪里，在眼神里，在神情里！"

站在一旁的他们，像看不见路尽头的行路人，在心里感叹：

画形已很难,何时才能画出"神"来!

7

杨汪海和张惠巧十九岁那年秋天结婚。他们两家等啊等,一直等了十九年,心生欢喜,又小心翼翼,像手里握了鸡蛋一样,握得紧,怕破,没握实,怕摔。

杨汪海的父亲杨镇山和张惠巧的母亲郑秀英原计划是定在他们二十岁那年"摆酒"(结婚)的。但这年一整年,从春天到冬天,杨镇山反反复复地查杨汪海和张惠巧的生辰八字,但是竟挑选不出良辰吉日。推后一年再办婚宴吧,怕夜长梦多。所以他们最终敲定——定在他们十九岁这年。越早办婚事,压在心上的石头越早落地。

结婚那天比杨汪海做"满月"时更热闹,"镇山居"所有厅堂、走廊摆满了宴席,摆不下,又把所有房间的东西收拾一遍,每间摆一桌,还摆不下,最后有四张桌摆到了门坪。盛大的宴席,也招惹了狗。前后左右的狗纷纷被引诱过来。走来走去,数不清楚。有人把啃过的骨头随手扔到地上,狗们不顾人腿,碰来撞去争着抢吃,有时还汪汪汪地叫。真是热闹。

好在秋高气爽,没有一点下雨的迹象。

婚前,杨汪海在挣扎,离结婚的日期越近,他的挣扎越激烈。十岁前,他不知什么叫"指腹为婚"。跟张惠巧在私塾读了五年书,一起吃,一起住,一起去上学。有好事的大人取笑他们——"两公婆像鸡嫲,咯咯咯,系(很)相好,去读书,咯咯咯!"杨汪海懵懵懂懂,张惠巧也懵懵懂懂。后来,杨汪海去了圩上继续读书。读的书多了,也渐渐长大了,他才清楚他们以前取笑他们的意思。

他吃睡不宁了,问母亲:"阿妈,偃跟惠巧妹妹已'指腹为婚'了,真有这事吗?"

张惠巧比他大几个月,理应叫她姐姐的。但他们双方的父母要他叫她妹妹。他们那里从上辈传下来的讲究:男人"讨"老婆要"讨"比自己小的。

母亲答非所问:"你惠巧妹妹懂事又乖巧。"

"阿妈,偃问你话呢。"他急了,"这跟她懂事、乖巧、勤快、脾气好、长得好看有'脉介'关系呢?"

"嗨嗨,没关系?你'讨'了惠巧做老婆,保证睡目都偷笑!"

"阿妈你讲到天上去了。你,你不懂!"

"你长大了不'讨'老婆传宗接代吗?惠巧妹妹能嫁给你,我们家要烧高香,也不晓得上代积了什么德?"母亲照着她自己的想法说。

"偃'讨'老婆就一定要'讨'惠巧吗?在偃的心目中,惠巧是偃的阿妹!"他急了,心里愤愤地想——阿妈说的是什么话?

"讨妹妹不好么?又不是你的亲妹妹!'倈欷'你莫不是想'讨'老虎嬷,'讨'丑八婆,'讨'懒尸嬷?"张良玉没想到儿子长大了竟不知父母的一片好心,讲出这番不孝顺的话来,"你在外面听讲过吧,你和惠巧妹妹还在娘胎里时就定下来的事。天定的姻缘!"

"天定?"杨汪海心里的气在突突突地冒,提高嗓音说,"是你们定的!还敢赖天!阿妈,偃不跟你讲,再讲也白讲。没文化,目不识丁!"他的言下之意,就是秀才遇到兵——有理讲不清。

"喂，嫌弃阿妈没文化是吗？你、你——"张良玉平时是很少发脾气的，对孩子总是很疼爱。这下她给儿子顶出火了。

"偓找阿爸讲去！"他破门而出。

他连饭也不吃，直接找到圩上父亲给人看"风水"的店里去。刚好没有外人，他压不住心里的话。他怯怯的，从来没主动找父亲问话："阿爸，这些年偓在外面听到有人嚼舌嫲讲偓跟惠巧妹妹是'指腹为婚'的。偓现在问你，真有这回事？"

"是的。他们不是嚼舌嫲！你阿妈怀你时，惠巧她阿妈怀她时，我和你阿妈就打了一对金手环，你一个，她一个，作为定亲物，你做满月，惠巧她阿爸阿妈也打了一对银手环，惠巧一只，你也一只。'和事佬'宋百顺叔公那天还当着大家的面公开了这件大喜事。"杨镇山一五一十地说。

"阿爸，你们为什么要这样做？"杨汪海欲哭无泪。

"'倈欻'，不瞒你说，你阿爸阿妈生了一个又一个'妹欻'，都生惊（怕）了，就是没有生个'倈欻'，日后家业谁继承，谁来传宗接代啊！"杨镇山从来不会端水给儿子喝的，竟端了杯水送到他面前，"你都晓得你阿爸会相命看'风水'的，你阿妈刚有你时，阿爸就想好来个'指腹为婚'，求老天爷送阿爸阿妈一个'倈欻'。你都不知道你阿妈暗中烧了多少香流了几多'目汁'求老天爷啊！果然很灵，你阿妈生个'倈欻'，哈哈就是你啊！"

"阿爸，你这叫迷信！碰巧的。你不烧香不求老天爷，我阿妈这次也会生'倈'的。"杨汪海把水放回桌上。

杨镇山没想到儿子竟敢跟自己这样讲话，瞪了儿子一眼："那、那你惠巧妹妹她阿妈果然生的就是妹，她阿妈前面跟我们一样生几个'妹欻'。她要是'倈'呢？还说是迷信？碰巧？都是烧香拜佛求老天积的福。反正巧就巧吧,你们结婚一定会美满幸福的。看看,老天爷都保佑你们,成全你们呢!"

"偃跟惠巧是兄妹,没那方面的感情!"

"喀!哪方面?读几年书就讲洋话,讲不能当饭吃的屁话了!偃和你阿妈是人家介绍相识见三次面就结婚的,有感情吗?感情是慢慢弄出来的。现在不是过得好好么?阿爸吃盐比你吃米多,你还嫩着呢!"

好,好个头!别骗偃,你做的糗事以为偃不知道?——话快到嘴边,又被他吞回去。他心里的气又上来了:"爸,你也别讲你们,别讲老天爷了。我们的事,你扯上天,奇怪!反正偃认定惠巧是偃妹妹,不是老婆!"

杨汪海说完,愤愤地离开。

8

张惠巧从她跟杨汪海一起去竹林围读书时,就喜欢他了。

她常常拉着他的手去上学。蹦蹦跳跳,快乐如鸟。不但一起吃,还同睡一张床。你碰我的脚,我勾你的手。被子呢,拉来拉去,互不相让。黏得很!

后来,杨汪海去圩上读书,他们才分开。她才回到自己的家里来。这一分开,就很少在一块。有时他不读书时从圩上回家,她跟阿姆去他家。她不知道,这是他们大人有意安排的。但杨汪海跟她生分了,不像以前在一块读书的时候。他老躲闪她,也不太跟她拉话。但她还是很主动问他圩上读书的事情,问问那里的教书先生跟以前的先生一样教吗,问问他也爱教月亮诗吗。但杨汪海总是爱答不理,即使回答了一句,也不主动抛话题让她接。

杨汪海在圩上读四年书,他们就是在这样不冷不热中度过的。后来他又去圩上的画像馆学画像。这年他们十七岁,身心正在发育。其实他们在十三四岁开始就在变化,对男女的事情,既朦胧好奇,又向往,像含苞待放的花蕾。她在外面也听说她与杨汪海"指腹为婚"的事。起初,她不懂怎么回事,渐渐地懂了,才恍然大悟——原来杨汪海害羞,怕别人笑话,是有意躲闪她的。再说,他才十几岁,谁都不会大大方方的。自己能大方吗?同样不能!别人多嘴问她这件事,自己不也是躲躲闪闪吗?这几年随着年龄渐长,她越来越明事理,越来越晓得善解人意,为对方着想。她思前想后,左思右想,越想越美滋滋的,期待着那一天早点到来。

十五岁"出花园"(成人礼)那天,她阿妈把定情物——一只金手环和一只银手环交给了她。夜深人静睡不着觉时,她会偷偷拿出来看,看呀看,看得心里的花儿悄悄地绽放。

结婚那晚,客人走了,洞房闹了,杨汪海和她才趔趔趄趄进洞房。杨汪海喝高了。她也有点微醺。

杨镇山原想在闹洞房前,搞一场山歌斗唱,热闹个够、风光个够的,但最后还是放弃了这想法。取消的原因是婚前儿子透露出不想跟惠巧结婚的情绪。斗起山歌来,往往斗个不可开交,斗到三更半夜,影响新婚之夜新郎新娘睡觉。他恨不得儿子和儿媳快快做那事,把孩子生出来了,才不会有那么多想法。

张惠巧将杨汪海扶上床,把他的鞋脱掉,正想脱他的裤子时,他突然按住不让她动手,但一会儿,又松开。

张惠巧悠悠地问:"汪海哥,你喝多了。"

"喝——喝高了。"杨汪海硬着舌头应。

"喝高了。"张惠巧靠上去,"开心吗?"

"开——开——心。"杨汪海说,"开、心,才——才喝高。"

"好像觉得哥你有点——"张惠巧心里还是不踏实,试探着问。

"有点——'脉介'?哥,开——心!阿爸、阿妈说你——长得好——看,脾——气又——好,又——勤快,哥、哥——"杨汪海吐着酒气。

张惠巧说:"哥,你好好睡一阵吧。你喝多了。"

她耳畔一直响着母亲的话——"男人都这样的,有孩子当爹了才会想老婆想家,女人最要紧的是赶快把男人睡了,赶快让自己怀上他的骨肉,赶快当妈!"

结婚前几天,母亲教她怎么睡老公。她听得脸一阵阵地发烧。

下半夜,张惠巧把杨汪海睡了。杨汪海在又醉又糊涂又亢奋中。张惠巧呢,微醺而已。

第四天,杨汪海跟她说:"偓去画像馆看看,几天没去了,手头还有活等着。"

张惠巧想,都一块几天了,女人也不可太黏,男人有男人的事:"去吧,哪天学会画像了,也画画我。"

"偓会画五官了。"杨汪海笑着说,"胜春哥已会画全部了。虽然没有师傅画得好。"

"哪个胜春哥?"

"就是跟偓一块跟师傅学的那位,长得又高又俊,头毛有点卷的那位啊。你好像见过他一面。"杨汪海说得高兴,声调亮了起来。

"哦,偓想起来了,去吧。"

杨汪海这一去就再也没有回家。他没去画像馆,偷偷"过番"去了。

决定"过番"的前两天,他一直在痛苦中挣扎。父母一定要让他和惠巧结婚,说不结婚会毁了惠巧的一生,外面谁都知道惠巧还在娘胎里时已是他的老婆,不娶她,谁还敢要她。但这几天来,他反反复复地想,惠巧是自己的妹妹,不是妻子,没那方面的感情啊。跟她在一块,还没有跟胜春哥一块快乐呢。还是走得远远的,离开她吧,不然硬生生地捆绑在一起生活,双方都会很难受的!自己走了,消失后,她和家里人找不到他,她难过三年两载也许就会淡忘自己的。与其痛苦一辈子,不如痛苦三几年。离开吧,尽快离开!

在"过番"的船上,他不断地跟思想作斗争:惠巧妹妹,哥哥本不想跟你睡一起的,还做了两次那事,但都是喝多酒后做的糊涂事。惠巧妹妹,哥对不起你……

第二天杨汪海没有回家,张惠巧急了。她赶快去圩上的画像馆找他。最后才在他和钟胜春睡的房间的窗户下,发现了一封信。

那扇窗临着画像馆后面的巷子。杨汪海可能是把信从窗户往里塞的。

钟胜春抖着手拆开信——"不用找俚,俚已'过番',去哪里俚现在也不知道。只想一个人去很远的地方安静安静。不辞而别,对不起。"

张惠巧看完信,放声大哭,泪如雨下,嗒嗒嗒打湿了信纸。

钟胜春失魂落魄望着窗外。

第五章　南迁

1

清朝乾隆五十二年（1787年），杨镇山的高祖父杨安居携妻带子从福建迁居到春秋镇竹林村。

那年杨安居三十二岁。儿子十岁，女儿八岁。他和妻子各背着一只大布包，牵着儿子和女儿上路。像唐僧去西天取经一样。他们在兵荒马乱的年代，手无寸铁，只好听天由命。他们比唐僧取经更艰难。唐僧有马骑，孙悟空会七十二变，还有金箍棒，猪八戒会三十六变，沙僧会十八变，能对付种种不测。

他们背上的布包没有安顿好，家就还在背上，在路上。

那年代，战乱频仍，人心惶惶。杨安居的父亲原以为祖父举家迁徙到福建后便可以安居乐业的，没承想希望还是落空。他渴望永远安定下来，不再像惊弓之鸟一样，所以把儿子的名字取为"安居"。杨安居夫妇像母鸡选窝，飞鸟筑巢一样，诚惶诚恐，小心翼翼，新家到底要安在哪里呢。既要避开战乱，也不能选择人见人争的水丰地肥的地方。选择在人迹罕至的山野之地，但又要能拓荒种地确保可生存繁衍的地方。最后他们把家安在了竹林村。

竹林村在群山环抱之中，但有不大不小的平地可开垦种粮，还有山涧流水。走出群山，便是一个古老的圩镇。圩镇倚着一条大江美江。竹林村像他们背上的布袋，绳索收紧，外面进不来，绳索一放松，出去便是开阔的世界。山门，窄窄的山门就像可紧可松的绳索。

他们肩背上的布袋终于安稳落地，长吁了一口气。

这是南方的南方，远离争权夺利，远离繁荣之地。如果再进发，争夺，便是纵身江河大海了，同归于尽了。

春天雨水多，夏天天气热，他们熬过春天和夏天，选择在秋天上路。这一上路，竟行走了三个多月。慌乱中离家时，只带了一些衣服和一些面包、甜粄。吃了三几天，便断餐。杨安居让妻子带着儿子女儿去讨饭。他放不下脸跟着去。那年代不论是圩镇还是农村，实在太穷了。妻子常常走了半天，讨不回半碗稀饭。运气好的话，能讨三几条番薯或香芋等杂食。

儿子不解问他："阿爸，家里米缸还有一缸米，为什么不带到路上吃？"

他爱抚着儿子的小脑袋说："留给爷爷奶奶吃。爷爷奶奶老了不能跟我们走那么远的路。再说，挑着一担米，也走不远啊。有些时候要选择放下。"

"放下？"儿子还是不解。

"对，放下才能走远。"

儿子似懂非懂。

女儿问："爷爷奶奶留在家里怎么办？"

"等我们把新家安顿下来，再回去接爷爷奶奶。"

女儿这才露出笑容。

杨安居有时饿得一身乏力靠在树边，肚子咕咕地叫，等着妻子讨饭回来。后来，他不顾面子了，带着孩子走村串家去要饭，像妻子一样。夫妻兵分两路。在讨饭的路上，常常会碰上跟他们一样逃荒要饭的。有时还互相交换心得——房屋越像样的，越不能去那里讨饭，这往往是地主的家，地主不但不同情、可怜他们，施舍饭菜，还大声呵斥甚至放狗咬人。那些生活贫困的穷人，往往会挤挪出一点饭菜分给他们。

杨安居在孩子面前不想流露出沮丧的神情，对孩子说："凶恶的富人，善良的穷人，让你们选择，喜欢谁？"

"喜欢善良的穷人。"孩子们说。

要饭已很艰难，洗澡和找住所更艰难。他们经常住屋檐下，凉亭，甚至茅房。遇上好心人，借宿他们的厅堂。有些茅房，还兼猪舍。人屎、猪屎臭气冲天。实在太困了，只好倚墙而"睡"，忍着臭味，但这总比露天过夜要强。借宿茅房，还要在深夜入"住"，第二天天未亮之前离开。担怕有人去茅房屙屎。

如果凉亭不是在大山深处，在村寨不远的地方，他们有时选择住在凉亭，虽然四面漏风，但总比住茅房的空气好。

夜色袭来，野外虫吟鸟叫，野草在夜风中猎猎作响，孩子便开始害怕起来。

杨安居把女儿和儿子揽入怀中："阿爸给你们讲'武松打虎'的故事，想听吗？"

"想，想听。"女儿立即来了兴致。

"打老虎？老虎那么凶，不怕被吃掉吗？"儿子怀疑。

"武松叔叔胆大又勇敢，他硬是用拳头把老虎活活打死。有一回，武松叔叔回家探望兄长，经过景阳冈，在一家酒家喝了十八碗酒后赶路。酒家说冈上有老虎伤人，劝他不要赶路。武松不信，果然在冈上遇见老虎。武松用尽力气用双拳将老虎打死，给当地老百姓除去大害。"

女儿听后拍手叫好。

儿子兴奋得跳起来:"武松叔叔真厉害!"

杨安居问:"还害怕吗?"

"不怕,不怕。"女儿挣脱他的怀抱说。

"武松叔叔连老虎都敢打呢!"儿子一脸豪气地说,"要是遇上恶蛇我用棍子打死它。"

在煤油灯的微光中,杨安居的妻子边在凉亭旁铺展垫背的被单,边抿嘴微笑。

后来,他们还在凉亭借宿过几次。孩子们便再不害怕,放松下来。有一回,他们夫妇看见孩子睡香甜了,在凉亭边相拥在一起。杨安居说:"孩子他妈,出来那么久,你担惊受怕苦累了。"

妻子抱紧他。

杨安居说:"那事都快忘了。一直没那种心情。"

妻子把他抱得更紧。于是他们在虫吟鸟叫中美美地做了那事。

洗澡呢,哪像洗澡?寻找山坑、水沟、小溪,将面帕弄湿,抹抹身子而已。但再怎么难堪,每天也要坚持洗抹一次身子。有时孩子困得打盹,嘟起嘴巴不肯"洗澡"。杨安居按按、捏捏孩子的太阳穴:"再难,每天也要洗身。"

"为什么?"孩子打着哈欠。

"养成讲干净的习惯。好习惯是从小做起,不能丢的。"

进入荒山野岭,提心吊胆,担心虫蛇,山猪,豺狼。再怎么疲劳,也要赶在天黑之前离开荒无人烟的山野。孩子实在走不动,他们夫妇背着孩子赶路。妻子默默流泪,他强忍着眼泪走在后面。他不断提醒自己:自己不能倒下,倒下,这个家就倒下了。

他对背上的儿子说:"阿爸给你讲个故事,好吗?"

"好啊,放偓下来。喘大气讲不出来的。"儿子说。

他把儿子放下来。

女儿也从妻子的背上下来。

"从前有位叫愚公的大爷,快九十岁了,他家门口有两座大山,堵住了他们家的去路。他带着孩子硬是要把大山搬掉,一天接着一天干,一月接着一月干,一年接着一年干。"

"两座大山搬掉了吗?"儿子指着前面不远的大山问,"像那座一样的大山。"

"搬掉了。愚公爷爷搬山感动了天帝,天帝派天兵天将下来帮忙把两座大山搬走了。"

女儿拍手说:"愚大爷,真厉害!"

他笑着说:"起来吧。像愚大爷一样,不怕困难。"

于是他们又高高兴兴地赶路。

走了几天,儿子的信心又不足了:"阿爸,我们为什么要离家?"

杨安居俯下身去揉搓儿子那酸软的腿肚:"现在家里不安全了,到处兵荒马乱,抢夺杀人,阿爸和阿妈不带你们赶紧离开的话,说不定哪天——"

妻子朝他摆摆手,不让他说不吉利的话。

女儿也嚷腿软,问:"阿爸,我们要去哪里?"

"你阿爸带我们躲得远远的,远离提心吊胆的地方。"

妻子拉着女儿的手,指着南边说:"去南方,听说那里人少地多。"

儿子问:"要走多久啊!"

杨安居说:"阿爸也不知道,边走边看,看见好地方就把家安下来。"

女儿说:"早日找到那个好地方。"

杨居安说:"说不定,过几天就找到了呢。"

一家人打起精神继续上路。

有一次,他们路过一块番薯地,旁边有个草棚。估计是夏天种西瓜时看守瓜田用的。草棚前不着村后不挨店。他们便在草棚住下来。他们实在太饿了。妻子背着他去偷挖几条番薯,在旁边的水圳把番薯洗净,分给孩子吃。孩子高兴坏了,大声嚷道:"好吃,又脆,又甜。"

他发现后在叹气,然后说:"吃吧,吃吧,都吃吧。"

女儿问他:"阿爸你为什么不吃?"

他说:"你们还小,不懂,人家辛辛苦苦种的番薯,按理是不能偷的。阿爸记住了这块番薯地,等我们把家建好后,阿爸会倒回来找到这块番薯地的主人,还钱给他。"

儿子听后便住嘴不吃。

他笑着说:"吃吧,吃吧。阿爸日后一定会还钱的。"然后儿子和女儿又欢喜地吃了起来。

妻子在一旁看着,眼泪在眼眶打转。

他们曾在路上遇见一对夫妻,看上去四十来岁的样子。也是南下找新家的。他们要了一天饭,空着碗回来,饿得满山找山果和树叶吃。去要饭,如果不是携老带小去要,往往是要不到饭的。杨安居问那位大哥:"孩子呢?"

"儿子腿残留在家里,女儿在路上发高烧没了。"他有气无力地说,"老人养顾儿子,等家安下来再回去接。"

那位大嫂嘤嘤嘤地哭。

杨安居心隐隐地疼:"嫂子,别哭,别哭没力气了。"说着便分给他两个面包。那对夫妻感动得热泪盈眶。他们走后,杨安居的女儿不解地问他:"阿爸,我们也是吃了上顿没下顿,为什么送给他们面包?"

杨安居摸摸女儿稚嫩的脸:"人家有难,要伸手帮助,就像别人给我们饭吃一样啊。"

女儿点点头:"阿爸,以后俭省点吃,遇见饥饿的,也分一点给他。"

他背过脸,眼睛闪烁泪花。

杨居安在夜深人静的时候,经常会回想这三个月携妻带子一路南下的种种艰辛。唐僧师徒四人经历千辛万苦去西天取经,他们南下翻山越岭找新家,何尝不是另一种取经。

他没想到这次南迁,面对种种磨难和挫折,不惧不畏,勇往直前,像飞蛾扑火般执着。他惊叹于妻子和孩子身上的巨大潜能。他们的南下之行是肉身的修炼,精神的淬炼,也是孩子成长之行。虽然这是万不得已的南下远行,但他乐观面对,笑对人生,在困境、逆境中寻找出路,绝地逢生。

2

杨安居南下迁徙到春秋镇竹林村,在他的家史记载中已是第四次迁徙了。

他听父亲讲,父亲听他爷爷讲,他爷爷又听他的爷爷讲,他们家祖辈第一次迁移,是晋代永嘉年间,因五胡乱华引起,为避战乱而背井离乡。第二次迁移,起因于黄巢起义。黄巢之乱辗转近半个唐朝江山,祖辈们为救死扶伤,颠沛流离举家迁徙入鄱阳湖平原。第三次迁移遇上宋高宗南渡,元人入侵,祖辈们又不得不迁到福建。

他携妻带子一路跋涉迁居到竹林村,感同身受祖辈们迁徙之苦。祖辈们比自己更为艰难,避战乱,抗饥饿,斗疾病,还有天灾人祸。风餐露宿三个月来到竹林村安家后,他更能体会祖辈们留下的祖训——自强不息,处事以思;贫不失态,富不忘贫;孝敬父母,善待他人。他爷爷说,祖训补充过一次。第一次的祖训是"自强不息,处事以思;孝敬父母,善待他人。"第二次补上两句"贫不失志,富不忘贫"。他亲身经历迁徙之艰之苦,感触很多,他又添进两句——"不惧挫折,乐观面对。"

悬挂在竹林围杨氏宗祠的二十四个字祖训就是这么传下来的。"自强不息,处事以思;贫不失志,富不忘贫;不惧挫折,乐观面对;孝敬父母,善待他人"。这二十四个字的祖训,是杨氏经历一次又一次南迁留下来的精神财富,是杨氏祖辈用心血凝结而成的。

祖训刻在石碑上,力透石背,字字珠玑,字字千钧。

3

朱天伦的高祖父朱岁月比杨安居慢一年来到竹林村。他带着母亲和老婆孩子从江西出发,走了两个多月。他的父亲不在了,年迈体弱的母亲只好跟着他们一起南下。在经过一处深山老林时,他母亲受不起劳顿、饥饿、疾病,最后倒下再也没活过来。他忍着泪水,把母亲埋葬在一棵松树下,做了个标记,携妻带子带着悲恸继续赶路。

杨安居和朱岁月他们举家来到竹林村时,这里前后左右十头八里外不见人烟。四面是高矮不一、大小不同的青山。这些山长满树林。山与山之间有大小不等的荒地,低洼地,坡地。山间有山坑,小溪,流水潺潺。

他们放眼青山绿水，心生欢喜，一扫几个月的迁徙之苦之累。

这里宛如世外桃源。

朱岁月学着杨安居的样，搭建茅寮，暂住下来。

两座茅寮搭得很近。

杨安居先到为主，像热心主人一样帮朱岁月家搭建茅寮，开荒种地。

杨安居一家四口。朱岁月也是一家四口，不过朱岁月家的是两个儿子。

杨安居比朱岁月长一岁。

群山环绕中只有他们两家人。杨安居和朱岁月亲如兄弟，情同手足。

有一天，杨安居主动找朱岁月说："朱老弟，有件大事想跟你商量商量。"

"做屋的事么？"朱岁月把烟袋递给杨安居。

"呵呵，看来男人的想法都一样的。"杨安居从烟袋里捻出一小撮烟丝，塞进烟斗的烟窝，点燃，吸上，"你也谋划上了。"

"有这个想法，但摁在心底。孩子还小，人力不足。"朱岁月说。

"我家也一样啊，偓想好了，你看行不行？所以今天才找你商量。"

朱岁月也弄了一窝烟，吸了起来。他的思路像袅袅升起的烟雾。

一会儿，烟雾在他们的脸上缭绕。

"偓前段专门去别处走走看看，看这里的人住什么样的屋。跟福建那边有些地方相似，但又不相同。"杨安居说。

"一方水土有一方的风俗习惯吧。"

"这里的客家围龙屋跟福建的围龙屋不一样,福建那边的是土楼,圆形的。而这里的是半圆形的,也不是楼。"杨安居说,"你以前在江西时,那边的呢?"

"也有围屋,不过大都是方形或圆形的。"

"哪天,我们一块去实地看看。"杨安居说,"男人的一生最大的事业就是做屋。"

"安居才能乐业。自古以来说的。老哥你的名字安得好啊!"朱岁月说。

"哈哈,我阿爸给偃安这个名可能就是要时时处处提醒偃做屋。"

"一座围屋,少说两横一围,偃有这个想法,但确实没这个能力啊。"朱岁月说。

"偃想好了。"

"你想好了。"朱岁月给杨安居竖大拇指。

"我们两家合起来一块建,这样就不是一加一等于二,是大于二啦!一年接着一年建,建它十头八年,一代接着一代干,也许就能成样子成气候了。九十岁的愚公还要搬掉两座大山呢。"杨安居拍了拍朱岁月的肩膀说,"老弟,哥说的有道理吗?"

"老哥就是老哥,你这是个好点子啊!"朱岁月的嗓门亮了起来。

"哥不会是虚长的吧。"

"不是不是,是实长,比实长还实,一寸光阴一寸金,你的是真金白银啊!"

"老弟,你还真会挑好话讲。中午,偃赖着不走,蹭你家的饭吃。"

"你哪能走,没偃的同意。我们兄弟俩喝两盅,好像我们还没喝过呢。"

"是啊！第一次，确实是第一次。喝，喝，喝。"

"喂，丑话讲在前面，怎么合起来做屋。赶在还没喝糊涂之前，把话挑明白。"

"哥就等你这句话。这样吧，我家建一边，你家建一边。要么我左你右，要么你左我右。建一围，再往外建一围，每一围往中间合拢。正屋也一样。你看这样行吗？你追我赶，比赛似的。这样好，互相激励。"杨安居把心里想好的想法直接讲出来。

"好啊！原来老哥，你呀你——"朱岁月说，"看来，中午这顿酒还真得往醉里喝了。"

杨安居和朱岁月两家经过几代人的努力，四横二围的竹林围就这样终于建成了。

这里除了树多林密外，还有许多竹子，绿竹、楠竹、毛竹，不一而足。竹子，雨水沐浴疯长，见到阳光灿烂，生命力旺盛。

围龙屋筹建时，杨安居和朱岁月的意见一致，起名为竹林围。既不拿杨姓做文章，也不以朱姓说事。

4

竹林围起建之时，杨安居和朱岁月两家互相换工，解决人力不足的难题。杨安居家起屋时，朱岁月夫妻帮手。朱岁月家起屋时，杨安居夫妻帮忙。

每年秋收后开始起屋。因为秋收后相对闲暇和雨水少的原因。

瓦和泥砖是自己动手解决的。他们两家合建了一座瓦窑。瓦窑建在竹林围附近的山坡上。瓦窑状如拱形。他们将洞里的泥土掏掉后，把洞壁四周的泥土夯实。在窑洞面前搭建竹棚。做瓦比打泥砖工序多，工作量大。做瓦的时候，他们两家一起做，做好的瓦也一起用。

做瓦的第一道工序是踩泥巴。他们把半干的泥巴从地里掘起来，挑到瓦窑前的竹棚里堆成一小堆一小堆。泥巴吸腿，费劲，踩泥巴是男人干的活。杨安居和朱岁月负责踩泥巴。他们赤脚光膀，在成堆的泥巴上踩呀，揉呀，踩呀。杨安居的妻子和朱岁月的妻子在一旁用木勺舀水往泥堆泼洒，像仙女散花似的。有说有笑，干得不亦乐乎。场景甚是温馨。

泥巴踩熟踩韧后，把它扯成一块块放进一个个已撒了干泥粉的木模子里，压紧实后拉刮敲打，瓦坯便脱模而出。他们用畚箕把瓦坯挑进瓦窑里，很考究地叠放好，然后烧烤。瓦坯一直不间歇烧七八天后才停火。瓦窑上空烟雾袅袅。瓦窑烧烤的味道远远便能闻到，那是有别于泥土的味道，那是说不出好闻还是不好闻的特别的味道。瓦窑烧瓦停火后，在瓦窑的顶端用冷水浇灌浸润，直至瓦窑冷却下来，这时才开窑。坚硬的瓦片总算烧制完成。

相比做瓦，打泥砖工序少多了。他们两家便各做各的。打砖的泥从田里取上来后，一担担地挑到土坪上。像做瓦坯一样，先把泥踩熟，边踩边洒水，还要放一些一寸长短的秸秆，然后把又熟又韧的泥巴塞进砖模，用木块划平整，将砖模打开，一块泥砖就做好了。泥砖在土坪里风吹日晒，直至坚硬如石后才挑到避雨的地方堆放。

竹林围正屋和那紧靠正门的左右两横，他们两家花了近十年才建好。这时还看不出围龙屋的模样。但他们早已把围龙屋的蓝图烙进脑海里，一年接着一年在努力。

正屋面前的那口水塘不大，他们将水塘从四面拓展，拓展至与想象中的围龙屋相匹配的规模。围龙屋后面那座山上的那片树林,也略嫌不够气势,每入春天种树的季节,他们两家便上山种树,那片树林——"风水林"便一年一年样。

他们有事没事总爱往那片"风水林"望,越望越欢喜。

第六章 "番批"来啦

1

张惠巧从画像馆回来,把自己关在房间里,不见人,也不吃不睡,默默地流泪。

郑秀英透过门缝,看见女儿坐在床边,低着头不停地抹眼泪,她急得走来走去,时站时蹲。她半蹲着轻轻地敲门,小声地喊:"阿巧,是你阿妈,开开门。阿妈有话跟你讲。"

张惠巧还在哭,肩膀一耸一耸地抽泣。

"开门哪,是你阿妈。"郑秀英加了点劲再敲,笃笃笃,声音也跟着急促起来

"阿妈,偓没事的,你回去吧。"张惠巧没转身,头也没抬,哽咽地说。

房间不是很大,女儿近在眼前,但郑秀英感觉远在天涯。

"早知这样,阿妈和你阿爸就不把你指婚给这个衰人的。"郑秀英后悔地说,"千错万错都是偓和你阿爸的错,老想攀高枝让你过上好日子。有钱难买后悔药啊!"

"阿妈,你不用说的。你和阿爸没错。是偓命不好,偓本是贫贱的命,配不上汪海哥。"

"都到这步田地了,你还替那个衰人讲话,'妹欸'你就是

心地太善良。"郑秀英在门外说，"难怪你被他欺负！"

"汪海哥没欺负偓。"张惠巧呜呜呜哭出声来了，"阿妈，你回去吧，让偓静一静好吗？"

"早知道这样，阿妈就不该教你睡他的。"郑秀英急不择口，自责起自己来，"阿巧，他睡你了吗？你赶快开门哪！不要哭。"

张惠巧心里嘻地差点笑出声，抬起头转身对着门外母亲说："阿妈，你回去吧。让偓清静一下好不好。"说完便干脆倒头躺在床上。

郑秀英见女儿的情绪有所好转，这才离开。

她没回家，径直去找杨镇山夫妇。他们在焦急地等待她的消息。

郑秀英心里窝着一肚子火："你们的衰仔一拍屎吻'过番'去也没话知（告诉）我阿巧一声，搞'脉介'鬼！你们不会装聋卖傻吧。"

"天地良心，我和良玉还真不清楚，这个斩千刀的衰仔，竟一声不响，背着我们去'过番'。"杨镇山刚打开嘴就生气。

"亲家娘，我们事先要是知道这个衰仔'过番'，他阿爸肯定打断他的脚跟筋！"张良玉一脸无奈地说。

"谁还是你们的亲家娘，你家的衰仔都丢下我的'妹欸'了。"郑秀英没好气地说，"你们真的一点都不清楚原因吗？讲鬼话，鬼都不信！"

杨镇山赶紧把门掩上，拉着她的衣袖，让她坐到他们的跟前。

郑秀英生气地拂开杨镇山的手。

"喂——"杨镇山压低嗓音说，"讲我们完全不知道，那也过头假的。"

"讲啊，快讲。你们的葫芦里到底卖什么药。"郑秀英说。

"汪海他，他一直认为惠巧是他的妹妹，不是他要'讨'的老婆。我们讲到口水干，他还是这样认为。但不行啊，他和惠巧是'指腹为婚'的，全村人都知道的呀。他不'讨'惠巧，今后谁还敢'讨'她，不'讨'她，不是毁了她一生吗？"杨镇山如实说，"这件事，我和良玉先没话你知。怕你和惠巧承受不起。"

郑秀英听得目瞪口呆，回不过神来。

"亲家娘，都怪我们没想周全，早知道今日，还是事先话你知好的。看看你有什么好办法么。"刘良玉说。

"这样啊，哦，事情竟是这样啊！偃，偃也没什么好主意的。"郑秀英木木地说。

"这样吧，这件事还是不要告诉惠巧，等那个衰仔在那边想清楚后，哪一天也许会回心转意的，毕竟才十九岁的黄毛小子。还不晓替人着想，由着性子去。想想，我们后生的时候，有时也会由着性子去呢。现在有时也还——"杨镇山看了看郑秀英，没把下半截话说出来。

"那，那，怎么跟惠巧讲。"郑秀英说。

"偃想好了，你们看这样好不好。"杨镇山说。

"讲，讲啊，急死偃了。"刘良玉说。

"对，快讲啊！别折磨人了！"郑秀英说。

"就你们急？"杨镇山说，"偃比你们还急呢。就说汪海还不想那么早结婚，是我们逼他的。他想去外面闯荡几年。好男人四海为家呢，不能说他不喜欢惠巧。"

"你家汪海真这么想的吗？"郑秀英问。

"唉，是偃替他想的，偃看你急糊涂了。"杨镇山说，"他怎么会这样想呢。"

"这个衰仔一直把惠巧看作妹妹,脑子里一根筋转不过弯来。"刘良玉说。

"那还不是骗惠巧么?"郑秀英心里的气又开始不顺了。

"当然是骗惠巧的。我们这下要合伙骗她了。惠巧听了这些话,心里才可能好受些。不然怎么说呢。你讲。"杨镇山说,"讲他不爱惠巧?这不是把惠巧往悬崖推吗?"

郑秀英已失去了方向,傻傻地看着杨镇山。

"眼前只能这样说了。"杨镇山平日给人相命,既观脸又察心,"好在我们逼他跟惠巧结了婚,让生米煮成熟饭!俚倒要看看这个衰仔还能怎么翻盘!不然,他真跟别人结婚了,惠巧这一生就没救了。唉,你们不晓得,俚心里有多苦吗?"

郑秀英眼里流露出感激的眼神。

"新婚这几夜,惠巧最好能怀上汪海的骨肉。"杨镇山像料事如神的诸葛亮,"你们哪,你们这段什么事都不要做,天天观察惠巧的肚子里的动静。说不定几年后,这个衰仔赚了一屎缸钱回来,蚊帐准荷包(钱包)。哈哈——"

郑秀英鬼使神差一听见杨镇山"哈哈"很自信很得意的笑声,立马就舒畅。她心里想——好在新婚前,教了女儿怎样主动把那个衰仔睡了。要离开的时候,她看见张良玉进屋去了,赶忙细声问杨镇山:"莫非你家衰仔知道我们的糗事了。"

"怎么可能呢?'四六货'(蠢货)!你都一段没来针灸了。喂,你别想多了。一家人别讲两家话。"杨镇山说。

"你才'四六货'!谁跟你一家人?谁想多了?是你想多了。"郑秀英说,"看看我家惠巧都给你家的衰仔害惨了!"

听了杨镇山那番话后,郑秀英像抓了根救命稻草,赶忙折回女儿的房间。

2

张惠巧不愿正视这个事实——杨汪海背着她和家人"过番"。

她不见母亲，也不见杨镇山夫妇，关在房间里。脑海里一遍遍地回想小时候跟杨汪海手拉手一块去私塾读书的情景，一遍遍地回想上学路上跟杨汪海背月光诗的情景，一遍遍地回想跟杨汪海同吃同住的情景。

后来，杨汪海去圩上读书，回家时见面，也看不出他讨厌自己啊！只是不像以前天天一起时的样子，隔开了后，这个样子也很自然的，何况还是很害羞的年龄。不害羞才奇怪呢。没看他讨厌自己啊！新婚的这几天，也不见他不开心。一起睡了两次，他喝了酒，还说说笑笑，虽然是自己主动逗他的，但也不全是，他好像也很兴奋地做那事。

她睁开眼睛这样回忆，闭上眼睛这样回忆。

她以前很喜欢照镜子的，现在她不想照了。她害怕看见镜子里现在的自己。镜子里的自己不是以前的自己。

杨汪海去圩上读书后，她有时也会听到别人的闲话——她是杨汪海的老婆，他们是"指腹为婚"的。刚开始时，她总觉得这是别人的玩笑话。后来亲耳听母亲说后，才坐实这是事实。但她没有觉得不好，反而在心里向往起来，因为她确实喜欢跟他在一起，就是这个时候，她爱上了照镜子。她对着镜子里的自己，一次一次地吐露对他的好感。

她对着镜子里微笑着的自己说："汪海哥越长越好看，还不到十五岁，就高成那个模样了。嘻嘻，汪海哥眼睛大大的，眉毛浓浓的，鼻梁直直的，下巴翘翘的，耳朵长长的。笑起来，还有两个可爱的小酒窝，不浅不深，刚好。"

她把镜子擦了又擦，对着一尘不染的镜子说："汪海哥上进啊，村里就他一个读了五年私塾还不满足又去圩上继续读书的。"

她说："偃就喜欢汪海哥的样子，好在阿爸阿妈有福气，自己才有这份福气，在肚子里就把他定下来，别人嚼舌嫌由他嚼去好了，越嚼越好呢。"说着脸颊便红起来，赶紧摸摸，发烧了，心在怦怦地乱跳。

她越说越坚定："今生除了汪海哥，谁也看不上眼。"

她甚至很急切想结婚了，说："摆喜酒会是十八岁吗？还是二十岁？"边问边痴痴醉醉的。

她一次次地反问自己："汪海哥怎么会离开自己呢？到底是什么原因？汪海哥你告诉我好吗？"

她不敢面对母亲，不敢面对杨汪海的父母，觉得被人抛弃是很丢人的事情。

她像受了惊吓的小鹿，怯怯地观察着他们的反应，他们说的每一句话。尤其是杨汪海的父母的变化。

几天后，她才走出房间，像大病了一场似的，她走出去是想打听杨汪海"过番"的真相。要是杨汪海真的嫌弃自己，不要自己了，赖在他家里也没什么意思。她反复琢磨杨汪海的父亲杨镇山对她讲的话，像牛吃草一样反复地咀嚼。

杨镇山重重地叹了口气说："唉！这个衰仔不想十九岁那么早结婚，是我们逼他的，他说想到外面闯荡几年再结婚。"

杨镇山留下这几句话，便离开家去圩上的店铺。他想：男人千万别啰里啰唆，婆婆妈妈，说多了，说的话反而站不住，反而软绵无力。做贼心才虚！再说，这个理由也不过硬！经不起问的。

听了杨镇山的话，张惠巧的情绪才平静下来。她虽然怀疑母亲和杨汪海的父母三个人很一致的说法，但他们都没有嫌弃自己的意思。她甚至顺着他们的意思想：不想十九岁结婚可以说出来啊！二十、二十一岁，甚至二十三也好的，不就是再晚两三年吗？就算是你父母逼你结婚的，你也可以跟他们大大方方地说去外面闯世界的想法，不用背着我们走啊！难道你真是不喜欢倨，讨厌倨吗？但从你的身上一直看不出来啊。莫非被你父母逼急了，不打招呼就走，是报复你父母吗？但你这样也一并伤害到倨，你知道吗？要真是这样的话，你想事太不周全，太意气用事了！真是这样的话，你真的还嫩哟！还是你被父母逼急和不喜欢倨，这两方面的原因都有。

张惠巧就这样没完没了地猜测，情绪时好时坏，时而清醒，时而糊涂，昏昏沉沉，不清不楚。情绪好的时候，她慢慢地精心地把长发辫成两条很好看的辫子，对着镜子晃来晃去，情绪不好的时候蓬头散发，吃睡也不正常，哭笑瞬间转换。这么过了一天又一天，直至有一天她发觉自己怀孕了，整个人的情绪才安稳下来。她庄重地拿出镜子，摆放好，然后对着镜子里的自己说："汪海哥，倨怀上你的孩子了，倨一定要把我们的孩子抚养好，等着你早日回来，倨等着你，等到地老天荒，等到海枯石烂，也一定要等到你回来！"她突然觉得庆幸，好在当时她没有把汪海哥留在画像馆的那封信公开，好在"家官""家娘"和母亲没有到处骂汪海哥背着我们偷偷去"过番"，好在他们沉得住气，没有让家丑外扬……

从怀上孩子的那天起，张惠巧才走出家门，像修炼了一番苦功的武者，像参悟了人生的高僧。

肚里的孩子就是她守望丈夫的信念！

郑秀英听到女儿怀孕的消息，高兴得吃也不是，睡也不是，团团转，像陀螺。

杨汪海的母亲张良玉兴奋得满村跑，逢人便主动讲这事。

最高兴的是杨汪海的父亲杨镇山，他仰天长叹："天不绝我杨镇山。𠊎没完没了地努力，好不容易生了个'俫欸'，没想到他结婚几天就背着我们'过番'，万一，万一没留下血脉，我杨镇山不就绝了后代吗？老天爷，您保佑我送我杨镇山一个孙子吧！"

他坐在圩上那间店铺的阳台上，对着天痛快地饮起酒来："比上刀山下火海还惊险啊！我杨镇山知道老天爷您对𠊎好，但为什么要这样考验𠊎啊！我杨镇山今后有什么做得不对的地方，您直接指出来好吗？老天爷。"喝到后来，杨镇山哭了，哭得稀里哗啦。

3

杨镇山特意"请"（买）了尊观音菩萨，小心翼翼地供在店铺一楼最好的位置，门的转角处。他一进门转个身第一时间就能看见慈祥的观音。但又不会太显眼，太招人，怕观音菩萨不高兴。

这尊观音菩萨，是求子观音。他不是求子，他要求孙，求儿媳肚子里怀的是孙子。菩萨不是木刻，也不是铜铸，是泥土烧制的泥菩萨。

他把一楼那张床搬走，搬到楼上去了。这张床原来是给来做针灸的患者躺的。郑秀英躺过很多次。他担怕观音看见他给患者扎针，长长的针扎进去，吓着了她。观音以慈悲为怀的，她怎么忍心看扎针呢！万一她发火了呢，不把他"烧"死才怪，还想求她保佑送你个孙子？他越想越不妥，越想越后怕。在观音菩萨还没"请"回来的前一天，他已把那张床搬走。

他早上起床刷牙洗脸后干的第一件事是烧香拜观音，睡觉前干的最后一件事也是烧香拜观音，拜了几天后，他慢慢进入了状态，心里的观音好像在说："杨镇山，你给人家看'风水'收费不能太狠，大家的日子都过得不容易，你积点阴德吧。"

杨镇山赶紧说："仁慈的观音，伲记住您的话了，明天就照办。不过，伲给人家做针灸，只收点意思，遇到穷的患者，常常不收费。"

观音说："你这样做好啊，多积阳德。"

"阴德，阳德？"他在"打冷念"（自言自语），"听您的，阴德阳德都积，求您保佑伲的'心舅'生个'倈欻'好吗？"

观音菩萨微笑地看着他。袅袅烟雾在菩萨脸上缭绕。

观音菩萨他天天拜，但他还是心里不踏实，吃睡不香，关了店铺回去找郑秀英。他是第一次去她家。未进她家门，先笑眯眯的，为了掩饰唐突，刚坐下便说："哈哈，看来伲很快升级做阿公啰。"

郑秀英斟了杯茶，放在他面前："今日日头从西边出来了？"

"亲家娘，没闲工夫跟你讲'牙啥'（闲话）。"他端起茶杯，呼地喝下一大口，"伲想问你惠巧的生辰八字。"

"又问她的做'脉介'，以前不是给过你一次了吗？"

"不记得，那么久了，想算、算算惠巧肚子里怀的是'倈'还是'妹'？"杨镇山直直说出心里的想法，"你不想？"

"是妹又怎么样？"郑秀英其实也很想知道，但她要为女儿着想。

"没怎么样？怀的是'妹欸'俚也做阿公，假阿公，怀的是'倈欸'，俚就做真阿公。"

"'脉介'真阿公假阿公？"

"妹孙嫁给人家做'心舅'，生的孩子姓人家的，不是假阿公？"

"那，那招孙郎上你杨家门，不就是真阿公了么？"

"喀，还是假的，只是改个做法。骗自己的！别讲闲话了，告诉俚惠巧的生辰八字，俚算算。"

"你先答应俚，惠巧万一怀的是妹，你们家不许欺负她，她的命够苦了。"郑秀英说。

"惠巧就算没怀上孩子，我们都惜她，现在怀上，还用讲么？你哪里看出我们嫌弃她了？这些年，你，你还不清楚。"杨镇山的言下之意——连你郑秀英俚也一样惜。

"俚信你。"郑秀英说，"你还是晓得算的，当年俚怀惠巧时，给你算对了，你老婆肚子里的汪海，也给你算了个准。"

"没两下子，怎么在江湖行走，混饭？"杨镇山得意地说。

郑秀英告诉女儿的生辰八字后，猴急着问："惠巧怀的是'倈'是妹？"

"喀！你急什么急。等俚回去好好算算。汪海的生辰八字俚一时也记不清了，俚再问问他阿妈。"杨镇山故意这样说。他只是想静下心神来，一遍一遍地算个明白。这会，他心里忐忑不安，像赌徒等待揭牌一样。郑秀英告诉他惠巧的生辰八字后，他的脚就开始在抖，手也抖，端着的茶杯里的茶水在微微荡漾。

"俚这就回去算。"杨镇山边说边赶忙离开。

"'屎吻'都还没坐烧，吃过饭回也不迟啊！反正回去也要吃的。"郑秀英说。

"还吃什么吃,没吃过饭哪?"杨镇山头也不回。

郑秀英对他快步离开的背影说:"真系没见过急成这样的。"

张惠巧在"家官""家娘"和母亲度日如年的焦急等待中。终于生下个男孩。她的身价立马噌噌噌地往上涨。

杨镇山现在最要紧的是给宝贝孙子安名。

他把孙子的生辰八字放在"金、木、水、火、土"五行中算来算去,看看到底缺什么。但张惠巧不让他算这些,执意要自己给儿子安名:"阿爸阿妈,你们也别费心了,俚老早就想好'倈欸'的名了。"

"你,你也晓算生辰八字,晓'五行'?"杨镇山觉得新奇。

"俚不晓。"张惠巧淡淡地说,"俚晓得自己心里想要'脉介'。"

"哦——"杨镇山觉得更新鲜了。

"俚想好了。"张惠巧不急不慢地说。

"安'脉介'名?"张良玉等不及了问。

"思念,杨思念。"张惠巧望着门前的远山说。

"思念,思念,名字里面没有'五行'啊。"张良玉叨念。

杨镇山一时没回过神来。

"俚个'倈欸'不缺金、木、水、火、土,就缺思念。"张惠巧好像在对着远山说。

"喂,惠巧你看这样行么,你看,俚的名安镇山是缺土,山很多土。汪海缺水,安名汪海,你看多少水。"杨镇山这才回过神,做张惠巧的思想工作,"不然,孩子不好带的。"

"俚不管,就安思念。"张惠巧语气里透着坚定。

"惠巧,你看这样好么?安两个名。"杨镇山说:"一个叫思念,一个叫金山。俚算来算去。俚这个心肝宝贝孙子缺金。"

他说完哈哈地笑。

"好,好,两头都好,惠巧想叫思念就叫他思念,你阿爸想叫金山就叫他金山。偓呢。两头都叫,天天这样叫来叫去,杨思念杨金山,杨金山杨思念。"张良玉说。

回房间的时候,张良玉跟在杨镇山的屁股后说:"惠巧真是想念衰仔想得很苦啊!连自己的'俫歘'的名都要安思念!"

"唉!这个衰仔,对不起惠巧啊!"杨镇山重重地叹气。

4

"'番批'来啰——"远远传来的这句吆喝总是让人兴奋,猜想,着迷。比起"过年啰"还让人激动。

虽然过年是一年最大的节日,但过年年年过,这是期待中必然如期而至的事情,而来"番批"呢,就很不一样了,谁家来"番批"了,来了多少钱,几多"番货",充满不确定性。这样一来,听到这句远远传来的吆喝就受不了了,大家像飞蛾扑火般地拥向吆喝"'番批'来啰"的"水客"。不单来"番批"的那家人高兴,往往连那家人的亲朋好友也从中得到赏赐。那家人如果摁不住高兴的话,甚至连邻里乡亲都会分得一些赏赐,比如"番糖",比如一些小手信。

张惠巧自从发现怀上孩子的那天起,便开始走出家门等待"水客",等待"'番批'来啰"的吆喝。怀孕前,她把自己封闭起来,对外面的事情一概提不起兴趣,而且最怕从外面传来有"水客"从南洋回来的消息。她认为自己没有怀上杨汪海的孩子,还不是他真正的老婆,虽然摆酒请客结了婚。肚子里有了他的孩子了,自己才有资格有信心等待"水客"。

清朝康熙乾隆以来,春秋镇,竹林村一直有人受不起社会的动荡不安，受不起穷困折磨，受不起前途的迷茫，饱受背井离乡的痛苦，冒着生命危险，漂洋过海几十天到人生地不熟的他乡别国谋生。尤其是这一二十年，竹林村"过番"的人多了起来，时不时传出有人"过番"的消息。光是杨汪海"过番"那年，张惠巧就打听村里还有另外两个人"过番"。加上之前的，已不少于十人。专门为"番客"送信（俗称为批）送钱送物的"水客"这几年更常常出现在竹林村。"水客"把南洋那边的钱和物带回"唐山"，又将"唐山"这边侨眷的回信带去南洋。

风尘仆仆的"水客"就这样牵动着"番客"和侨眷的心。"水客"回"唐山"，往往也是入秋以后至春节前，像"过番"一样。这段时间是台风较少的季节。

杨汪海"过番"前，张惠巧曾经见过一次"水客"。那是她十一岁那年中秋节前两天的中午。

她刚吃过午饭，听说邻村有"水客"来，赶忙跑过去看热闹，她家与这个村子连着一条土路，既是路，也是田埂。路两边是一块一块的水田。路不长，小跑着过去也就几分钟。

"水客"穿着很惹眼的"番衫番裤"。为什么叫"番衫番裤"呢，因为跟村里人穿的衫裤不一样。"番衫番裤"有图案。颜色呢，也敢红，敢绿。款式敢宽，敢紧。不像村里人穿的。要么纯蓝，要么纯灰，土巴巴的。生活老愁苦，心便紧。心紧了，穿着也紧，放不开来穿。

"水客"是位中年大叔，看上去四十出头。她看见"水客"的时候，那位领了"番批"的大婶正给他添茶。"番批"放在大婶坐的桌边。大婶脸上还有泪痕。她觉得奇怪，来"番批"了还哭，该笑才对啊！

有位来看热闹的女孩悄悄"咬"她的耳根："大婶她不是全

哭,时笑时哭的。"

她越发觉得新奇,便盯着大婶的脸看,大婶果然抹了抹脸上的泪,笑着说:"大哥,拜托您,拜托您了,您回去告诉孩子他爸,不用牵挂这边,老人家好,偓好,孩子好,一切都好,莫老牵挂着这边,牵挂出病来。偓知道,那边赚食也很难,千万莫太节俭,节俭出病来。这边有田有地有屋住,勤力点能过日子,哪像那边,上没一片瓦,下没一寸地。"大婶说着又呜呜地哭。

"水客"可能见多了这种情形,也没有怎么安慰大婶,一口接一口地喝茶,好像跑了大老远的路,很口渴似的。

"要么,钱带一点回去。"大婶说。

"水客"这会说:"辛辛苦苦带回来,又带回去?你想让偓给你老公骂个狗血淋头?"

大婶便呵呵地笑了,说:"偓纳了两对鞋,劳您带给孩子他爸。能带咸粄、甜粄么?"

"船上很多天,路上又很多天,肯定坏掉的,你莫劳心。""水客"说,"偓还要跑下一家,喝过茶,偓就走了。"

大婶立即紧张起来,把在一旁的"家娘"和孩子统统叫过来,让"水客"认识一遍。

大婶说:"回去见到孩子他爸,您就说偓这边都好好的,您都亲眼看见了。"说着便嘿嘿地笑,笑着又转变成哭的样子。

大婶的"家娘"背有点驼,耳可能有点背,只是不停地赔笑,张着没有牙齿空洞的嘴。

"孩子他爸在那边割橡胶,苦吗?"大婶抹着眼泪问。

"水客"一时没有反应过来,一会儿后才灵机一动说:"对,对,割橡胶,还好的工种,不算苦的。"

"水客"猜测,她老公可能在信中说他干的活是割橡胶,但他明明是进山洞打矿啊,可能担心老婆知道自己打矿又苦又危险吧。

"水客"刚离开几步,大婶在后面喊:"喂,大哥,大哥,俺差点忘了,俺叫'家娘'炒了一袋'番豆'(花生),孩子他爸最爱吃,您帮俺带给他。"

"水客"从袋子里掏出几粒花生,剥了吃,说:"香,喷香。"边吃边夸边笑眯眯离开。

大婶站在那里,又笑又哭。

张惠巧看见这一情景,心里像打翻了五味瓶。

张惠巧第二次看见"水客"时,是儿子出生后的第二年冬至的前几天,那次,邻村李四娘家来"水客"了。"水客"先去了另一个村。

张惠巧抱着两岁的儿子早早等候在李四娘家。

李四娘坐不住,一会儿一会儿到家门口往村口张望。望酸了眼睛刚回屋坐下,"水客"就来了,远远地吆喝:"'番批'来啰。"

李四娘和孩子们蹦跳着拥出家门。

张惠巧抱着儿子跟在他们后面。

"水客"穿着红红绿绿的"番衫番裤",四十岁不到的样子,皮肤黝黑光亮,看见热泪盈眶的李四娘问:"你是李四娘吧?"

李四娘像鸡啄米似的猛点头,说不出话。

李四娘是李阿四的"婆娘"(老婆),大家把中间的阿字省略掉,叫她李四娘。李阿四因为生活所逼三年前"过番"去了马来西亚。

"水客"逐一摸摸李四娘两个女儿和儿子的脑袋:"像,像阿四哥。"

"大哥,进屋坐。"李四娘说。

"还有下几家呢。眼看响午了。"

"进屋喝杯薄茶,歇口气,您看,倕茶都泡好了,午饭也准备了。"

"喝杯靓茶,饭就不吃,心领了。""水客"说,"有'脉介'要倕带给你老公的吗?"

"有,有的。"李四娘把"水客"迎进屋。

张惠巧抱着的儿子这时突然哇哇地哭。

"水客"问:"这位嫂子是?"

"邻村杨镇山家的'心舅',她想向您打听她'过番'的老公的消息。"

"哦,你老公叫'脉介'名?去哪个国家的?""水客"轻轻捻了下张惠巧怀里的儿子的嫩脸问她。

"两年前'过番'去,去南洋的。"张惠巧说话变得结巴起来。

"一直没有回信吗?南洋,呵呵,有好多国家呢,泰国,马来西亚,印度尼西亚等等。"

"这就难哪,大海捞针。"李四娘替张惠巧着急起来,"你老公走时没有话你知去哪个国吗?"

张惠巧的脸立即红红的,眼泪一下子掉下来。"水客"见多识广,经验丰富,说:"妹子不哭,倕帮你找。"

张惠巧这才平复了情绪,说:"杨汪海,二十二岁,这是我们的'倸欤'。"然后她又描述了丈夫的长相。

"水客"问:"莫非他没见过儿子?"

张惠巧再也控制不住地掉眼泪。

李四娘安慰说:"妹子不哭,看,你惹你'倈欸'哭了。"

张惠巧怀里的儿子瘪着小嘴哇哇地哭。

李四娘见张惠巧有难言之隐,假装去火房烧开水。

张惠巧抱着儿子从屋里出来后,李四娘才赶紧回屋去。

"茶喝过了,还有'脉介'紧要的话要俚带的吗?""水客"问,他做"水客"多年,很了解他们的心情,也大致知道他们想讲的话。几乎是大同小异的。

"您就跟孩子他爸说,如果在那边太苦的话,赶快回来,孩子们想他阿爸想急了。"李四娘说。

"水客"说:"太苦?是干活太苦吗?"

"过得太苦。"李四娘低声说。

"要是你老公说他在那里干活不很苦呢。"

"由他。"

"还有其他话要带吗?""水客"便笑了。

"叫他千万要照顾好自己,一个人出门在外的。"李四娘说着竟又抽泣哽咽。

"嫂子,你老在哭,阿四哥那边知道的话,肯定明天就卷包回家的。""水客"说。

李四娘停止了哭。

"水客"看见屋外围了不少老人和小孩,赶忙把衣袋里的糖果掏出来:"来,来,来,都来,吃'番糖'啰!"

张惠巧也分得两粒"番糖",悄悄地放进衣袋。在回家的路上,她把"番糖"掏出来,看了又看,闻了又闻,又重新藏回衣袋里,按了按,按瓷实。

5

杨镇山全家的日子从儿子杨汪海"过番"那天起,就变得不好过了,小心翼翼,唯恐哪天出现意外。他们最担心儿媳张惠巧出事。头上像悬着一把剑似的。

杨镇山原来大部分时间是住在圩上的店里,很少回家住的,现在反过来,以住在家的时候多。

为了分散儿媳思念儿子的注意力,杨镇山想了个办法——从春天到夏天到秋天直至冬天,一年三百六十五天从头到尾几乎都有忙碌且开心的事儿,让儿媳张惠巧参与其中,乐在其中,忘却烦恼,这样既排解了张惠巧的思夫之苦,又可增进家庭气氛的融洽,和谐。

客家地区,传统的节俗尤其丰富。生活境况好的,可能过的节俗较齐全,生活艰辛的,受心境影响,便疏于淡于过这些节俗。他家的家底厚实,是有条件讲究的,只是以前没有那份心情和需要,有些节俗也没过完整。

当杨镇山说出心里的想法后,妻子张良玉乐坏了——不但可以留住儿媳的心,又可留着老公的心。

一月,有两个最重要节日,春节和元宵节。过年,举家欢乐。张良玉欢喜着叫儿媳张惠巧带着儿子"守岁",贴红联,挂红灯,领红包,放鞭炮。孙子杨思念乐得哇哇大笑。年初一凌晨"食斋",张惠巧不晓规矩,杨镇山夫妇便教她烧香烛,设牲仪果品年糕,敬"喜神""财神""路头神"。初二"转妹家(回娘家)",张良玉早早准备好礼物给张惠巧,让她带着丰盛的礼物,带着儿子欢欢喜喜"转妹家"。初三是"穷鬼日",不出门走亲戚。早早起床把垃圾送到郊野。初五灶神回家,当晚他们怀着虔诚的心情以牲礼果品敬灶神，接灶神落天回来。初七"人日"，张良玉和张惠巧婆媳俩准备"七样菜"——芹菜、蒜、葱、韭菜、芥菜、白菜、菠菜共煮一锅，全家人吃得津津有味。十五日元宵节"上灯"，大家早早吃好洗好穿好说着笑着去圩上闹元宵，赏花灯。

二月初二，"田伯公生日"。杨镇山提前便提醒妻子，让她带着儿媳去自家耕种的土地叩拜田伯公，祈求风调雨顺保丰收。叩拜完后，到田野集摘"田艾"制粄，炒饭，吃"田艾饭""田艾粄"。

三月，踏青，扫墓。他们家准备好三牲果品茶酒。"打醮墓"（扫墓）那天，割杂草，挂纸，叩拜。张惠巧示范着教儿子跪在坟前叩拜祖先时小声说："求祖先保佑，你阿爸平平安安，早日回来。"杨镇山和张良玉夫妇愁出一身冷汗——儿媳又想念衰仔了。好在这时及时下起了毛毛雨，于是赶紧撤退回家。

四月立夏吃新。吃新吃新重三斤。立夏当天吃石笋汤，炒油饭。据说吃了立夏石笋可以壮腰健足。杨镇山背着孙子爬到屋后面的山上去挖石笋。张惠巧看见儿子抱着鲜嫩的石笋，脸上满是泥痕，美滋滋的。吃笋汤的时候，全家人围坐在一起，吃了一碗又一碗，那个鲜甜啊！

五月端午节。张良玉和张惠巧婆媳俩一唱一和，配合着做粽子。吃过粽子，又开始忙香草烧汤"洗身"（沐浴），边洗边想着那句话——香草烧汤"洗身"祛百病！洗完身，张惠巧给儿子系长命缕，佩香囊。香囊香啊，是用各种香粉末制成的。大家争相抱起佩戴香囊的杨思念来闻，闻得他哈哈大笑。圩上的江河有赛龙舟。杨镇山最爱看赛龙舟。他早早出钱买好了位置，全家人守候在那里。江面彩旗招展，锣鼓喧天，沿江两岸人潮涌动。年幼的杨思念高兴得手舞足蹈。

六月六"伯公生日"（又称"太阳日"），这天过"尝新节"吃新米饭庆生是必不可缺的。小暑小食，大暑大食。村里建了座"五谷帝庙"，杨镇山家准备了新米饭、三牲（鸡、鱼、猪肉）等，召集一家大小祀奉五谷大帝，酬谢五谷大帝的恩惠。

七月半中元节（又叫鬼节），这个节嘛，有些晦气。那天入夜村里笼罩着神秘的气氛，看"仙婆落神"。杨镇山不感兴趣，但他老婆张良玉偏偏好神秘兮兮这口，偷偷带着儿媳张惠巧去看"落神"。他在家里哄孙子。

八月半中秋节（又称团圆节），家家期盼团圆，千里明月寄相思。家家拜月，吃月饼。全年所有的节日，杨镇山夫妇最怕过这个节。他暗地里已铺排好，对妻子说："偃想好了，中秋那夜吃完月饼，你叫惠巧和她阿妈去邻村拜'竹叶神'，那里年年都拜神。"

"对哦，偃也有些年没看了。"张良玉窃喜，"惠巧和她阿妈不知想去看吗？"

"你不会先诱她们吗？让郑秀英问她过世的老公在'下面'（阴间）的情况呀。"杨镇山说，"偃想，不单郑秀英想去，说不定惠巧也想去问神呢。偃带孙子，你们放心夜点回来也没关系。"张惠巧第一次去看"拜竹叶神"，心里有点激动。三四个人围坐在矮桌边，每个人的双手交叉放在桌上，头伏手上。一个妇女站在桌旁点燃三炷香插在桌中间的香炉里。旁边放一碗清水，然后一边烧纸钱一边用一片竹叶蘸清水洒在叩拜者身上，反复念诵咒诀："竹叶神，竹叶神，八月十五有神灵，竹叶神，竹叶神，带我弟子下阴城，你要去，尽管去，切莫三心又两意，你要去，放心去，全心全意赶紧去……"在念咒中，念咒者不停地用竹叶蘸水洒向参拜者,并把香灰放到他头上,一会儿参拜者便不断拍打桌子,两脚不停地跺,惊呼:"哎呀,真黑,真暗!"然后去"下面"与过世的"亲人""对话"。郑秀英排在第三位参拜,她急于想问"地下"的丈夫张山木。张山木已很久没有出现在梦里了,她憋了一肚子的话。张惠巧想托母亲问:"阿爸,你还记得俚的样子吗?"郑秀英说:"喀,你才几岁,你阿爸就走了。"但是郑秀英被过世的丈夫"赶"回阳间。张山木一言不发。郑秀英清醒后,病了一场似的。

九月重阳节。竹林村有座海拔一千五百多米的高山——望日峰,山上有座庙。山顶上可远眺春秋镇全貌。杨镇山家出钱买"三牲",组织左邻右舍去拜庙。拜完后,在山上支起临时炉灶,痛快吃一顿大鱼大肉。有拜有吃还可望远,这样的活动比过年还招惹大家喜欢。他家提前几天就忙开了。

十月初一,牛生日。十三,是五谷神诞日。这个月,张良玉和张惠巧婆媳俩又忙着过这两个节日,蒸糯米,做糍粑,敬神。牛生日那天,张良玉把糍粑挂在牛角上。给牛挂糍粑,寓意是不忘牛的贡献,对牛表示感谢。张惠巧学着"家娘"的样,也给牛角两边各挂一个糍粑。

十一月,冬至。冬至大如年。做"圆粄",酿"冬至酒",张良玉手把手教儿媳妇学酿酒。酿酒工序多,马虎不得。她们婆媳俩忙得专心致志,不亦乐乎。吃过"圆粄",才算添一岁。酿酒好了,"过年"才能喝尽兴。

十二月的风俗多了,二十四送灶神,二十五入"年假"。他们家用心准备好酒果、香纸送灶神,灶神在"过年"期间上天去汇报一年的情况,等到年初五才"落天"回到地上开始新一年的工作。那叫"接灶"。二十五入"年假",从那天起老少兴高采烈。大人忙着办年货。小孩天天掰手指,夜夜睡不着,日日等"过年"。

6

张惠巧那次抱着两岁儿子去李四娘家打听丈夫"过番"的消息后,还去别处打听过几次,一听说有"水客"回竹林村她就赶紧去打听,但每次的结果都一样,如竹篮打水一场空,没有任何线索。

慢慢地,她的心凉了,冷了。

她知道"家官"和"家娘"的用心,一年从头到尾装作很高兴的样子,忙前忙后忙过节俗,是为了转移她思念丈夫的心思。前面三几年,她也照着他们的想法过,边这样过着日子,边打听丈夫的动静。虽然不怎么开心,但还不至于度日如年。他们一片苦心,让她很感动。但随着儿子一年一年地长大,丈夫还是下落不明,她越来越没有心情过节俗,越来越难熬,渐渐地又把自己封闭起来,不愿意接触别人。

晚上她早早把门关了,坐在灯下织毛衣,织啊织,一直织到深夜,夜夜这样。毛衣织给丈夫。织了一年又一年,边织毛衣边想念丈夫。织得很慢。有时织着织着便默默流泪。织好的毛衣整整齐齐地叠放着,小山似的。她望着堆放成小山似的毛衣,发呆。发完呆又从中取出一两件拆掉,再织。织完拆,拆完织,以此来度过漫漫长夜。

杨镇山夫妇看在眼里,急在心里,越发担心儿媳。

他让妻子悄悄去把郑秀英叫来,三个人在坪上的店里商量对策。

"伲看,再这样熬下去,惠巧快撑不住的。"杨镇山说。

"换了𠊎，早熬不住了！"郑秀英的话里在生女婿杨汪海的气，"看看村前村后，谁像你们的'俫欸'那么狠心的。"

"唉！能有'脉介'办法呢！我们也恨这个衰仔啊！一听到有'水客'从南洋转来，𠊎就赶忙去探听，可、可就是没有这个衰仔的半点动静。"张良玉叹气说。

"要不，你们看，好不好。"杨镇山把嘴上吸着的烟吐在地上，抬脚踩，踩了又踩。

"你都还没讲，谁知好不好？"郑秀英说。

"讲，快讲呀！"张良玉说，"有屁就放啊！"

杨镇山鼓着眼看妻子："就说我们打听到了，这个衰仔'过番'时，他坐的那条船遇上大风大雨，船翻了。"

"你、你说船翻了，'俫欸'没了？"张良玉惊讶地问，"亏你还是他阿爸，这样的衰主意你也想得出来，晦气！啊呸！"

"断了惠巧的念想！"杨镇山又点了一支烟抽起来。他烟瘾不大，平日是很少抽的，"衰仔还在的话，那、那惠巧不就天天想夜夜想吗？只能这样。𠊎想了又想，就这个理由了！"

"万一惠巧问你，从哪里来的消息呢？"郑秀英问。

"'水客'！"杨镇山说。

"哪个'水客'？"张良玉问："叫'脉介'名？"

"鬼知道！都是编的。死脑筋，不会编一个出来吗？"杨镇山烦躁起来。

"就你会编，老在编。"张良玉说。

"要么，你来啊！讲话'唔使'（不用）本钱！神仙一样！"杨镇山生气地说，"你厉害，你编啊！"

"𠊎不晓（不会）编，谁像你？"张良玉在生气，顶他一句。

"唔晓是吧？笨头笨脑最好少废话，闭嘴。"杨镇山提高嗓门。

张良玉立马呜呜呜地哭，边哭边说："天脚下，有哪个做父亲的诅咒自己的'倈欶'死的！"

郑秀英赶忙安慰张良玉："嫂子，镇山大哥这不是咒骂自己的'倈欶'，是编个借口，安抚惠巧的。这也是下策中的上策啊。你们都是为了惠巧娘儿俩好。偃看，再不弄出个借口来，对思念也不好，眼看他一年年长大。他也老在问他父亲的去向。喀，再拖下去，也不是办法，会把他们娘儿俩拖垮的。我们大人的事小，思念的成长事大。"

张良玉听到孙子思念的名，便止住了哭。她最担心的就是孙子。

"看看，同是妇人家，秀英想问题就是想得长！"杨镇山说。

"那、那'倈欶'还在的。"张良玉说，"偃怕给你咒没了。"

"谁讲他不在了？"杨镇山说，"在不在，偃也不清楚，衰仔又没单独给偃来信。"

"肯定在，偃天天求神拜佛保佑'倈欶'。"张良玉说。

"好，好，好！在，在，在！只是他不想跟我们联系。奈何？"杨镇山摊开手说，"我们呢只好再耐着性子，背着惠巧慢慢寻。"

"我们仨又要合伙骗惠巧了。"郑秀英说。

"不这样，又能哪样？今日叫你们来就是请你俩出主意的啊。"杨镇山说，"三个臭皮匠顶个诸葛亮。"

"还朱葛亮？哪里的朱葛亮？把人骗没了还'朱脉介亮'。"张良玉说。

"不这样，又能哪样呢！"杨镇山还是这句话。

"你就会这句。"张良玉说。

"万一惠巧不信呢？"郑秀英问。

"𠊎想，她会信的，为了自己心疼的'倈欸'我们的孙子思念，她会信的。"

杨镇山好像成竹在胸："不过呢，要说得真真实实，有鼻有眼。"

"𠊎不会编，𠊎心虚。你跟惠巧说去。"张良玉说，"我们老在骗她。"

"𠊎的心更虚。"郑秀英说。

"都是这个衰仔给害苦的！"杨镇山说，"有一天回来，看𠊎怎么好好收拾他！"

"自从朱阿雁的'妹欸'偷去渡口望他父亲浸死后，𠊎就'完日'（成天）提心吊胆的。"张良玉说。

"谁不这样？所以要断了惠巧、断了孙子的念想！已经到了非断不可的地步。"杨镇山坚定地说。

"万万没想到，惠巧的命那么苦！"郑秀英说，"再这么苦等下去也不是办法。惠巧如果看上有好的男人，也可入赘你们家，总不可能让惠巧二十几岁就守活寡过下半生啊。"

"汪海还在，怎么守寡了？"张良玉说。

"老没音信，老不回来，不是等于守寡了么？守活寡比守寡还难受。"郑秀英念了句。话中有话。

"使不得，万万使不得！万一汪海回来了呢？说不定明天、后天呢。"杨镇山说。

"你们的'倈欸'明明就不要惠巧了！'过番'去也不说，走了七八年，也没有回半句话。现在好了，说他沉船，一了百了，惠巧找人入赘也合理，不会招人说三道四了。谅想你们死活也不会同意惠巧改嫁出去的。𠊎想，还是找人上门入赘好。"郑秀英说出了心里想了很久的想法。

"今后慢慢再讲。"杨镇山说,"今天商量的不是这件事。侄的头都快疼裂了!一出没完又弄出一出,还让人活么?"

杨思念八岁上学前,从爷爷、奶奶、外婆、母亲那里知道父亲"过番"时翻船走了。从此,他再也不叨念要去渡口望阿爸回家的事。

张惠巧每天望着背着书包去读书的儿子,这颗悬着的心终于落了下来。

但她始终不相信丈夫"过番"翻船的事。这颗心还悬着。

7

杨汪海背着家里人偷"过番",他自己也不好受。

从渡口坐船下汕头的路上,船越是靠近汕头,他便越紧张:同船的宋大叔去马来西亚,朱大哥去"暹罗"(泰国),自己要去哪个国家呢?眼看很快就要到汕头转乘红头船出海下南洋了。

他从口袋里掏出一枚硬币,紧张兮兮地对自己说:"正面朝上,跟朱大哥去'暹罗',反面朝上,跟宋大叔去马来西亚。"

他躲进船舱角,抛硬币。硬币落在船板上,摇摇晃晃一会儿定了下来,硬币正面朝上。小时候经常听村里的大人说"'过番'去'暹罗'",从那时起就向往被人口口相传很远很远的"暹罗",像天堂一样的地方。没想到,现在即将要去"暹罗"了。硬币停下来的那刻,心里突然涌出小小的激动。

去哪个国家的答案有了,他的情绪稍稍稳定了下来。接下来就是求助朱大哥带自己一块去"暹罗"的事。他想既然到了这个时候也没什么好隐瞒的秘密。于是他将"指腹为婚"的事情一五一十地向朱大哥倾诉。

朱大哥、宋大叔和船主听后无不感叹同情。

就这样，他跟着朱大哥一起去了泰国。

朱大哥带着他去了他叔叔家，在他家暂时住下来，等他叔叔帮他找工作。他在那里住了两天后，去一处码头当搬运工。虽然是卖力气的搬运工，但他在心里已很感激朱大哥的叔叔了，在举目无亲的异国他乡，能有个立足之地，有口饭吃，总比流浪讨吃要强。

那天一大清早，他跟着别人去码头。

江上停靠着一艘艘船。码头到处是搬运工忙碌的身影。个个赤脚光膀，穿着大裤头，系着浴帕。看上去，大部分是三四十岁的大哥大叔，只有少数像他一样二十几岁的后生人。

码头这边已堆放着一袋袋大米。他们干的活是将大米一袋一袋搬运到靠在码头的船上。

他刚把一袋大米扛上肩，便被监工叫停。

"喂，小伙计，新来的吧。快将鞋、长裤和上衣脱了。"监工把他肩上的大米卸下来，"搬运工有搬运工的样，事先没人告诉你吧。"监工讲一口流利的中文。

"我没带大裤头。"他脱去上衣和鞋，尴尬地朝他笑。

"明早记得。"监工说，"顺便带上浴帕。"

监工还算面善。

搬运工大都拎着袋来，袋里面装有水和换穿的裤头，袋随意放在那里，他成了唯一一位赤脚光膀但又穿着长裤扛米的搬运工。

"嗨哟嗨哟"的吆喝此起彼伏。

扛两三袋米后他就开始呼哧呼哧地喘粗气，流大汗。他这才后悔没带浴帕擦汗。

浴帕比普通的面帕（毛巾）大几号，浴帕很"吃"汗，拧干一次，又能擦上一阵子。

快停工的时候，有人来到河边，将浴帕洗干净，擦抹身子，然后再洗干净后将浴帕拦腰一系，把已被汗水浸透的裤头脱下，将口中咬着的干净裤头拿来换上。换上干爽的裤头后才把浴帕解下来。这样既方便又遮羞。浴帕挡着，看不到胯下那东西。

按劳计酬。他像其他人一样拼尽力气地干。一上午扛了几十袋米，除了中间喝几口水，一直没有停歇。

中午草草吃了饭，在码头的简易棚区午休一个小时。棚区里，也没什么装饰，空空荡荡，横七竖八地躺着搬运工。虽然是秋天了，但是泰国的天气还很燠热。

工人们实在太困了。背一着地，就睡着，鼾声四起。也许因为得到短暂的休息和睡眠，有人那东西立了起来，把裤头顶得高高的，像拉帐篷一样。他赶忙移开目光。他睡不着，从来没有见过那么多人一起睡觉的场景。但又不能站在那里，看别人睡觉，只好躺下去，挺着。翻过来，又倒回去，像烙饼。

下午接着干。日头下山后他才拖着疲惫的身体，双腿打战回来，回到逼仄简陋的出租屋。就着开水啃了两个馒头，浑身都没有力气，连澡都没洗就躺倒在床上，整个人像被抽掉筋似的。全身上下又胀又酸又疼。肩膀被米袋磨得又红又肿，不敢用手去碰。一碰，嗯嗯嗯，不知是笑还是哭，从小到大，他从来没有干过这种高强度的力气活。

他躺在床上，睁着双眼，默默地流泪，在心里不停地问自己。

"杨汪海，你何苦呢？后悔吗？"

"还是不后悔，眼前遭这样的罪也不后悔，连自己的婚姻自己都不能做主，这样的日子生不如死。"

"'指腹为婚''童养媳''等郎妹'不是稀罕事。你父亲说村里阿木伯公伯婆、刘品义大叔两公婆、陈山头夫妇俩，连你阿爸和你阿妈都是这样的，别人能过，你就不能将就吗？"

"将就？这不是能将就的事！菜咸点或淡点，可以将就将就，衣服宽点或窄点，将就将就。他们中有些肯定也是很痛苦的，只是没有勇气摆脱。"

"你偷偷'过番'，背着家人背着老婆，摆脱了吗？"

"至少暂时逃避、摆脱，虽然心里还很挣扎。"

"不觉得一走了之，伤害了父母尤其是伤害你老婆惠巧吗？这样做对得起良心吗？"

"早知道今日偷偷'过番'，当初就不该'讨'惠巧的。但，但那时被父母逼蒙了，父母像和尚念经一样反复叨念，要是不结婚的话，就会毁了惠巧的一生。全村人都知道的事。就这句话让自己一时失去主意，乖乖缴械投降。"

"你跟惠巧已经结了婚，但才几天你就逃跑，把她甩掉，不是已经毁了她今后的幸福？"

"对不起惠巧妹妹。所以我现在有些后悔。要是当时坚强坚决不听父母的话，跑得远远的，偷偷'过番'，大家都熬过去，想通了，淡了，三几年后惠巧也许会嫁给别人的。"

"后悔了？是不是考虑回去？"

"回不去了。回去的话，不但毁了自己今后的人生，也毁了惠巧今后的幸福，不能再错上加错了。惠巧也许撑过这段，撑过几年后，一再没有自己的音信，心死了，会慢慢想通，缓过气来找个好男人嫁出去的。她能这样的话，自己'过番'纵使吃再多的苦受再多的累，都值了！"

"你那么狠心,永远不给她和家人回信吗?"

"不能联系了。让惠巧断了念想,真,真有那么一天,也要等到她改嫁以后的时候。"

"当搬运工,又苦又累干不下去呢。"

"就是干不下去,也不回'唐山'不回家,找别的活干。"

……

杨汪海这样没完没了地自问自答,然后才迷迷糊糊地入睡。一会他梦见圩上的画像馆一起当学徒的钟胜春。

"老弟,'过番'去也不说一声,那么大的事。"钟胜春有点生气。

"哥。偁是逃婚的,不能讲,讲了就逃不出来。"他哭丧着脸。

"逃婚?"

"偁跟惠巧阿妹是'指腹为婚'的。还小的时候,就一块读书,一块吃睡,在偁的心里她是妹妹,怎么可能跟妹妹结婚呢。"

"哦。你从来没在哥面前讲过。我们还算好兄弟吗?"

"算,算!你是我,我是你。"他一紧张,脱口而出。

"哈哈,这还差不多。"

"本来就是嘛!正因为是这样,偁才不愿讲。我们是好得不能再好的兄弟,你穿我的底裤,我也穿你的底裤,分不清谁穿谁的。"

"是你先搞乱的,害偁经常找不到底裤,睡目时才发现给你偷穿了。"钟胜春更正他说的。

"喂,哥你做梦时还摸我的那个呢。"他揭他的底。

"哈哈,哥可能做梦了。"

"哥,说实话,俚觉得跟你在一起比跟惠巧在一起舒服。"

"舒服吗?舒服就赶紧回来啊!哥画了好多张你的像。"

"哇!哥你画俚了,肯定很像的,'脉介'时候画的。"

"你走后的第二天开始,当然很像你啦,连神情都像。不信回来看。"

"哥,俚怕被父母抓回去又跟惠巧拴在一起。回不去了。"

第二天,他昏昏沉沉醒来,去码头的时候,码头已一片繁忙。他想:看来,今天上午要比昨天上午少扛好几袋米了。

刚把一袋米背上肩走几步,双脚就开始酸胀,打战。过踏板最后要将米背上船的时候,他觉得眼睛发花快要掉到河里去了。

他咬牙给自己打气——可能昨天干得太累,缓过这阵子,也许情况会好转起来,像爬山一样。

他想吆喝提提精神。

昨天喊不出口,现在他模仿着其他搬运工的样子吆喝"嗨哟嗨哟"。先是小声地喊,然后越喊越大声。奇怪,这样大声吆喝起来,双腿竟有劲了。

他边吆喝边背米,正来劲的时候,前面那位搬运工突然倒在地上。他撂下米袋,快步上前看个究竟。天呀,那位搬运工口吐鲜血,大汗淋漓,喘着大气,不停地咳。

他朝监工大喊:"不好,不好,出事啦!"

大家立马纷纷撂下肩上的米,围拢过来。

监工应声小跑着过来,俯下身去按捏他的人中:"老谢,怎么啦。"

这位吐血的搬运工叫老谢。

"没,没什么大碍。"老谢抹着嘴角的鲜血。

"昨天,你不就跟我说你胸闷了么。歇几天吧,别太拼命。"监工拧开水壶,把水倒壶盖里:"喝口水,缓缓。"

老谢感激地看着他,然后慢慢喝了几口。

血没再吐,老谢缓过来了,虚弱着,不好意思地小声说:"不咳就没事的。"

"这位后生,哦你叫小杨,你把老谢送回家去。"监工松了口,"他住码头附近,给你扛十袋米的工钱。"

扶着老谢走一小段,老谢便不肯让他扶了。

路上,他问老谢:"谢叔,你也是从'唐山''过番'来这里的?几年?"

"三年多一点。"老谢竖起三根手指,但手指在抖。

"一直干搬运工吗?"

"没,㑑两头做,平时在建筑土地做,这几天工地缺材料停工,㑑怕闲着,跑来码头打零工。"

"经常来码头打零工?"他问。还没来"过番"前,听说"过番"是去挣大钱的。

"经常。没办法,要多赚点钱寄回老家养家糊口。"老谢说。

"小心。"他惊了一下,老谢突然脚没踩实,"谢叔你老家在哪里。"

"客家人都是从那里'过番'下南洋的春秋镇,知道吗?"老谢说,"我老家就在春秋镇。"

"哦——"他赶紧刹住,差点说出"我们是老乡","㑑看,码头的搬运工看上去大部分都是我们那边'过番'来的人。"

"你不会也是春秋镇人吧。听口音,你的客家话跟㑑那里的很相近。"老谢说,"这里的苦活累活都是我们那边来的人干,

'过番'来之前，老以为来'暹罗'能轻轻松松赚大钱。"

"你给家里回信讲这里的情况吗？"

"讲，但挑好的讲。"老谢说，"不能让父母、老婆和孩子担心。唉，边干边看吧。如果今后的环境有所好转就多干几年。不过，这里赚钱再苦再累总比家里好。家里不知往哪里赚钱，种田除交租外，所剩无几。"

"谢叔，你刚吐血不能动气讲太多话，不惹你讲了。"他说，"你再休息几天吧。"

老谢便笑了："没那么娇气，你莫看轻阿叔。刚才你吓着了吧。你看偓喝了几口水下去，现在不是没大碍了吗？明天偓就回码头搬大米去。赶现在还能动，多赚几个钱寄回老家。"

"监工肯定不让你干的。"他说。

"他见多了，才不管你那么多呢。"老谢说，"码头搬运工，经常发生跌倒、摔伤、眩晕，甚至像偓一样吐血的事情。"

"你现在怎么样，好点吗？"他还是不放心他。

"都老病了，可能肺有点问题。这几天没睡好。"老谢倒是很乐观，"好好睡上一阵，就没大碍的。"

"你小心点，一个人出门在外。"

"你也是。"老谢说。

老谢住的出租屋很窄小。一张单人床，一张矮凳，一张矮桌，一个炉子。如此而已。冷冷清清。

他从老谢出租屋出来的时候，心里酸酸的。

他在码头干了三个月。

直到他要走了，监工好像都没记起来他自己曾经说的那句话——"扶老谢回去，给他算扛十袋米的工钱。"

他也一直没有向监工提这回事，装作忘记了。

8

又苦又累赚么（没）钱，扛袋扛到背驼驼。是这里码头搬运工的真实写照。

杨汪海在码头干了半年搬运工后，去了家橡胶园打工。去的时候正是割橡胶的季节。

天还未亮，他便跟着老工人阿雄叔去割橡胶。戴着头灯，背着背篓，手持割刀，光着脚板。

他觉得新奇："雄叔，不能等到天光割吗？"

他们深一脚浅一脚地走着。清早的野外，除了鸟鸣虫吟，异常寂静，脚步声哒哒哒，显得突兀。

"割胶，讲究多着呢。"阿雄叔边走边说，"小心脚下。"

路两边杂草丛生。从住地去橡胶林，约半个小时。

他的心收紧了下，立马小心起来——阿雄叔提醒他别踩中蛇。

"割橡胶时间最好是凌晨四五点到上午九点。橡胶经过一夜的休息和储蓄，树体内的水分饱满。"阿雄叔说，"气温在十七度至二十五度之间。"

"哦，'样般'（怎么）讲？"

"低于十七度，胶乳流速变慢，虽然排胶时间较长，但胶乳浓度低，容易引起橡胶树病变或死皮。高于二十五度，水分蒸发快，胶乳凝固的速度加快，排放时间便缩短。"阿雄说，"听得明不明白？"

"雄叔，你割几年了？"他似懂非懂。

"过几个月，十年。不短吧。"阿雄叔说。

"难怪。"他说，"十年磨一剑，雄叔你这是十年磨一刀。"

阿雄叔呵呵地笑。走了一阵后，他又说："小心。"

"有雄叔你在前面走着，蛇给你吓走了。"他望着一片漆黑，故作轻松地说，"偓不怕。"

阿雄叔手把手教他割胶。三天后，他开始"单飞"了。此后的每天大清早，他们便结伴进橡胶林割橡胶。进入橡胶园后，兵分两路，分头干活。

也许因为觉得新奇，起初他干得小心翼翼但又有滋有味。还未开刀割过的橡胶树先用尺量树身，树围五十厘米以上才能开割。园主一再叮嘱他，还开玩笑说："就像姑娘家，还没长成不许结婚生子一样。"

在距地面约一米二以上的树干上开刀，由左至右成二十五至三十度的角度，一刀一刀地切割。树皮由外至里有沙皮、粗皮、黄皮、水囊皮等几层，大约切割到黄皮处离"树肉"两毫米的深度。这道长长的切割线占树围的二分之一左右。阿雄叔一再叮咛他："小心，如果把树割坏了，会挨园主凶的。"他记得他手持三角菱形刀口的胶刀，独自完成切割第一棵树时，既小心又紧张，满头大汗。看见乳白的胶乳沿着切割线汩汩向下流到铁皮导管，再流到下面那捆绑在树干的泥钵的时候，竟激动得流出眼泪。

割完第一棵橡胶树，他瘫坐在地上。直到这时，才觉得腰酸背疼。

中午园主带午饭到橡胶园。他们在那里席地而坐吃午饭。吃完午饭，他们拎着桶去收胶乳，一棵树一棵树去收。

工钱与割树多少棵、收多少胶乳直接挂钩。第一天，他割了五棵树。那天，阿雄叔割了三百多棵。

一大片橡胶林够他们忙碌的。已经开割过胶的树，三天可割一次。一棵树一年可以割胶很多次。每次开割时先扯去上次割胶后凝固在树上的胶皮,然后用割胶刀沿着上次割胶的痕迹再将树划开。

这家橡胶园只雇请他们两位工人。园主腾出一个杂物间,当作他的住房。阿雄叔住在隔壁那间。

每晚吃完饭,洗完身后一会儿,他们便上床睡觉了。不早睡的话,担心明天凌晨三点前起不了床。他们要在凌晨四点左右赶到橡胶园割胶。即使住一墙之隔,他们也没工夫聊天。进入橡胶林,立马又忙开了,更没有时间说话。他们能说上话的时候,几乎就是在每天凌晨去橡胶林的路上。

阿雄叔十五年前"过番"来到泰国,前五年在一处矿山打矿,然后才来到这家橡胶园。他的老家在杨汪海邻近的那个县。

割橡胶看似没什么,其实是项繁重又精细的劳动。每割一棵树至少有六个动作:拴胶杯、扯胶线、起刀、行刀、收刀、收胶。每天连续劳作十几个小时。

有一次阿雄叔问:"小杨,偃问你,割一棵树,弯腰、起身多少次,你算过么?"

"哦?"他放慢了脚步在想,"唔——"

"小心。"阿雄叔说,"快跟上啊。没留意吧,十次以上。"

"别吓偃。哇,你每次割三四百棵,那还不是近五千次了。"

"差不多吧。"

"难怪每天干完活,都哈着腰,老半天都直不起身来呢。"他说。

"你以为偃的腰是铁做的啊!"阿雄叔说,"呵呵,也好,把偃这副老腰给锻炼到了。"

"偓每天才割几十棵,腰都酸胀得厉害呢?"他说,"雄叔,你不会要一直割下去吧。"

"什么割下去?"阿雄叔一时反应过来,"哦,你是说在橡胶园一直干下去?不,快五十,割不动了。再干一阵子,明年回'唐山'老家。"

"回过老家没?"

"两次。花销大,不敢多'转'(回)。只好托'水客'把钱和信带回去。"

"你每天那么卖力干,肯定赚到大钱了的。偓比你干得少,还赚了一点。"

"大钱?"阿雄叔嗨嗨地笑,然后说,"还好吧。我们客家人漂洋过海'过番'来,就是要勤力吃苦,不然背井离乡干什么,对吗?"

他突然被阿雄叔的这句话触动了——自己背井离乡"过番"干什么来的?

"喂,走快点啊,等会天就快冒白了。"阿雄叔说,"要踩死蚂蚁吗。小杨,出门干活要脚快手快,才能赚到钱。"

有一次连续下了三天雨,割不了橡胶,他们只好闲在住地。杨汪海望着窗外的雨发愣。发了一阵后,拿出纸笔画像,画钟胜春。画完一张,接着画第二张。第二张快画好的时候,阿雄叔走进来,看了看后问:"小杨,画的是谁呢。看上去,不像你爸吧。"

"比偓长一岁的一位阿哥。"

"长得不像啊,你们俩。"

"不是亲哥哥,是偓'过番'前在一家画像馆一起学画像时认识的。"他说。

"哇，画得像真人一样。"阿雄叔啧啧称赞，"你这个阿哥长得靓啊！"

"靓吧。"他眼神里便有些陶醉，得意地说，"不但相貌好，还一米七五呢，待人和善，讲话也好听。"

阿雄叔便凑近画像认真看了起来，看着看着两颗脑袋竟咚地碰一块："不好意思，疼吗？"

"你不嫌弃的话，偃给你画一张。"他笑了笑，摸了下脑袋。

"好哇！"阿雄叔说。

"等偃把你再看熟了，就动笔。这样画出来才有味。"

"就像你画你的这位阿哥一样。"

"偃跟他一块好几年。"他说，"连睡觉都睡一张床呢。"

"哦，怪不得画得那么真。"阿雄叔说，"偃没这位阿哥靓，别把偃画靓了。"

画完钟胜春的像，他们又聊了一会。平时，他很少话，也不大讲家里的事。这次，难得他这样。他叫他去他房间，然后还从挂在墙壁的袋子里拿出四身新衣服，问他："好看么。这身是给阿妈买的，这是偃老婆的，这两身呢，是'倈欬'和'妹欬'的。我阿爸两年前过世了，还没来得及给他买。"

"好看，都很好看。"他一件件认真地看。

"不敢买太鲜艳的，特别是阿妈和老婆的。呵呵，怕她们不敢穿。"

"他们见了你买的'番衫裤'，肯定会兴（乐）坏的。"

一件一件衣服看完，阿雄叔又一件一件折叠好小心翼翼放回去。

没想到半个月后的一个清晨，阿雄叔进橡胶园割橡胶时，被毒蛇咬死了。

园主叹气说:"他两年前被蛇咬过一次救回来的,都说大难不死必有后福。可、可他还是没逃过毒蛇这一劫。命,都是命啊!"

阿雄叔死后不久,杨汪海也离开了橡胶园。他觉得很遗憾——才把阿雄叔的像画一半,他就走了。

9

杨汪海离开橡胶园后,去了座寺庙当和尚。

泰国是佛教之国,信佛的历史悠久,到处是寺庙,大大小小的寺庙有几万座。

他觉得很惊讶——自己抛硬币选中的"过番"的地方竟是这样一个"黄礼佛国",是不是命运的冥冥安排。这种意念一旦产生,就像一颗种子一样在思想深处生根发芽。回顾"指腹为婚"、逃婚和这段时间来的种种经历和遭遇,他已厌倦了俗世的纷扰。

他对自己说:"杨汪海,你今后就隐姓埋名出家当和尚吧,谁也找不到你。"

"你不像那些漂洋过海'过番'来这里的他们,他们没日没夜,拼死拼活地挣钱,目标很明确就是把挣的钱寄回去改善家人的生活,改变家庭的境况。你呢,你不是这样啊,你是因为逃婚'过番'的啊!"

"一个人过,何必卖命干活挣钱呢,还是简简单单、清清静静的好。"

"你回不去了,回去以后怎么面对父母怎么面对惠巧?忘了吧,忘了那段痛苦的经历吧。偷偷'过番',你已顶着不孝顺父母，不顾老婆死活的臭名。喀！就让他们这样认为好了。就当父母白养了自己，就当自己没有存在过。一切都了断了。"

"但千辛万苦'过番'来到这里，你可以重来啊，自己做主，在这里再找姑娘结婚生子啊。说实话，自己到现在为止，都没有想过跟哪位姑娘谈情说爱的想法。其实自己在与惠巧结婚前，也听过自己与惠巧'指腹为婚'的传闻，但自己不敢面对，一天拖一天，一直不敢去正视。但就算不是惠巧，换成别的姑娘，自己好像也没有恋爱结婚的想法。"

"自从遇见了钟胜春，胜春哥后，便觉得今生今世不结婚也好的，跟胜春哥在一起能多久就多久，能快乐多久就多久，反正人生也不可能永远快乐的。"

"不是不想让人知道你在这里吗？不是不想让人找到你吗？不是不想让人认识你吗？既然如此，最好的去处就是去人迹罕至的地方。"

"不过，你心心念念心里还思念一个人，画像馆的胜春哥。但他是男人，是不能天天在一起到老的，你只能让他住在心里，不能让别人知道，不能让别人看见。"

他反反复复、一次又一次这样问自己，常常把自己问得痛不欲生，最后他选择一处深山老林的寺庙当和尚。

这座寺庙很小，只有他和另一个老和尚。

每天除了礼拜、打坐、念经和做饭、洗衣、扫地外，他有时还会画像，画钟胜春，他心里珍藏着的胜春哥。

他"过番"时偷偷拿了钟胜春的一支画笔，一直带在身边，不舍得用。他想：哪天自己有信心把阿哥画得很好，画成真人一样了，才用这支笔来画他。

他把姓名改了，换上一个僧名：希忘。僧名的寓意是希望把原来的自己忘记。在这个尘世里，已没有杨汪海这个人。

10

郑秀英的头最近疼得越发厉害。

女儿张惠巧跟杨汪海结婚前大约半年，她就不敢再去杨镇山店里做针灸。没去有三个原因：一是头疼已缓解，二是担心风言风语，三是睡眠的质量还可以——因为老担心女儿出事，女儿的心情决定了她的睡眠情况。女儿的心情像一条曲线，起伏不定，她的睡眠也时好时坏。

杨汪海"过番"那阵子，惠巧的心情坏到了顶点。惠巧发现自己怀孕直至外孙杨思念出生，惠巧的心情开始好转。这之后的几年，又开始渐渐回落。杨镇山夫妇和她便想尽办法比如尽量多过节俗，拽住惠巧的心情回落的颓势。杨思念慢慢懂事不断地追问他阿爸的去向，惠巧的心情又开始变得越来越糟。

郑秀英的头也跟着惠巧越来越糟的心情越来越疼。以前还是疼一阵又好一阵。但现在已不敢像以前那样去杨镇山那里扎针。自从跟杨镇山相好后，她便不想梦见已过世的丈夫张山木，觉得没有脸面"见"他。她暗自庆幸——这七年来再也没有梦见过他。那年八月中秋，她跟女儿惠巧去邻村"落竹叶神"，她想"下去"见他，心里憋了一肚子话，快撑破了。但她被阴间的张山木赶回阳间来。他一言不发，冷面无情。

这两年惠巧又把自己关起来，连她也不想见，不想跟她说话。她一想到惠巧房间那堆成小山似的毛衣，心便慌得受不了，整夜睡不着觉。她急于想见丈夫张山木，问他怎么办。"指腹为婚"是杨镇山夫妇和他们夫妇的主意，没想到本意是为女儿着想的，现在反而害了她。

那夜凌晨,鸡刚叫一遍,张山木"来了"。

"你死到哪里去!"郑秀英跟张山木一见面就生气,"都七年了,一点魂影都没有!"

"没死到哪里。你都晓得的,被树压死的,就死那里。"张山木倒是不生气,"别一讲话就发火,还说七年没见了呢。"

"'妹欸'都快癫了,你让侄的心情还能好到天上去!"郑秀英的火气还在上升,"是我们害了'妹欸',把她往火坑里推。看看杨镇山他们生的那个衰仔杨汪海,才结婚四天就偷偷去'过番',走后再也没魂没影。"

"侄也知道这件衰事。早知今日,何必当初。唉!"

"别文绉绉的,什么时候识字啦?怪事!"

"呵呵,还真给你问着了。活着时没进过学堂,现在侄发奋读书补回来,这几年侄在忙读书识字呢。"张山木有点得意。

"别讲鬼话。"

"信不信由你。侄不光读书,还飞到各地看风光呢。"

"飞?你会飞?飞到各地看风光?"

"对呀!侄会飞啦。没想到竟实现了小时候老做会飞的梦想。不会飞,怎么跟你见面啊!你看见侄是走进来的?"

"唔,没看见你的翼啊?"郑秀英这才警醒过来,他是从窗外进来,像烟一样飘进来的,"隐形的,隐形的翅膀。"

"又讲鬼话。老骗侄,都给你骗半生,苦半生,累半生。"

"呵呵,侄当然讲鬼话啦,你才讲人话。"张山木还是不急不躁,"飞到各地去看了一遍,没想到——"

"别老呵呵。"郑秀英一听见他呵呵就烦,"没想到'脉介'?"

"全天下都穷啊,比狗还穷啊!全天下人都愁眉苦脸的。不单我们春秋镇，竹林村啊。"

"真的，'脉介'原因？"

"不骗你。因为连年打仗，你争我夺，兵荒马乱，民不聊生啊！不穷才怪呢。"

"那、那很多人冒着性命漂洋过海'过番'下南洋。南洋那边呢。"

"偎不敢飞到那边去，担怕飞不过茫茫大海。"张山木实话实说。

"喀，别说啦，净讲些没用的鬼话。"她本想让他飞到那边去把杨汪海那个衰人揪回来问罪的。

"没用的鬼话？你还老在问。你到底要问'脉介'？"

"我们的'妹欻'惠巧现在怎么办？"她孤苦无助了，"那个衰仔是'脉介'原因竟下这样的狠心丢下惠巧的？"

"杨镇山和你真不知道？"

"那个衰仔只跟他爸讲他把惠巧当妹妹看，但不是他的老婆。但村里不少人也是这样过来的啊，将就将就，不也过完一生么？！"

"对呀！就这个理由吗？"

"偎怎么知道他还有其他'脉介'理由？"她突然紧张起来。

"真不知道？"张山木这时开始生气了，"听说朱天伦把你们的糗事偷偷'话'（告诉）杨汪海知了。"

郑秀英的手脚在发抖。

"偎原来是心疼你怕你头疼才建议你去杨镇山那里扎针的。没想到他竟把'针'扎到你的那里去啦！你们不怕丢人，但、但杨汪海丢不起啊！你们还敢骂他衰仔，你们才是衰人呢！你不会讲朱天伦在你伤口撒盐吧。倨知道没男人苦,但真想男人了,你可以大大方方再嫁出去啊!丢人,哼!"张山木气愤地"飞"走了。

郑秀英目瞪口呆,一会儿便抱头痛哭。她万万没想到,朱天伦这个天打雷劈的会把她和杨镇山的事抖给杨汪海。万万没想到张山木竟然一清二楚,难怪七年来他不想"见"她。

第二天一大早,郑秀英拎衣服去屋面前的那条小溪去洗,蹲在石板上,搓呀搓,呆呆地,好像不是在搓衣服而是在搓心事似的,突然两眼发黑,掉进溪里。像当年她的"家娘"一样。

郑秀英死了。

第七章 逃难

1

"放松点,坐好。"钟胜春的脸荡开笑意,"叔叔把你画得好好看的。"

苹儿坐在画室的椅子上,面对着钟胜春,有点紧张。

"阿伯,'脉介'叫放松?"苹儿望了下坐在一旁的李望山,怯怯地问。

"平时'样般'坐还是'样般'坐。"钟胜春替李望山回答,"小姑娘,你叫什么名?"

"苹儿。"

"苹儿。姓'脉介'?苹儿。"

"以前姓李,现在姓卢。"

钟胜春知道她的话里有转弯抹角的事情,便转换了话题:"苹儿小妹,笑一些,开心的样子,画出来便是开心的样子。"

苹儿便笑起来,像朵花。

"好,就这样笑,保持一会,让叔叔记住你笑的样子后,你可以不用笑了。"钟胜春俨然一位老画师的做派,循循善诱,"叔叔画着画着又不记得了,你又笑一会。"

苹儿被逗得咯咯地笑,放松了下来。

"师傅，还要画多久？"李望山问。

"午饭前。"钟胜春说，"要是十点左右就来的话，还不用呢。"

他们来画像馆时已过十点。李望山先去苹儿家带她，然后才一起来的。之前，他跟苹儿的养父养母说了一通带她来画像的原因。东花一点时间，西花一点时间，便耽误了些工夫。

来画像馆的路上，苹儿不明白伯父为什么要带她来画像。她从来没有画过像。

"阿伯，画像画来做'脉介'？"苹儿的印象里，她见过的那些挂在屋里、厅堂里的画像，都是老人家的。自己才八岁呢。

"你跟阿伯住得远，不能日日见面。你伯姆想你时，拿出你的画像来看，不就等于看见你了吗？"李望山编了个理由。

苹儿像是心里有话的样子，不说话，默默地走。

"你送给人家后，阿伯和你伯姆就开始不舍了。"李望山见苹儿这个样子，心里不是滋味，"但，但阿伯也没办法，阿伯也有一堆孩子，阿伯怕你受饿挨冻，唉！"

"画像了，阿伯就可以看见偃了。"苹儿加快了步子，活泼起来，"偃晓得了。"

"别走那么快，等等阿伯啊。"

苹儿放慢了脚步。

"苹儿，阿伯问你，你现在的阿爸阿妈待你好吗？"走了一会，李望山问。这句话在他的心里憋了好久了。

"好，阿爸阿妈把好吃的留给偃和阿弟。"

"'样般'好啊？"

"阿妈煎两只鸡蛋，偃和阿弟各一个，阿爸、阿妈不舍得吃。"

"阿伯这就放心了。"李望山摸摸苹儿的脑袋,"你千万不可像你姐一样去渡口望你'过番'去的阿爸。"他觉得这些话她的养父养母不方便说,得由他跟她当面说。

"唔。"

"别光唔,捻耳公(耳朵),记得。"

苹儿捻了捻耳朵。

"渡口有水鬼,会把人拖下水去吃掉的,特别是小孩子。"他觉得话一定要讲得狠一点,"你阿爸可能在那边还没挣到大钱不好意思回来,挣了大钱他一定会回来看你的。"

"那、那他到时回来,阿妈和姐姐不在了,阿爸看不到她们,怎么办?"苹儿要哭的样子。

"乖,听阿伯的话。所以你不能偷偷去渡口望你阿爸。记住了。你要是再出事了,你阿爸就活不下去的。"

"唔。"

"捻捻耳公。"

苹儿用力地捻了捻耳朵。

"千万要记得!"

"记得!"

其实苹儿的像是画给他的生父李望海看的。

李望山担心弟弟李望海一个人在海外孤独难过,精神崩溃。上次他回来,没想到妻子和大女儿因为思念他竟意外死去。他后悔不已,痛不欲生。苹儿现在是他的唯一挂念。李望海离开时,他答应弟弟一定会带侄女苹儿去画像馆画像,然后把像托"水客"捎给他。他看见他女儿的画像了,便有了活下去的牵挂和寄托。

十一点左右,苹儿的像画好了。钟胜春把像拎起来:"像不像，苹儿小妹妹。"

李望山一直想上前去看他怎么画的，但一直不敢动，担心影响了他，屁股不动，心在动，忍着。他赶忙凑上前去，边看边说："像，真像。"

"叔叔真厉害！"苹儿兴奋着，"叔叔把偓笑的样子也画上去了。"

"喜欢吗？"钟胜春把像拎到苹儿的跟前，"就要有笑的样子，开心的样子，小姑娘要天天开心。"

"喜欢，喜欢！"

钟胜春现在是画像馆的主笔了。师傅年纪大了，眼花，已画得很少，除了一些指定要他画的顾客。一般的顾客，都是他动笔。

他已娶了妻生了孩子。妻子是排在杨汪海面前的他的那个姐姐。他们姐弟俩的感情比他跟其他两位姐姐的感情深。他们小时候曾一块去私塾读书。杨汪海"过番"后，她去画像馆找钟胜春打听弟弟的消息，一来二去后竟被钟胜春的好相貌和好脾气吸引住，然后便好起来，结成夫妻。钟胜春已当了"两面"阿爸，有一对儿女。

钟胜春成了杨汪海的姐夫。

2

李望山将侄女李苹儿送给人家做闺女时，挑三拣四，最后才相中卢日旺家。

卢日旺人老实，勤力。他老婆佘隐娘善良，厚道。他们俩能走到一起结成夫妻，实属不易。他们在结合前各自在婚姻路上经历过一番坎坷。

卢日旺的父亲是放竹排的排工。子承父业,他也是排工。一年从头到尾在美江上放竹排。

春秋镇到处是竹子,有绿竹、水竹、楠竹、单竹、慈竹、寿竹。他们把收购来的竹子堆放到渡口下边的沙滩上,然后扎成竹排。顺着美江,把竹排放到潮州。潮州是个大地方,挨着一条很大的江——韩江。韩江下去是汕头,汕头靠海,所以那里的鱼虾海鲜特别丰富。竹排放到潮州卖掉后,换回鱼虾,坐船回来。

春秋镇有不少放竹排的排工。表面看上去放竹排是很好玩的事情,其实非常辛苦,是真正卖力气的重活,累活,不但风吹日晒雨淋,还很不安全。胆小的人不敢当排工。

一张一张数钱,大口大口吃海鲜,是最幸福、开心的时候,放竹排的种种艰辛又抛诸脑后了。

卢日旺十五岁那年便开始跟着父亲放竹排。放竹排一个人干不成活,起码得两个人搭档。他们父子俩先搭好竹排。将两担竹子(四小捆竹子)捆成一捆。大约十捆竹子相叠成一长捆,八长捆竹子排成一起,再用木棍作为杠杆,将前、中、后的三长捆竹子,用竹篾绑在木棍上,绑结实。这样一个宽十米左右、长二十几米的竹排便搭成了。然后在竹排的前端做一个可以扳动的橹(舵)。橹可以用竹,也可以用木棍做材料。橹用来掌控竹排的漂流方向。橹下来一些,还要搭建个草寮,在草寮里砌个简易的土灶,或搁个火炉,为吃和睡之用。别说是一大捆竹子,就算是一根又长又大的竹子,拖或扛,都是很吃力的事情。所以搭竹排是一项既繁重又细致的活儿。如果不细心不用功的话,竹排搭得不牢固,在河里放逐的时候,竹排万一散掉的话,那就叫天天不应,叫地地不灵,麻烦大了,损失大了。搭一个竹排,他们父子俩联手搭建,往往也要三几天。长时间在河水里浸泡搭竹排,容易得风湿病。

从春秋镇渡口放竹排到潮州，往往要一个月。这段长长的河道，地貌多变，有深有浅，有直有弯，有急有缓，还要警惕来往的船只。夜间，他们把船灯挂在船头，以避免与其他竹排、船只碰撞。

从放竹排那刻起，他们父子俩的性命就掌握在他们的手里，吃不香，睡不安，神经绷得紧紧的。遇见大雨，更是险象环生，稍有不慎，便一命呜呼。风雨中放竹排，头戴斗笠，背着厚重的蓑衣，尤为不易。

卢日旺放竹排放成一个壮实的大"后生"，一米七几的个头，宽厚劲道的臂膀，坚毅的眼神，浓浓的眉毛，黝黑亮光的皮肤，很招姑娘喜欢。

跟父亲一起放竹排，卢日旺总是规规矩矩的。有时父亲生病，他恰好与别的"后生"搭档放竹排，他内心竟生发、涌动着兴奋，好像巴不得父亲生病似的。两个大"后生"放起竹排来，那是另外一番滋味。碰上炎热的夏天，两个人一丝不挂地执着竹篙撑竹排，兴致高涨时，或吆喝，或浪笑，或唱歌。连河里的鱼虾都受感染欢腾着追赶竹排。他们无拘无束，放浪形骸，结结实实地醉在天地间。卢日旺最爱这样放竹排，所有的苦累和烦恼都付之东流。

渡口下去不远，江边有座建于明朝的高高的古塔。登上古塔，可眺望美江这样流来，又那样流走。传说有位读书人，屡次上京会试受挫，高人道出其中原因，因江水从那里出去的"山川文峰欠佳"。于是他便建了这座塔。塔建成那年，那位读书人会试即中。

从春秋镇的渡口"过番"下南洋，必经古塔。经古塔下去，便好像提醒你开始离乡背井"过番"去了。转"唐山"经古塔上来，便仿佛看见久别的故乡和亲人，热泪盈眶，心绪难平。古塔又称为"望乡塔"。据说中秋月圆之夜，总有思夫心切的女人登上古塔，引颈眺望天边月色溶溶的江水唱山歌。

卢日旺放竹排经过古塔，总会仰望高高的古塔，心情五味杂陈。有一次，他和父亲坐船回来路过古塔，恰巧听见有女人在古塔上唱山歌："恩爱夫妻共一床，半夜辞别去南洋，五更分手情难舍，目汁双双泪两行。""五更鼓打天大光，送郎走撒（走了）割心肠；早知今日孤独苦，甘愿双双啜粥汤。""妹送亲哥到汕头，一看大海妹心愁；大海茫茫有止境，妹想亲哥无尽头。"

山歌声声情深意切盼夫归。

船夫每每到此便有意放慢速度。

3

卢日旺二十岁那年有过一段恋爱。圩上有些姑娘，有事无事总爱去沙滩看他们父子搭竹排。其中有位姓杨的姑娘暗中喜欢他。有次趁父亲回家准备第二天放竹排穿的衣服，住在家里。他和杨姑娘见缝插针住在刚搭好的草寮里相好。那晚在温柔的河风吹拂下，春心荡漾，不能自已互相献出自己的"第一次"。尝到甜头后，他们又偷偷相好过好几次。后来杨姑娘怀上了他的孩子。这时纸包不住火，事情传到杨姑娘的父母耳朵里。圩上的姑娘怎么能嫁给放竹排的苦命小伙呢？

杨姑娘的父亲劝女儿无果，一气之下拿出菜刀恫吓女儿："再执意要嫁给'卢竹排'，就一刀杀了你，然后偓和你阿妈再自尽！"他恨卢日旺，跟人家讲："叫他的姓名，等于脏了偓的嘴！"他叫他"卢竹排"。

最后杨姑娘服毒自尽，带走了肚里的孩子。

这种如天塌下来的打击，他父亲看在眼里，急在心里："'倈欻'，阿爸知道你难受。"他父亲撑着竹篙，看着起起落落的浪花，开导他："你跟阿爸的伤心经历很相似啊，唉！"

卢日旺在那头撑着竹篙，魂魄丢了似的。

"你没听说过吧，也曾有个姑娘看上阿爸，但姑娘的父亲拼命反对，也是以死相逼，最后那位姑娘嫁给了别人。唉！竹排阿哥，人家瞧不起啊！"

卢日旺从别人那里听过父亲这桩事。

后来父亲跟同村一位瘸腿姑娘结婚，就是他现在的阿妈。

"阿爸跟你再多干几年，等挣够了钱买一只船，就永远不放竹排，到时就美气啰！看谁还敢小看？"卢日旺将竹篙用力一点，竹排顺流飞了起来。

杨姑娘自杀后，受到沉重打击的卢日旺便一直不再恋爱，直至遇见佘隐娘。

4

那年潮州沦陷。那天日本侵略者的飞机在潮州城区上空盘旋，炸弹声和飞机声四处响起。数千名日军兵分几路进攻潮州城。一时间，人心惶惶，气氛异常恐怖，居民纷纷仓皇逃离避难。

卢日旺的船前一天载了一船的"火炭"（木炭）去潮州卖后，采购了一些日用品和咸鱼，那天正要回来，竟遇见这件天大的衰事，赶忙逃离。卢日旺的父亲见此情状，把刚解开的拴船的绳索，叫他重新系上，救人于危难之中。担怕承载过重导致沉船，只能最大限度搭载十多位逃难者，老人、小孩和妇女优先照顾。

佘隐娘便是其中的一位。

船到了春秋镇靠岸停船，难民们千恩万谢卢日旺父子的救命之恩，然后下船离开。

"同胞们，我们客家人为人善良，厚道，不会见难不帮见死不救的。放心吧，千万不要放不下面子，好好说，好好找，他们一定会收留你们的。"卢日旺的父亲担心难民流离失所，露宿街头野外，反复叮咛。

难民们一步三回头，弯腰叩谢，流泪感谢。

卢日旺从来没有见过这种情形，一时没控制住，眼泪哗哗地夺眶而出。他回过头，才发现有位女人没有离开，头发散乱，满脸泪痕，收缩着身子，眼神怯怯的。

"妹子，不哭，𠊎知道你难过。"卢日旺的父亲软声细气地安慰，"不哭，逃到这里就安全了，不哭。来，进里面坐，这里河风大。"

卢日旺和父亲领着她进船舱。

原来她的丈夫和女儿被小日本的飞机炸死了。她恰巧去城外的菜地摘菜，幸存了下来。其他亲人已慌忙逃离，她一时失去联系。

卢日旺父子听她比画着说后，非常同情，把她收留了下来。

她叫佘隐娘，比卢日旺小一岁。

卢日旺经常放竹排、行船到潮州一带，略懂一些潮州话（又称"学佬话"），能听懂一些佘隐娘讲的"学佬话"。

他跟佘隐娘结婚后，佘隐娘曾开玩笑说："好在你能听得一些'学佬话'，我是死'学佬'，一句'客'也不会讲，不然鸭和鸡一起，怎么生活。"

"哈哈哈，什么叫缘分，这就喊缘分。"卢日旺得意地说，"没想到我行船行了个老婆。"

"老实说，你会讲几句'学佬话'？"

"你莫笑，我才敢讲。在外面，我没碰见真正的'学佬人'，'车大炮'（讲大话）讲我会讲'学佬'，但真碰到'学佬人'我就不敢开口了。遇到'唐人'讲'番话'，遇到'番人'唔会'话'（讲）！"

"保证不笑，试试。"

"'胶几人'（自己人），'肚困'（肚饿），'猛猛食'（快点吃），'企'（站），'地块'（哪里），'你爱做尼'（你想干吗），'唔北'（不认识），'过唔闲'（很忙），'白仁'（白痴），'过衰'（倒霉），'浪险'（厉害），'目涩死'（困了），'担唔了'（说不完），'惊了着死'（吓死人），'龟昏'（吸烟），'当来内'（回家），'散来'（乱来），'卤死你'（讨厌你），'担耍笑'（开玩笑），'过硬'（够厉害）。"

"哇！不少，会讲不少了，'过硬'啦！"

"嘿嘿，大概就会这些。"卢日旺边挠头皮边想。

"你客家人说话，常常把俺和我，汝和你，随意说。有什么讲究吗？"

"唔——也就图个顺口吧。都是一样的意思。"

"那叫阿姆和阿妈呢。"

"叫个欢喜，一样的意思。讲学佬，骂人的话，特别容易学会，要讲么？"

"别讲，用不了的。"佘隐娘说，"你以后教我讲'客'，也不用教骂人的'客'，扯平。"

"我才没那么傻呢。教会了,骂我啊!"

晚上睡觉时,就讲"客"讲"学佬"的话题,常常讲得有滋有味,忘了睡觉。

三年后,他们生了儿子。因为"相命"先生说儿子命里缺水,安名卢清源。

佘隐娘用学来的客家话开玩笑说:"汝完日(整日)行船搞水,'俫欸'还缺水么?"

"水带财!水生财!缺,永远都缺。再生一个'俫欸',讲不定还会缺水呢。"

5

佘隐娘是标准的潮州女人,相貌好看,脾气又好,特别顾家,烧得一手好菜,还练就剪纸、绣花的手艺。

卢日旺和父亲在美江行船挣钱,一回到家里,便觉得心里暖暖的,踏实,自在,欢喜。她把"家娘"和儿子照顾得舒舒服服。家里家外收拾得干干净净,妥妥帖帖。

他们家有一亩多耕地,每年两次莳田,因为他们父子俩行船,只好雇请别人驶牛犁田。

"要不,我也学驶牛。"佘隐娘看在眼里,急在心中。

"驶牛?像我们这里的客家女人一样?"卢日旺没想到她会冒出这个想法,"你们潮汕女人力气小,驶不了牛的。"

"试试。"她第一次看见这里的女人背上用背带背着小孩,手扶着犁耙,大声吆喝,在水田里驶牛,惊奇得目瞪口呆——在她家乡这是男人干的活。

"你的是绣花、剪纸的手,不用试。我们家连牛都没有养呢。不靠种田过日。"卢日旺说,"划不来的话,连田也不耕了，租给别人，收点租，意思意思算了。"

"她们能驶牛，我也能的。"她还是不甘心。

"你知道牛有多大力吗？弄不好的话，牛发起牛脾气来，又蹬又踢的，一个劲就把你拽到水田里。"

"别吓我。"

"吓你？我什么时候吓过你。我还不知道你有几斤几两？"

佘隐娘成了村里唯一一位不会驶牛的"妇人家"（结了婚的女人），但她是村里唯一一位会剪纸、绣花的女人。

她会剪"囍"字、福字，会剪"出入平安""四季如春""新年快乐"等很多字。每到过年，她会把这些带着吉祥喜庆的剪纸字送给左邻右舍。她会绣梅花、牡丹、桃花，还会绣喜鹊、鸳鸯、蝴蝶、蜜蜂等，把花和这些动物绣进手帕里。

心灵手巧、心地善良的佘隐娘在村里的口碑很好，大家爱叫她"学佬姐"。

她待"家娘"很好。"家娘"瘸腿，每晚她都烧好水，用桶盛好水拎到"浴堂"给她"洗身"。有点遗憾的是，生下儿子卢清源后，便再也怀不上孩子。

卢日旺行船回来，很努力干"房事"。有时为了营造情调，还动了点心思，拿起绣了鸳鸯的手帕看了又看，笑眯眯地说："你会绣我吗？"

"绣你？"佘隐娘没想到他会这样问她的，愣了一会，便动起手来，"我这就绣你。"

"哈哈哈，痒死我了，别、别绣了。"

但卢日旺再怎么调动情绪，怎么折腾，佘隐娘就是怀不上。

佘隐娘把苹儿当亲生闺女来养，有时甚至比亲生的儿子还疼。

"他爸，苹儿乖巧、懂事，我想……"她想得远。

"想什么?"

"苹儿长大后,万一……"

"你担心什么?"

"她把清源当弟弟,不当老公呢?"

"他们好着呢。不会吧。"

"好,也不一定是做夫妻,可做姐弟的。如果真如愿结成夫妻的话,当然最好。不是的话,强扭的瓜是不甜的,反倒会伤害到他们姐弟的感情。做夫妻要讲缘分的,像你和我一样,那么长的大江都阻隔不了。"佘隐娘一闲下来便考虑他们姐弟今后的事。

"也对。"卢日旺也有这方面的考虑,"邻村的杨汪海和张惠巧他们双方父母为他们弄的'指腹为婚'就没有好结果。边走边看吧。"

"边走边看,我也是这么想的。只要他们姐弟俩好就好。反正苹儿不是儿媳,就是闺女。收养苹儿,已经赚了。"

"哈哈,你不但想得周全,还讲得有道理。"卢日旺暗自高兴。妻子心地善良,娶了她,有福了。

佘隐娘知道,那年李望山把她侄女李苹儿送给他们家,给他们的儿子做童养媳,是"家官"的意思。对李望山来说,实在是无奈之举。现在"家官"过世了,他老人家操不了这份心了。

6

也许因为佘隐娘有过那段失夫丧女的惨痛经历,卢日旺曾有那段失去心仪的恋人的痛苦挫折,他们更能理解人,善待人。

六年来,佘隐娘经常半夜从噩梦中惊醒,气喘吁吁,满身虚汗。

那悲惨的一幕已深深地烙在她脑海里。六年前的那天，她去城外摘菜，突然听到头顶飞机轰鸣声和四处响起的轰炸声，看见人们边慌忙逃跑边大喊："小日本炸城了，快跑！"

她才预感大事不妙！小日本攻陷汕头这段传闻没想到会变成现实，来得那么迅猛。

她赶忙往家里跑。

刚进城，一枚炸弹落在她前面的不远处，一声巨响，正在奔跑的前面几个人当即被炸得血肉横飞。她嚎叫一声，又一声巨响在她身后响起。她哇哇地大叫，扔掉菜篮，拼命往家里跑，不敢回头。正要到门口，门外横七竖八趴着几具尸体，地上一片鲜血。慌乱中踩着一只被炸飞的手。她一个趔趄，摔倒在地，慌忙爬起来，全身像筛糠一样抖。刚跨进家门，发现房顶已被炸塌，满地瓦砾。她边喊丈夫和女儿，边搜寻，但不见他们的身影。于是又往家门外跑。这才发现门口不远处趴着的尸体中有一具丈夫，一具女儿，丈夫缺了一只手，女儿满身是血。她摸摸丈夫的鼻孔，已没有气息。又摸摸女儿的鼻孔，没有气息。她吓得哇哇呕吐，倒在地上。正这时前面又一声巨响。一位大叔跑过来，把她拖起来往外跑。她挣脱他的手，想往回跑。那位大叔大喊："送命啊！"他喊着用力拖着她跑。

城外一片慌乱。惊叫声，哭喊声，交织在一起。人们在拼命地逃跑。城内上空小日本飞机低空盘旋，不断地扔炸弹。

日本侵华，魔爪伸向潮汕地区。潮汕地区一个地方一个地方相继沦陷。

六年了，她天天在等，等待小日本投降的消息，等着回潮州老家的那一天。

那天一大早，她和丈夫早早开船回潮州。一路心情异常沉重。她曾无数次回想家门口附近那块丈夫和女儿被炸死的地方。当她快步来到这里时,只见凌乱的瓦砾和杂草,丈夫和女儿的尸体也不知被安置在哪里。

卢日旺搀扶着她,不停地叹气。

费了一番周折后,在她老屋的附近找到了一户昔日的邻居佘大叔。从他那里打听到这里的居民大都被小日本的飞机炸死了,剩余的已逃难到异地他乡。佘隐娘的细郎叔一家除了儿子存活下来跟人逃走外,其他人都被炸死。

佘大叔的老婆也被炸死,他带着儿子和女儿逃难,两年前才回来。

卢日旺从妻子佘隐娘以前家人居住的老屋捧了一把泥土,装进泥罐,悲伤地说:"带回去纪念吧。"

佘隐娘从他手中抱过泥罐,号啕大哭。

"不哭,不哭。"卢日旺抱紧妻子,"遭天谴的小日本,看我们今后怎么收拾小日本!打成肉饼!捶成肉丸!剁成肉酱!"

佘隐娘呵呵地转哭为笑。

回来的路上,佘隐娘看着默默撑船的丈夫,心疼起来:"他爸,不好意思,让你跟着遭罪了。"

"其实,其实我也有跟你一块回来的想法。"卢日旺望着船尾远去的河水,"担怕你……"

佘隐娘上前抱紧丈夫。她曾自责,自己两年后才迟迟怀上孩子,可能跟这件老放不下的事有关。

"哎,哎,船偏了。"

佘隐娘松开手,嘿嘿地笑:"偏不了。老公,从今日起,那段就过去了。"

"回去后,在后山找一棵树,把泥罐埋在树下吧。"

"老公……"佘隐娘的喉咙发紧。

船快过古塔的时候,卢日旺跟她讲起那些等待丈夫"过番"回家的女人在塔上唱山歌的情景。

"等一会,能听见吗?"佘隐娘望着高高的古塔。

"一般是在有月光的晚上。"

"今日是八月十二刚好有月光,可、可现在日头刚落山。"

"想听的话,'暗埔'住船上,在渡口听。"卢日旺说,"听进去的话,莫目汁嗒嗒跌。"

月光上来了,远远地、高高地挂在江面上。

"看见了吗?悬出河堤的那块石头,叫'望夫石'。"卢日旺把船停靠在渡口的"望夫石"附近,指着前面。

"'望夫石'?"佘隐娘觉得新奇,"看见了,看见了。"

"站在上面唱山歌,歌声传得更远,久而久之,那块石头被人们称为'望夫石'。来唱山歌的女人,一般是那些丈夫'过番'多年没有回来,或者一直没有音信的。"

"那多难熬啊!"

"心里苦到无处说话,才会到这里来唱歌。也不怕河风大。"

佘隐娘联想:潮州那一带也有很多人"过番",那些日日盼丈夫回家的"姿娘"(妇女)也像她们一样唱歌吗?

卢日旺的父亲过世后,他在圩上雇请了一位小"后生"搭档行船。船泊在渡口后,他叫他暂时回家去,下趟要走,再叫他。

大约八点,渡口响起了歌声。

"送郎送到渡船头,脚踏渡船浮对浮;哪有利刀能断水,哪有利刀能割愁?"

"阿哥'过番'就离家,丢开妻子一枝花;灯草跌落涌水角,这条心事放唔下。"

"妹送亲哥上火船,汽笛一响割心肝;'过番'系有'水客'转,搭银搭信报平安。"

……

声声山歌唱思念,句句直撼心肝头。

佘隐娘又想起被小日本炸死的丈夫和女儿,黯然神伤。

卢日旺想起曾经心爱的杨姑娘,望着清亮的月光,情难自已。

第八章　抓壮丁

1

母亲掉到小溪里溺水身亡，彻底把张惠巧惊醒——母亲的死是自己导致的。

别人说母亲意外死亡。意外？他们怎么知道里面七绕八拐的原因呢？她心里清楚，这不是意外。

"小娘姑（丈夫的细姐）"拿回一张丈夫杨汪海的画像给她。意思是，想念时，拿出来看看，解解渴。这张画像是"小娘姑"的丈夫钟胜春画的。钟胜春画了好几张杨汪海的像，她发现后跟他要了一张。

这张像，张惠巧把它挂在房间里不显眼但又显眼的位置。眠床左侧那扇墙，蚊帐挡住了一角。别人进来，如果不留意的话，便忽略了。但对于她来说，这张画像就很醒目了。丈夫好像时时刻刻地看着自己。晚上睡不着的时候她点上煤油灯，擎着灯盏，对着画像发呆，"出神"（遐想），想起曾经一起去私塾读书的情景。

母亲出事的当天，她把这张画像取下来，扔到阴暗旮旯里。她想：阿妈就是自己给害死的。自从丈夫"过番"那天起，自己终日闷闷不乐，阿妈也跟着自己成天提心吊胆，吃睡不安，神情恍惚，才导致阿妈眩晕"发目乌"掉进溪里而死的。"指腹为婚"还不是想让自己以后嫁到家境厚实的人家过上好日子吗？杨汪海"过番"阿妈也不知情，能指责她吗？杨汪海"过番"后一直不回音信，更不能责怪她。"指腹为婚"就算是双方父母考虑不周，杨汪海和你长大后互相不认可，你们有本事的话可以挣脱啊！退一万步来说，就算是错上加错，结婚生子后还可以摆脱，可以分手，还对方自由啊！何必闷着，憋着，顾这顾那，不明说，打冷战，使性子，害得阿妈站不是，坐也不是，无时无刻不在关照你的情绪。张惠巧啊张惠巧，阿妈一把屎一把尿把你养育成人，为了你能匹配杨汪海，违背习俗，送你读书识字；为了你少挨饿受冻，还把两个女儿送给人家。两个姐姐长大后埋怨阿妈偏心不愿往来，阿妈的心在滴血啊！自从阿爸过世后，她一个人苦苦支撑着整个家。张惠巧啊张惠巧，你连猪狗都不如啊！现在好了，阿妈活活给你折磨死，你太自私了……

她深深地自责，狠狠地捆了自己两巴掌。她眼神发狠，不再流泪，脸火辣辣地疼。接着，她又啪啪再打自己两巴掌，把自己彻底打醒。

"阿妈，阿爸呢？"第二天儿子问她。儿子说的他阿爸是指那张画像。

"那个不是你阿爸！"她不像往日说话软声细语。

"不是阿爸？明明是阿妈你自己说的。"儿子脑子转不过弯来。

"是阿妈搞错了！昨天才知道的。画像师傅拿错了别人的像给阿妈。"

"侹好不容易记住阿爸，你又说搞错。你赶紧把阿爸的像换回来。"他嘟着嘴巴。

"师傅说不小心把你阿爸的像弄丢了。"

"重新画一张吧。"

"你阿爸'过番'没回来,怎么画?那张是以前画的,忘记了去取,放在那里。"张惠巧平静如水,心如止水,"今后别问了,莫分心,影响了读书。"

儿子不情愿地点点头。

"乖儿子,你最喜欢听学校哪位先生的课?"

"教国文的朱老师。"

她知道,儿子说的朱老师是朱文河。

"怎么喜欢啊?"

"朱老师教'三字经'像唱歌。"儿子像正在教室里听他讲课似的。

"唱一个给阿妈听听。"

"偓唱不来。"

"朱先生摇头晃脑吗?"

"哈哈,对,对啊!阿妈你怎么知道。"

儿子刚读二年级。

老围屋那间私塾改名为竹林小学。学堂从老围屋搬出来,在屋旁边建了一排泥坯瓦房做教室,围了个矮墙,开了个门,中间是运动操场。以前教她的那位私塾先生已经退休回家养老。现在代替他教国文的老师是朱天伦的大儿子朱文河。

2

杨镇山在店里供了两尊菩萨,一尊是求发财的财神爷,另一尊是求子观音。

儿子杨汪海结婚前,他只供财神爷。每天起床做的第一件事就是给财神爷烧香拜佛。杨汪海'过番'后,他又另有所求,供了观音菩萨。每天起床做的第一件事就是给观音烧香叩拜——保佑儿媳生个胖孙子。拜完观音才顺便拜一拜财神爷。

财神爷让位给观音娘。财神爷菩萨像在观音菩萨像的旁边,两尊菩萨的地位和身份,好像娘娘和妃子。

孙子杨思念出生后,他连睡目都在偷笑。孙子有了,他想拜平安。听说观音菩萨不单送子,还送平安。于是他每天加倍地给观音烧香叩拜,求观音保佑他们一家平平安安。但拜归拜,心里还是不安,一天比一天不安。孙子已九岁,那个"衰仔"杨汪海还是没有一点音信,儿媳快熬不住,他和妻子快撑不下去了。

这几年,他减少给人家看"风水",回家住的次数比以前多。回去住得多,不是因为他和老婆比以前相好,回家跟老婆睡觉,而是放心不下孙子和儿媳,像掌牛一样守护着他们,担心他们有个三长两短,尤其担心"守活寡"的儿媳。他天天像在空中走钢丝一样。

九年了,杨汪海这个"衰仔"像消失一样。郑秀英溺水身亡,他料理完她的后事,焦急得不行,心都提到嗓子眼里。

"唉!这么拖下去也不是办法。"他现在能坐在一起商量的人只有老婆张良玉。

"惠巧越来越让人心惊,织起毛衣来织个天昏地暗,去掌鹅跟鹅讲话,抱着猫跟猫讲话,喂鸡跟鸡讲话,八成是把鹅、猫、鸡当作那个'衰仔'了。"张良玉心乱如麻。

他们家家底厚实,一直过着比别人舒服的日子。他们家买了不少良田,但都是租给别人耕种,坐等收租。他们家雇了一个长工。长工四十岁左右,一身力气,因为是哑巴,大家叫他"哑巴哥"。挑水、砍柴、劈柴等这些重活由长工做。只付长工工钱,不包吃住。长工家离他们家不远，走路也就七八分钟。"哑巴哥"的老婆也是哑巴，人家称她"哑巴嫂"。他们两公婆感情很好，默默付出，恩恩爱爱，相敬如宾，生了两男四女一堆孩子，但没遗传"哑巴"，聪明可爱。别人拿他们的恩爱说事——当然啰，他们从来不吵嘴。想想也不是没有道理，夫妻不和，往往是双方说多了话导致的。祸从口出！有爱管闲事的人掐指算了算，竹林村哑巴、耳聋、疯呆的占全村的十分之一左右。那年代因为贫困，不少人因为缺医少药而导致残疾。冬天的墙根下，常常看见疯的、呆的、傻的这些人缩着头晒太阳，一晒晒老半天。他们往往总是出现在不该出现的地方，不该出现的时候竟出现了。在路上遇见他们，没有人拿他们当回事。活着不如一根草，一棵树，一条狗。夭折、早逝的也不少。整个村庄，一年从头到尾笼罩压抑的气氛，鲜有明媚春光的日子。

为了打发日子，为了不让儿媳太闲，一闲下来就想念老公，他们家种了块菜地，养了鸡、鹅，还养了只猫。但狗、猪，嫌烦和累，没养。

"早知今日，当初就不费那个鬼心思，出什么'指腹为婚'的馊主意。没想到反而害了他们，搬起石头砸自己的脚啊！"杨镇山在后悔。

"眼下讲这个有'脉介'鬼用？再这样'落去'（下去），惠巧会癫的，她一癫，孙子怎么办？"杨镇山的老婆张良玉在担心。

"最怕的就是这个。孙子万一出事，杨家便没指望了。俚杨镇山做了'半世人'（半生）'风水'先生、相命先生，没想到自己会落到今日这个地步。相来相去，把自己相完了。唉！"

"惠巧这段更怪，把以前织的毛衣一件件拆掉，吓得俚不敢问。"

"长痛不如短痛吧！"

"'脉介'长痛短痛？"

"干脆就跟惠巧讲，那个衰仔不在了。"

"你怎么知道的？"张良玉给吓得面色转青。

"不这么讲，还能怎么讲。讲衰仔不爱惠巧不想回来？讲衰仔在那边另'讨'老婆了？这样不是更伤害惠巧？都九年了，半点回音都没，不是等于不在吗？就当没有这个人算了。"

张良玉呜呜地哭。

"跟你商量呢，还不是哭的时候。"他生气了，哭什么，只会哭，哭衰人！光这点，就连郑秀英的半只脚都擎不起！

"那、那什么时候跟惠巧讲？"张良玉抹着眼泪。

"都火烧眉毛了，越快越好。断了惠巧的念想。虽一时难过，但从长远看，对惠巧好，对孙子的成长也好。"他点燃了烟，猛吸一口，长长地吐出来，"长痛不如短痛啊！"

第二天吃晚饭的时候，杨镇山等儿媳喝完一碗汤，吃完一碗饭后，说："惠巧，侄想跟你讲件事。"

张良玉把刚伸出去的筷子赶紧收回来。

"爸，'脉介'事？"张惠巧的眼睛有点红肿，前几天她阿妈逝世，哭成泪人，声哭沙哑了。

"汪海那个衰仔不在了。"

"侄知道了。"张惠巧平静地说。

"公公，我阿爸是不是死了？"杨思念大声地问，然后竟哇哇地哭。他刚端了碗下桌去吃饭，没想到突然又返回来。

"你阿爸不在。乖，听你阿公和阿妈的话。"张良玉摸着孙子的脑袋。

"不在,就是死,别骗我,跟外婆一样死了。呜呜呜……"

"你又不认识你阿爸,哭什么哭。"张惠巧还是一样平静,"小孩子,好好读你的书,别闹。"

这句话果然灵,杨思念停止了哭。

张惠巧的心在滴血。她知道"家官""家娘"的心也在滴血。他们咬牙狠心说自己儿子不在,"死"这个字他们实在讲不出口。她回想起那年不知艰辛,大老远跑去叩拜那间寺庙门前那两棵"生死树"的情景。这两棵千年古柏一棵长得茂盛,而一棵已死去很多年,但依然不倒。它们生也相依,死也相依。她坚信自己跟杨汪海的爱像那两棵树一样。而现在冰冷残酷的事实竟成了笑柄,玷污了那两棵"生死树"的忠贞。

"去房间里把阿妈织的那两件毛衣拿来。"

杨思念慢吞吞地去房间。

"快点啊,又没叫你把蚂蚁踩死。"

杨思念嘿嘿地笑,加快了脚步。

"我阿妈把织给阿爸的毛衣拆了,织给公公、婆婆。"杨思念抱来了毛衣。

"小孩子莫多嘴。天转冷了,爸,这件是给你的。"她将其中一件灰色的递给杨镇山。

"妈,这件你的。"她将另一件蓝色的递给张良玉。

杨镇山、张良玉接过毛衣,激动得手在抖。

冬至那天,杨镇山又收到儿媳张惠巧给他织的羊毛内裤。上次给他织的是羊毛衫。上次拿到毛衣,因顾虑长辈的面子和严肃,"死命"(使劲)忍住没流眼泪。这次,他再也忍不住往外奔涌的眼泪。

孙子那句童年纯真的话——"我阿妈把织给阿爸的毛衣拆

了,织给公公、婆婆",这句话让杨镇山的心开始踏实了。

3

张惠巧上午、下午送儿子上学,放学时才让儿子自己回家。她已送了两年。在村子里,成为话题。因为其他小孩都是自己去的,即使是入学读一年级的。

"阿妈,偃自己去。人家都是自己去。"杨思念不情愿母亲这样送他上学。

"人家是人家。我们是我们。"张惠巧拎着书包,紧跟在儿子后面,"人家的阿妈要下地'做世'(干活),阿妈在家闲着也是闲着,你怕别人取笑是么?"

"不是。"杨思念低着头,拉母亲的手,晃了起来。

手像有股暖流流到心里,张惠巧想:儿子从小便很懂事。

"阿妈送你读书,你怕读不好书对不起阿妈?"

"不是。"杨思念抬头看她,"阿妈不送,偃也一样用功的。"

"阿妈送你,害你在路上不能跟同伴玩耍么?"

"不是。"杨思念急起来了,"阿妈你都晓得偃不喜欢跟别人玩耍的。"

"好,好,好。阿妈讲差(错)了。"她说,"放学回家,你不就'刮生'(自在)了啰!"

"放学后有时要扫地呢。要不阿妈还会来接的是吗?"

"才不呢。也不怕阿妈累着,已走了四趟,还要多加两趟啊!"她刮了下儿子高高的鼻梁。

儿子被刮得哈哈地笑,笑声像银铃一样脆响。

"阿妈小时候读书时,也是走这条路。"

"也是你阿妈送吗?"

"你外婆一日做到暗(从早到晚干活),要耕田种地,才没闲工夫呢。"她又想起跟丈夫杨汪海姐弟俩,三个人一块上学蹦蹦跳跳的情景,"阿妈那时是三个人结伴上学的。"

"哪两位呢?"

"走快点,不然迟到了。"她不想在儿子面前再提起丈夫的名字,"阿妈还教过你外婆写字。"

"写'脉介'字?"

"人之初,性本善。《三字经》里面的,你也教教阿妈。"

"阿妈你都晓教外婆,回去你也教我。阿妈比外婆厉害。"

"日后你肯定比阿妈厉害多多的。"

她儿子班里成绩又好又稳定的有两个人,一个是她儿子,另一位是朱文河的女儿朱清心。不论是哪科考试,也不论是哪一次考试,不是她儿子第一,就是朱清心第一。她儿子考第一时,朱清心第二。朱清心第一时,她儿子第二。

朱文河是她儿子的老师。张惠巧从小就认识他。私塾读书时,她读一年级,朱文河读三年级。他在竹林围私塾读完后又去圩上继续读书。

"天伦居"朱天伦有两个儿子。朱文河是他的大儿子。朱文河的妻子生了两个女儿,生第二个女儿朱清心时难产,死了。他妻子死后,他一直没有再娶。

几乎每个老师都特别疼爱成绩好的学生。朱文河也不例外,对杨思念爱惜有加。这让张惠巧很感动,但这又让她敏感起来:朱先生你不可以独独对我儿子好的,要对所有学生好才好,不然别人会说三道四的,你没有老婆,我老公"过番",朱先生你不会是卖傻吧。

真是哪壶不开提哪壶，她儿子偏偏也喜欢跟朱文河的女儿在一起。有时还吵她带他一起去她家，说要一块做作业，碰上不会做的才方便请教朱先生呢。儿子把去她家的理由讲得很充分。后来，她实在熬不过儿子，便满足了他的要求。

"要不，上学时思念跟我们一块吃住吧。一起去学校，免得你天天在送。"朱文河想好了满肚子要跟她讲的话，"不读书或放寒暑假时才回家去。"

"怎么好呢。"张惠巧突然找不出合适的话。

"怕少你儿子一口吃的么？"

"怎么会呢。"

"怕你儿子变成偎的'倈欻'？"

"怎么会呢。"

"你只一个宝贝'倈欻'，我朱文河就是想到口水嗒嗒跌，也不敢讲啊！还是怕人家背后讲闲话？"他早认识她，只是不敢来往。这其中有几个原因：一是她还在娘胎里怀着时已被指定给杨汪海做老婆了；二是杨汪海"过番"后，更不方便交往了；三是双方的情况有点特殊，他死了老婆，而她也走了老公。别说跟其他人一样讲话，就是多看对方一眼也可能招来是非。

"思念还不懂事，怕给你添麻烦呢。"张惠巧岔开话题。

"才九岁呢。九岁的孩子能像大人一样？不懂事才需要偎教。至于麻烦，你不认为麻烦，就一点也不麻烦。"

"还是怕麻烦的。"张惠巧找不到合适的话。

"麻'脉介'烦啊。舍不得'倈欻'？要天天看着'倈欻'？做阿妈的谁不是这样呢。"朱文河的舌头好像出奇地柔软，把话搅来搅去，"刚才，偎是讲笑的。"

"呵呵。"张惠巧勉强地笑。

"偃还是望思念多来，跟清心一起做作业，互相进步，天天向上，偃顺便辅导辅导他。"

"怎么好呢。添麻烦的。"

回家的路上，她看着前面很开心的儿子想：教书的朱先生就是不一样，好像晓得读人家的心事似的。自己最多能辅导儿子到他读四年级的知识，今后自己不晓得的，朱先生才晓得。

4

朱天伦的小儿子朱文武做梦也没想到，那天他的命运会发生天翻地覆的改变。

像往日一样，他八点多去美江边钓鱼。从他家抄一段山路，走到江边不过十几分钟。

江边有条堤路，堤路贯通南北，通往外面。他正专注于手中的鱼竿，突然来了一群官兵。几匹马啪啪啪在前面走，后面跟着一大群士兵。骑在马上的那位长着"鹰嘴鼻"样的军官大声吆喝："快，快快去把他抓来！"

他还没弄明白怎么回事，两条胳膊便被两个士兵架住。其中一个的脸像马脸。"马脸"凶巴巴的。

鱼竿、装诱饵的泥罐、装鱼用的竹篓被另一个士兵扔到江里。

这时他才发现，像他一样被抓的还有两个男子，跟他年龄相仿，二十六七的样子。

他想：这群狗官兵，可能是一路走一路抓壮丁。

一路上他在不断后悔，早知这样，当初就跟父亲学看"风水"的。活该啊！朱文武你闲得发贱啊，钓鱼？钓什么鬼！你看村里其他人，谁像你一样吃饱了撑的，天天钓鱼。好啊，活该啊，自己被这群狗官兵"钓"走了！还来不及跟老婆、孩子说一声便被抓走，他们肯定急死的！

他越想越急，不停地向"鹰嘴鼻"求饶。

他求饶不成，肩膀还换了"马脸"的枪头捣击。

"老实点！""马脸"吼道。

他老老实实地跟着他们走，眼泪不停地往外涌。父亲要他们两兄弟跟他学看"风水"赚"软门钱"，像他跟他们的爷爷一样。但他和哥哥都执意不从。哥哥教书。而他想要过随意的日子。他们兄弟正打算分家时，朱文河的妻子生孩子难产死了，便放弃了分家的想法。他们家的良田多，租给别人耕种，光收租，他们全家除吃饱外还有存粮。他老婆除侍弄几块菜地外，养一些鸡鸭，精力放在打理家庭，照看三个孩子。大儿子十三岁，大女儿十岁，小女儿八岁。都在上学。他呢，也没个正业，有时在家里，有时在圩上，有时在江边。在圩上时，八成是赌博，但不经常赌，手气好时赌一把，手气背时，便歇一歇。来来去去，赢赢输输，他暗中算一算，经常是赚了，赚不多而已。在江边时，是去钓鱼。美江有不少鱼，草鱼、鲤鱼、青鱼、鲮鱼、罗非鱼，还有虾、蟹等。运气好的话，随便钓一钓，便能钓到鱼。钓鱼让人上瘾。有点像谈恋爱，也有点像吸毒。

钓了鱼，给家人加菜。他擅长将鱼做成各式各样的吃法，可能是因为自己钓的吧，每种都做得特别用心。老婆和孩子们吃得笑眯眯，汗津津。他也不是天天去钓鱼，去钓的时候，大致在上午八九点，他便会早早起床，准备工具、诱饵，不睡懒觉。因为他老婆老提醒他去钓鱼。

多行夜路必遇鬼，竟被当壮丁抓去充军。其实他不但不壮，还有些弱，因为没有耕田种地，驶牛犁田，缺少劳动。不认识他的人,见了他,还以为他是教书先生。

"想什么呢,快点走!""马脸"又朝他吼。

他一个激灵,快走了几步,才发现竟比别人走快了点。

"这还差不多!""马脸"很满意自己吼的效果。

"带你去打仗。""鹰嘴鼻"骑在马上朝他说。

"我从来没摸过枪的。"

"过两天就让你好好摸。"

他吓得两腿在发抖。

"快点走啊!""马脸"又吼。

"带你去打小日本,想不想。""鹰嘴鼻"问。

他心里想:想打小日本。但他没敢这样回答,因为没扛过枪,不知道怎么打,拳打脚踢肯定不行。

听说小日本已打到潮汕,对当地无辜的老百姓很凶残。这一两年有不少人从潮汕逃难的难民来春秋镇,他村里就来了一位姓钟的,邻村的那位行船的阿哥的老婆姓佘的也是逃难来的。听说小日本攻陷潮汕后,驾船顺江而上想打上来的,船一过潮汕平原,望见两岸绵绵不断的大山,河面也越来越窄,便胆怯,调头回去。胆怯什么呢?可能害怕地貌复杂的崇山峻岭,更害怕山里面住着的勤劳聪明、永不服输的山民。他曾偷偷这样想过——假如小日本敢打上来,他就伏在高山上,扔石头把小日本的头砸破,砸得小日本"脑屎"(脑浆)迸射。

"不想打小日本?""鹰嘴鼻"问。

"想。"

"再大声点!"

"想!"

"好样的。""鹰嘴鼻"哈哈大笑,"不是孬种!有骨气!"

走了一会儿,他怯怯地向押着他的"马脸"请求:"求你放我回去跟家人说一声,好吗?"

"放你回家?"

"我保证去去就回来的。"

"哈哈,你想耍滑头!你还嫩着!"

"我家人找不到我,肯定急死的。我放心不下他们。"

"我,我们呢?我们就放心得下家人?别啰唆,走快点!""马脸"说,"别说我的枪头不认人!"言下之意是如果再磨蹭就像刚才一样,用枪头捣他。

他们日赶夜赶赶到战场。刚跟小日本干两天,小日本便赶紧撤退,投降了。后来才知道,美国向日本的广岛和长崎投了两枚原子弹,把小日本打软打趴了。

由于忙着行军和打仗,他们没工夫教他们这三个被抓的壮丁练习打枪,他们只能暂时当勤务兵。

小日本逃跑后,他本以为可以回家了,但又被他们强迫跟着他们北上。这一北上就是五年,"内战"(解放战争)打了四年。

他还是当勤务兵,还是因为不会打枪,在后方做做饭菜,送粮送水。

他很会做菜,尤其是煎鱼、蒸鱼、炸鱼,样样都做得美味可口。煮鱼头汤尤为拿手,配上香菜,或配酸菜,汤呢,像牛乳一样;味呢,直捣味蕾。那位姓马的营长吃得嗷嗷大叫:"好!绝!绝好!"

控制了一个人的胃就等于控制了一个人。就这样,他被马营长留在身边,服侍他的起居饮食。他控制了马营长的胃,马营长控制了他的命。

后来，国民党军队节节败退，退到了台湾。他也被马营长顺手牵羊带去了台湾。

5

孙子杨思念读书成绩好，杨镇山应该高兴才对，如果没有那个原因的话，他当然高兴。但那个原因让他的心情压抑得快喘不过气。

他从老婆那里，从孙子口中，从别人闲话，打听到孙子读书成绩好，除了他聪明勤快外，还离不开学校朱文河老师一直以来的精心栽培。儿媳还经常带着孙子一块去他家请教他。

据妻子和孙子说，这是朱文河的意思。他不信，一个巴掌拍不响，儿媳一口拒绝的话，能成吗？问题的关键是，请教谁不好，偏偏请教朱文河。朱文河是朱天伦的儿子！他们两家是对头，是冤家，暗斗了两代人，他父亲跟朱天伦的父亲不相往来，他与朱天伦尿不到一壶。再说，朱文河的老婆死了，一直没娶。儿子"过番"后，儿媳独守空房。他们这样来来去去，成何事体？

他如坐针毡。

"惠巧，阿爸有话问你。"这次他不让妻子、孙子知道，单独找儿媳谈话。

"爸，问偍跟朱文河老师的事吗？"张惠巧早已预感到"家官"想问她这方面的事情。

"换了别人，爸也不反对你们往来。"杨镇山想儿媳不会真是做贼心虚，自己先主动交代吧？"你，你也许听过那些事。我们的'镇山居'当年选址是他们家现在的'天伦居'的地方，但被朱文河的父亲朱天伦耍手段抢去了。偍气得差点活不下去。虽然是旧事了。那可是欺人太甚，蹲在人的头顶屙屎的糗事。"

"爸，就算是换别人，偓也只是把他当成思念的老师。去他家也只是他是思念的老师。"

"惠巧，爸，爸不是这个意思。那个'衰仔'走了许多年难为你了。爸对不起你。"他没想到儿媳已有顾虑。

"爸，你们是想要偓好，哪能说对不起呢。是偓没那份福气。"

"爸看得出来你的心里有多苦。"

张惠巧强忍着泪水。

"唉！太苦的话，遇上有合适的人，你也好跟他一起，走在一起，爸不反对。但、但就是不要朱文河。"

"爸，惠巧一心一意看护思念。"

"惠巧，讲心里话，爸自私，只考虑自己的面子，以前是没有这个想法，但'衰仔'太没良心了，爸想让你等一等的，没想到等到日头黄，空等一场，唉！"

"爸，偓知道你和阿妈心里苦，比偓还苦。"

"惠巧，偓老跟你阿妈讲，我杨家上辈子唔知积了'脉介'福，遇到你那么贤惠懂理的'心舅'，没想到——"杨镇山的喉咙突然像被棉花团梗着似的。

"思念一年一年长大，很快上中学了。我们瞒着他那些事情，他也不问，难为十几岁的孩子——"张惠巧的喉咙突然也像被棉花团塞住似的。

"思念就是乖巧，懂事，遗传了你。是我们家最大的希望。爸误解了你。为思念读书读得好，带思念去朱老师那里请教，顶着别人的闲话。"

"思念成绩好，朱老师尤其爱惜他。他女儿的成绩也跟思念一样好。他还说他们俩在一起,互相促进,天天向上。"

"这样呀,好啊。"杨镇山立马神清气爽,"但朱老师万一追你呢。"

"爸——"张惠巧不想就这个话题说下去,"还有'脉介'事吗?要不偃去菜园淋菜去。"

"你去,你去吧。"杨镇山抹了抹眼睛,抬手看,一片湿润,流泪了。在他的记忆里,他好久没流泪了。惠巧已扛过漫长艰难的痛苦,她像石隙里的小草,坚强地往上长。从她给他们夫妇织毛衣那时起,他就有所察觉她的变化。

张惠巧离开一会了,他还在那里发呆——张惠巧他妈当年送她读书,没白费啊!现在她多通情达理。

他又想起逝世的惠巧的母亲郑秀英。郑秀英比妻子强,而惠巧又比郑秀英强。

6

朱文武的妻子刘细花万万没有想到,丈夫一个大活人那天竟好端端消失了。

中午吃饭,刘细花等了又等,饭菜热了又凉,凉了又热,但一直没有等到丈夫钓鱼回来,往日这个时候,他已经拿着鱼竿,拎着装着活蹦乱跳的鱼的竹篓,吹着口哨,迈着欢快的脚步回家。如果赶在饭前回家,他还会下厨,或蒸鱼,或炸鱼,或煮鱼头汤,边做菜边乐呵呵地嚷:"尝鲜啰!"撩弄得自己和孩子们流口水。

刘细花连走带跑赶到江边。她知道他平日钓鱼的大约位置,他曾经有意无意地跟她说过。她也曾抄过那段山路,然后从那段河堤赴圩,比走大路节省六七分钟。村里不少人都爱抄小路。

"文武，你在哪里，听见了吗？"她边走边喊。

她走遍了他常去的几个地方，但没有发现他的身影。她紧张得哭起来——丈夫莫不是掉进江里去了？

她跑到高处，踮起脚尖，伸长脖子往江水大声地喊："文武，你在哪里，听见了吗？"

但一点动静都没有，她突然意识到不妙，如果掉进江里，他蹲着钓鱼的地方肯定会留下装诱饵的泥罐和装鱼虾用的竹篓。她像刚才一样重新跑一遍，但一点东西都没有发现。她又害怕起来：丈夫被大蛇吃了？被狼叼走了？被人杀害了……

"文武，你在哪里，听见了吗？"她不停地拼命地朝江水喊，但叫喊声被流逝的江水带走，又复归原态。

"文武，你在哪里，听见了吗？"她不停地拼命地朝山野喊，但只传来同样的回响。

她越来越害怕，双腿在抖，边哭边跑着回家。

朱天伦看见儿媳刘细花披头散发、一把泪一把鼻涕、跌跌撞撞地跑回来，问清了原因后，"心肝都跌落下格"（心情极不好），立马召集儿子朱文河和邻居们帮忙，一块赶到那段河堤，分头寻找。第一批来了七八个人，后面又陆陆续续来了十多人。有女人，还有十几岁的小伙，大约是来看新奇和热闹的也不一定。他们像刘细花一样找了个遍，但均不见朱文武的踪影。最后沿着河堤，分两头沿河堤附近的村庄找。

眼看天色快暗下来，朱天伦急得老泪纵横，向天求救："老天爷，你把我儿子还给我好吗？我朱天伦今生干了什么坏事，遭这样的罪啊！你把我的儿子还给我好吗？"

正在这时，有位大叔荷着锄头，挑着一担番薯向他走过来："老哥，你哭'脉介'？"

"找'倷欻'。"朱天伦才发现已走到他跟前的这位大叔。

"找'倷欻'？"

"侼'倷欻'上昼（上午）在河边钓鱼，到现在还没回去。"

大叔把担撂下，神秘兮兮地凑上来，对着他耳语："上昼侼在那边的地里挖番薯，正想抽口烟歇口气，刚抬头突然望见远处那河堤走来一群官兵。侼赶紧藏起来，偷偷地望。前面有几匹马，骑马的估计是头儿。大约有三四百号人马。他们嚯嚯嚯地走得贼快。"

"啊！"朱天伦张大嘴巴，吓得说不出话。

"听讲，前面那个村也有人家在找人，也像你一样找'倷欻'，到现在也没有找到。"

"抓壮丁！我'倷欻'肯定被那群狗官兵抓壮丁抓走了，天啊！这怎么办呢？"他走南闯北看"风水"，最近也有耳闻抓壮丁充军的事，但没想到自己的儿子现在被抓走。

回家的路上，刘细花哭哭啼啼，像担货郎走村串寨吆喝同样一句话一样，反复说："文武，侼害了你，都是侼害了你。"

"你害死文武？"朱天伦觉得意外。

"侼今早（早上）要不是老催他早起去钓鱼，他就不会被抓走的。"

"怎么能怪你呢。"朱天伦说，"要怨就怨文武的运气不好。"

回到家，刘细花匆匆收拾几件衣服，拎个包："爸，妈，侼要去找文武，赶他还没走远。孩子交给你们照顾。"

"你往哪里找？"朱天伦问。

"侼也不知道，边打听边找。"

"不知道，还找'脉介'？我和你妈比你更急，弄清楚再找！别错上加错。细花，你若是再有闪失，你们那三个孩子怎么办?"

他这句话让儿媳安定下来。

"天伦居"一时间慌乱如麻。

"听说这帮官兵是开拔去潮汕打小日本的。"朱文河急急地从外面赶回家。

"这样的话,你弟暂时找不回家的。"

"俚不管,俚现在就要去找,向他们求饶放过文武。"刘细花又焦急了。

"求饶?你拿什么求饶?你现在去等于送死!他们要是会放过文武的话,早放过了。"朱天伦说。

"爸,要不,等明天打听清楚,再想办法,文武总要不是掉到河里,总要不是被野兽叼走的,还活着便还好。我弟灵精,他会见机行事的。他比我机灵。我跟他去钓鱼,我钓不到鱼,他呢一钓一个准。"朱文河想把紧张的气氛缓和下来。

"你看,他现在钓鱼钓坏了。"刘细花抹着眼泪,"把自己钓走,钓没了!"

第二天又传出邻村也有人被抓壮丁。

一时间竹林村、春秋镇人心惶惶。成年男子白天躲起来,藏起来,不敢出门。晚上小心翼翼,一口大气都不敢出。连狗也不敢乱跑,趴在家里不敢出门,因为主人骂它:"乱跑,被狗官兵抓去杀了打牙祭!"

仿佛一夜之间,朱天伦的头发全白了。

刘细花这以后终日以泪洗面。

谁也没有想到,地处边远、在山旮旯的竹林村会发生这样的事情。但再往前想一点,又觉得发生这样的事情也不足为奇。因为美江连通了潮汕,从美江出发可漂洋过海"过番"下南洋。

小日本侵略、攻陷潮汕后,当地居民从潮汕逃难到这里。战乱已波及春秋镇,从此春秋镇人吃睡不宁。后来又听说被国民党军队抓壮丁抓走的,都被他们带去潮汕打小日本。朱天伦盼着小日本被打败、投降后,儿子会被释放回家。可小日本投降一个月,两个月,一年,两年,很多年了,儿子还是没有回来。

他盼啊盼,盼到连白发都掉光了。

杨镇山知道朱天伦的儿子被抓壮丁充军的真相后,有点自责。当时,朱天伦求助邻居帮忙找他儿子,他没有去。儿媳张惠巧想:就算不看朱天伦的分上,也要看在朱文河老师爱惜儿子的情感上,想去帮忙找的。但她被"家官"杨镇山及时制止了:"你是一个妇人家(女人),别人不会怪怨的。你万一有个三长两短,思念怎么办?"杨镇山一拿她儿子说事,张惠巧便摁灭了这个念头。早知朱文武是被抓壮丁抓走的,就要去帮忙寻找的。他指责自己:"杨镇山你这人小里小气,小人的德行,不识时局,不识大体啊!这件事,你在别人的眼里已矮了一截。"

7

杨思念以全班第一名的成绩考上初中。朱文河的女儿朱清心考了第二名。

全家人高兴得逢人便讲。

"惠巧教子有方。看,思念多争气!"杨镇山跟老婆说,"第一,第一名啊!谁不想考第一,想就想得到的吗?想就能考第一的话,人人都晓天天在想,不用用功读书了!"

"惠巧刚才跟偓讲,想去感谢朱老师。"张良玉说,"当然八成也离不开我们'镇山居'的屋场风水好。"

"去,去,赶快去感谢人家。名师才能出高徒嘛!"杨镇山挥了个去的手势,"哎,你不能在外面讲屋场'风水'的事,惠巧听了会不自在的,对自己也不好,别傻傻的。"

"喀,你以为偓脑进水啊。只对你讲的。偓叫惠巧捉一只鸡、提一篮'卵'(鸡蛋)去。"

张惠巧拎着鸡和卵去感谢朱文河老师。在去"天伦居"的路上,鸡一路咯咯咯地叫得欢。路两旁树上的鸟儿,可能听到了鸡叫,也唧唧啾啾地比赛似的叫。鸡叫声、鸟叫声交织在一起,交相辉映,把她听得心里像有花朵在一瓣瓣地盛开。

她刚张开嘴喝茶,朱文河便抑制不住兴奋地说:"偓跟思念就是有缘。"

她住嘴,停住喝茶。

"有缘啊。"朱文河说了这三个字,便低头喝起茶来。

"思念从一年级到五年级都是你一路教上去的。缘分不浅的。"

"何止?还要续下去呢,偓前几天刚收到上面的通知,调偓到圩上的中学。"

"哦,哇!"张惠巧觉得太出乎意料了。

"所以嘛有缘,这样才算真正的缘分!"朱文河猛地喝下去一大口茶,"思念上中学了,呵呵,偓也沾了他的光上中学。"

"是思念沾你的光,倒回来讲了。"

"思念上中学是自然而然的事,偓呢就不一定了,自开办竹林小学以来,偓是第一位从小学调到中学教书的,所以讲呀,偓沾了思念的光。"

"那也不全是的。"她觉得在朱老师面前总是找不到合适的话。他的舌根就是柔软,搅来搅去,搅出来的话像抹了蜂蜜似的。

儿子上中学读书去了，星期一至星期五住学校了，周六、周日才回家。

朱老师上中学教书去了，星期一至星期五也住校，但周六、周日不一定回家，忙的时候。

张惠巧不能天天看儿子，也没有机会带儿子去朱老师家请教。

"'俫欻'，你的国文课还是朱老师教吗？"杨思念去中学读书的第一周回家，她迫不及待地问。

"阿妈，你怎么知道的？"杨思念觉得奇怪。

"这么讲，是真的，还是他教！阿妈是乱猜的。"

"阿妈，你猜得真准。上完第一堂国文课后，朱老师笑坏了，跟我说我们俩的缘分真是深了。"

张惠巧没接话，去厨房忙做饭，给儿子加菜。

这以后，张惠巧过得不像以前那么欢实。晚上她一个人关在屋里织毛衣，边织边想心事。以前她是不关心星期几的，现在她天天扳着手指数星期几，盼着周末早日到来。

秋天已至，秋风瑟瑟。天开始变凉了。

她望着窗外在秋风中飘零的树叶。树叶落了一片又一片。对着一天天光秃秃的树出神——朱老师的妻子走了，没有人给他织毛衣吧。他那么清瘦，冬天即将来临，寒风刺骨，如何是好？

赶在入冬前，她夜夜赶工，给他织了一件毛衣。织好后，叫儿子捎给他。

"毛衣合身吗？"张惠巧问儿子。儿子周末回来。

"朱老师真逗，当着我的面脱衣试穿，笑哈哈地左看右看，不停地说合，真是合身哪。还问我，你妈是怎么知道我的尺寸的。"

"你问过你阿公和阿婆了么？我给他们织的毛衣。"

"我忘了告诉你，他们要我转告你，很合身。"

"看多了,尺寸就在心里啦。傻儿子,就像读书一样,哪页书有什么内容啊。"

"阿妈,你如果往上读书读下去的话,成绩肯定了不得的。"

"阿妈能读几年书已经很知足了,比你外婆比你阿婆这代女人幸运了。"

"朱老师还说我会读书是遗传阿妈的。"

张惠巧心里像吹进一股春风。朱老师的舌根就是软柔。

"阿妈,朱老师听说你喜欢月亮诗,他专门选了一首,写成字送给你。"

"啊!你讲'脉介'?"她傻住了,"快给阿妈看看。"

杨思念从书包里取出一幅字。

"海上生明月,天涯共此时。"她轻轻地吟读,"这是阿妈最喜爱的一首月亮诗,又最喜欢这两句。好诗配好字,朱老师的毛笔字真好。喂,他怎么晓得阿妈喜欢月亮诗的?"

杨思念低头偷笑。

"肯定是你'话'(告诉)他知的。"

"朱老师说阿妈你送他毛衣,他说他想来想去最后选定回赠你一幅字。"

张惠巧看了又看这幅字想:字如其人啊,朱老师长得清瘦,字也清瘦,耐看。朱老师连屁股也是尖瘦的。

她把这幅字挂在房间里最醒目的位置。一会儿后,她把字取下来,对自己说:"村里好像还没有谁的房间里挂字。"又过了一会,她又把字拿出来,重新挂上墙去:"反正自己的房间不会有外人来的,连'家官''家娘'他们也很少来过的。"不过这次她将字挂在没那么显眼的地方——挂给自己看的,挂哪里都一样的。

第九章 "运动"来了

1

"爸,有句话不知该不该问?"张惠巧等杨镇山这次回家才说,前几次她想问的,但一直没敢开口。她想,做"心舅"有"心舅"的样,最好不要问家里的大事。

"惠巧跟偃讲过了。"张良玉在一旁说。

"喀!你这个人也真'趣'(古怪),做'脉介'唔转告偃?"

"偃口笨,怕讲不顺溜。"张良玉说,"还是惠巧亲口跟你讲好。"

"'脉介'大事,你怕讲不顺溜?"

"爸,还真系大事,偃'闷'(想)好久了,不过偃讲错了,你莫怪。"张惠巧还是犹豫。

"惠巧,我和你阿妈私底下讲过,我们一年比一年老,一年比一年糊涂,跟不上'唧唧变'(变化快)的时势,今后这个家就交给你理了。"

"你还不到六十呢。"张惠巧听了这句话,增强了把心里的想法讲出来的底气,"你听见潮汕那边的海丰有位叫彭湃的吗?"

"彭'脉介'？"杨镇山摸摸脑袋。

"彭湃。"

"哦，听过，他是富家子弟。"杨镇山没想到儿媳竟会讲这个话题，瞪大眼睛。

"他啊，有远见，把家里的田地分给穷人家。如果现在才做这件事的话，就坏了。"

"'样般'讲？"

"小日本投降滚蛋回去后，这几年国民党、共产党的军队又在打仗，解放军厉害，老打胜仗。听讲国民党的部队逃到台湾去，全国很快就要解放了，今后肯定由共产党掌管天下。"

"这一二十年让俚看不懂。呦，没想到你知道得真多。爸以为你待在家里不问窗外事呢。看来你妈当年送你读书识字没错。"

"俚这个人一闲就爱瞎想。共产党的军队不扰民，不抓壮丁，得民心。共产党掌权后，也一定会关心子民百姓的。"

"讲，讲下去啊。"杨镇山的耳朵快竖起来了。

"所以，俚就讲嘛，俚怕讲不顺溜。"张良玉说。

"唉！你莫插嘴，静静听。"

"我们家有多少田地？"张惠巧问。

"你问这个干什么？"杨镇山觉得奇怪了，"三十五亩左右。"

"别人呢。有的一家七八口还不到一亩。有的人连一分田地都没有，租田种地。我们不耕田只收租，每年吃不完，还富余不少。别人做生做死，饿肚子。去年闹大饥荒，听说有很多人为活命逃荒上江西讨吃，潮汕那边逃去的特别多，我们这里也有不少人逃荒。田多的多，少的少，饱的撑坏，饿的饿死，再这样下去，肯定搞变革的。"

"'脉介'意思？惠巧你讲，快讲下去啊。"

"我想这件事迟做不如早点做，学彭湃的样。"

"什么？学彭湃？把家里的田地分给别人。"杨镇山的心开始隐隐作痛，"这些田地，是我爸和我辛辛苦苦看'风水'赚钱买来的，白白送出去？"

"也不是全学。"

"哦？讲啊。"

"赶在有一日被上面强行分给别人之前，只留一部分，其余的卖掉，然后在圩上买几间店铺。"

"惠巧，你是什么时候'闷'出来的？"

"𠊎有这个想法有一两年了，但一直在看世事的变化，现在到了卖田地的时候了，再慢就来不及了。所以𠊎说是大事，要阿爸阿妈你们来定夺。"

"你阿爸定，𠊎一直都听你阿爸的。"张良玉说，"从来都是，他讲东，𠊎不会讲西。"

"唉！你还能讲'脉介'东西，你要是像惠巧一样的话，𠊎早就听你的，难得清心呢！"杨镇山白了妻子一眼。

他家只留三亩多田，其他的卖掉了，然后在圩上的渡口边买了两间旺铺。

为什么只留三亩地呢？张惠巧建议他把村里的田地估算一下，全村每人大约能分多少田，然后适当地比人均数留存多一点。他们家四口人，人均七分多。村里人均五分左右。

张惠巧担心有一天，那么一大座的"镇山居"被上面分给其他没屋住的穷人，又建议赶快把房屋分掉。

他们的"镇山居"和朱天伦家的"天伦居"都是两横一围的

围龙屋，在村里尤为引人注目。

杨镇山采纳了儿媳的意见，把几十间房屋分成五份，他们夫妇和张惠巧母子占其中两份。其余的分给三个已嫁出去的女儿，还分别做了房契。

杨镇山暗中称赞：儿媳不但会看问题，还有心胸啊！

2

"运动"来了。

竹林村这一带习惯把上面部署下来的大事，叫作"运动"。比作跑步、打拳、摔跤、掰手腕等运动，通俗，形象，有味。

运动的本质就是变化。有人在运动中得益，有人在运动中吃亏；有人在运动中壮起来，有人在运动中弱下去；有人喜欢运动盼望运动，有人讨厌运动憎恨运动。运动来，运动去，命运便在运动中发生了变化。

这场"运动"的名称叫"斗地主，分田地，实行土地改革。"

朱天伦家被这场运动搞得七零八落。

上面安排一个工作队进驻竹林村。竹林围里的那间私塾搬出去后，在竹林围的旁边建了间学校，已不叫私塾，称为竹林小学。

工作队就进驻到原来私塾的那个地方。

工作队有三个人，队长姓刘。三个陌生人突然进驻到村里来，好像是从来没有过的事。眼看要刮大风下大雨，全村人心惶惶。

刘队长圆脸，看上去是个会藏心事的人，看不出软硬，看不出阴晴，也看不出凶善。他和另外两个队员，分头进村入户宣传土改政策。宣传是宣传了，但是呢，效果不明显，村民们有顾虑,生怕"变天"!担怕工作队有一天拍屁股走了,会遭打击报复,都不敢讲实话。田地多的,瞒报。田地少的,再往少里报。没有田地的,则一味地诉苦——"交完租后,所剩无几,常常挨饿,甚至挖野菜,啃树皮,吃观音土。"

刘队长对出现这种情况有所意料。但这难不倒他,他脑瓜灵,点子多。他把全村村民召集在竹林围的门坪开会,叫各家的户主自报田地,并严正声明如果瞒报或漏报的,从严处理,决不手软!这招果然奏效,众目睽睽,互相监督,水落石出。

杨镇山知道自己家和朱天伦家在村里是大户人家,拥有最多田地的。这下,他偷着乐了,带头站起来说:"我家有三亩田地。"

"大家信吗?"朱天伦坐不住——你杨镇山真奸猾啊,不就是想诱我出洞吗。

"不信,鬼才信呢!"有人附和,声音来自人堆里。

"三亩?三十亩还差不多!"有人还不知道杨镇山前两年已在暗地里把大部分的田地卖掉。

"我杨镇山对天发誓,三亩。瞒报的话遭雷劈!"他阴阴地对视了眼朱天伦。他们这是第一次正面交锋。

"反正俚不信!"朱天伦虽然也有耳闻他家已把田地卖掉一部分,但他怎么也不会只留三亩地。

杨镇山这会给他点颜色看了,当年你暗中把我的"风水宝地"抢去起"天伦居",这口气我杨某人憋了半辈子都咽不下去,更别说同行生意便是贼了:"你家多少?快快如实报出来!我家的,欢迎工作队明日就来核实。"

"对呀,你家的呢?"有人附和。

"别只盯着别人的,报啊!赶紧报啊!"有人比刘队长还急。

刘队长一直微笑着观战，现在发话了："朱大叔，你家呢。"

"我，我家跟杨镇山家的差不多。"朱天伦嗫嚅着。

"跟我家差不多？"杨镇山暗自得意，"差多了！"

"杨大叔，我再问你一句，你家多少？"刘队长瞪大小眼睛，"丑话说在前面，瞒报是要从严处理的。"

"三亩。"杨镇山说。

"朱大叔，你家呢。我再说一遍，瞒报的话，是要从严处理的。莫怪我刘某人不近人情，先礼后兵。"刘主任说，"你家也三亩？"

"不，不止。"朱天伦支支吾吾。

"不止，说实话，多少？"刘队长提高声调。

"三、三十六亩左右。"朱天伦的心在滴血。

杨镇山、朱天伦这两户大户拿下来后，工作队很快就把村里的每家每户的底摸清了。刘队长根据各家自报的情况，一户一户地核实。

杨镇山家确实只有三亩田地。工作队按照田地多少、房屋和其他财产的情况，把村民们划成四类：地主、富农、中农、贫农。不劳动、主要靠剥削为生的叫地主。参加一些劳动但主要以剥削、雇佣劳动为生的叫富农。占有或租人土地、有相当工具、直接从事劳动并以此为生的叫中农。租土地耕作、有不完整工具、受地主和富农剥削的叫贫农。

工作队把每家每户的成分，张榜公布在竹林围的大门的墙上。

朱天伦家是地主，杨镇山家是富农。

有村民暗中向工作队揭发杨镇山家，说他家那么一大座"镇山居"，怎么也得给他家一顶地主的帽子戴戴，但工作队查实，他家的"镇山居"已全部分给子女,他们夫妻只有四间房屋。杨镇山把地契亮出来给工作队看。他在工作队来之前几天,便让三个已嫁出去的女儿带着老公孩子回来住。这个主意,也是儿媳张惠巧的。

朱天伦听说这件事后,暗骂杨镇山奸猾。

杨镇山边想朱天伦今日的下场,边自鸣得意——天伦兄,我杨镇山有一个有远见的"心舅",你家有么?奈何!

朱天伦因不老实自报田地、财产,惹怒了刘队长。刘队长要好好"修理"他,以树立自己的威信。他策划了一场有声有色的"斗地主"——批斗朱天伦。

他听说朱天伦看"风水"得罪了有些村民。这些人,都穷,想改变命运,东挪西借凑钱给死去的阿公或阿爸做"风水",请朱天伦"点穴"(查找墓地)。结果呢,非但没有保佑他们兴旺发财,还导致这种结果——不是这家不顺,就是那家有事。为此,对朱天伦已怀恨在心。

刘主任明察暗访,找了两户这样的人家,还找了四户租他家的田地耕种受剥削的。他先把"访苦"工作做足,然后引导六户人家对照各自的情况把受到的苦,开菜单一样逐一罗列出来。为了保证批斗会开得严肃有力,他一再叮嘱他们重点讲朱天伦如何不顾他们的死活提高税租、不顾天旱洪灾催交税租的事例,不能讲"风水"保佑或不保佑的事,这类事很玄乎,是迷信的东西,怕惹笑话。他把"引苦"的工作也做得很扎实。最后是"诉苦",召开批斗会。

批斗会在竹林围的门坪开。因为找不到更合适的地方。门坪宽敞,地面也平坦,考究地印上鹅卵石,怎么踩、多少人踩都结实。

在大门正面悬挂了标语。

杨镇山看得心惊胆战又暗自庆幸——天伦兄啊,你本想给祖屋挣面子的,想不到给祖屋蒙羞了。

台上坐着刘队长和其他两位工作队员,四面围拢了很多看热闹的村民。朱天伦呢,五花大绑,后背插了个牌,低头站在会场中间。首先上场批斗他的是朱有坡。

"朱天伦,你枭过贼,骗取我的'风水宝地'建大屋,落下今日这步田地,活该!"朱有坡指着他的额角。

朱天伦斜着眼瞪了下朱有坡,动了动嘴,又强忍着把话硬咽下去——朱有坡你这个好吃懒做的赌博鬼,什么时候轮到你讲话了,这块地明明是我出钱买的。你这个小人!

"瞪厓是么?讲差是么?吃人不吐骨头的坏家伙!"朱有坡生气了,用脚踢了下朱天伦的小腿。

朱天伦摇晃了一下。

他一开斗,就斗开了,一个接一个上前批斗朱天伦。

批斗会持续了一个多小时。

杨镇山不敢看下去,摸黑来到围屋的后山,有气无力地靠着树,心里五味杂陈。

几天后,朱天伦家的"天伦居"被瓜分给四户贫农。他做梦也没想到自己花半生心血建造的那么体面、气派的"天伦居"落得今天这个下场。

儿子被抓走,田地、房屋被瓜分,当众挨批斗,朱天伦终于扛不住了,言行举止有点反常,戴着斗笠,拿着罗盘,天天进山为自己找墓地。翻山越岭,跋山涉水,不知疲倦,终于在一座山的半山腰找到自己的"归宿"。他用镰刀割去鲁枝(山草)、杂草,割出墓地形状。鲁枝扎手,手掌被扎破流血,但他忘了痛,气喘吁吁地仰躺在山坡上，笑呵呵地说："这是自己今生找到的最好的'风水宝地'！葬下去，肯定能保佑'倈欻'早日平安回来，保佑早日'变天'，让这帮强盗把我家的田地、房屋重新吐出来，保佑我朱天伦家族今后兴旺！哈哈哈——"

笑声在山谷中回荡。

一个月后，他如愿把自己弄死。要怎么死呢，他想过几种死法。投江，怕找不到尸。服毒，怕难吞。上吊，怕难看。割腕，怕见血。最后选定睡目时用被子把自己捂死。第一次捂的时候，觉得胸闷气喘得难受，掀开被。不甘心，开始第二次捂，越捂越紧，快没气时，没忍住一松手，进了空气。直到下半夜了，他不断地给自己鼓励："朱天伦，你活着就是遭罪，不如快快去死下阴间保佑家人！"最后他下了狠心，把自己活活捂死。已分床多年的妻子发现后，他已经"走"了多时。

遵照他生前的意思，他如愿地埋葬在他为自己找的墓地。

朱天伦弄死了自己，为了儿子和家人。

3

批斗会结束好几天了，但张惠巧的心情仍然难于平静。那天她没有去批斗会现场，其中一个重要的原因是——她不想看到朱文河老师难堪。一位教书育人的老师，一位斯文体面的老师，一位爱惜她儿子的老师，他的父亲挨批斗，他的心里多难受啊！

"家娘"张良玉问她去不去批斗会现场看热闹，她佯装身体不舒服，待在家里。但她在家里，"企"坐不安。

等批斗会一结束张良玉回家，她立马迎上去打听。张良玉说："朱天伦挨批斗，他儿子朱文河陪在他身边，结果被两个人架走。"张良玉站在离朱天伦较近的人群的第一圈。

"要斗，连偃一块斗！"朱文河甩开他们又冲了回去。

"你傻呀！阿爸一人做事一人担当，田地是阿爸买的，屋是阿爸做的。有你'脉介'事？走！回家看你妈去。"朱天伦赶儿子走。

"再不走是么！等下别怪我不近人情。"刘主任在台上大声呵斥，"再不走，连你一块批斗！"

"朱老师，识相点，赶紧走吧。"说这话并把他拖走的，可能是他教的学生的家长。

朱文河这才回去。

张惠巧听后心才安定下来："朱大叔的老婆呢。"

"听说工作队去他家抓朱天伦时，她当下吓得瘫倒在地，由她'心舅'刘细花在家里看护。他不是有三个女儿吗，有两个女儿嫁得远，一个近。远的赶来时，批斗会结束了。近的那位呢，也在家照料被吓坏的母亲。一家人啊，被这场运动整得够惨的。"

"朱大叔最后怎么样？"

"被人踢了一脚，戳了一指头，捆了一巴掌，嘴角还流了血。"

"这局势哦。"张惠巧重重地叹气。

她在自责，觉得对不起朱文河，如果事先劝他家把田地卖掉、把房屋处理妥当，像她家一样，便可躲过这场运动的。但她又担心"家官"不同意她这样做。为什么呢：一是将自己家这样做的风声走漏出去后，对自己家不利；二是朱文河的父亲也不一定采纳自己的意见；三是他们两家历来不和。"上家唔得下家穷，下家唔得上家'驮米筒'（要饭）"。他们两家正像这上家和下家。

不幸中万幸的是，他女儿和自己的儿子去年一同考上省里的一所大学。如果是今年的话，他女儿也许会受他爷爷地主成分的牵连。如果受影响的话，那她的大学就读不成了。

快入冬，天又转冷了。她给朱文河织了一件羊毛裤。上次给他织的是羊毛衫。每晚睡目前，她就着手织，边织边回想起他对儿子的学习等各方面的关心。织着织着便又自责起来——自己还是有私心、私利，当初没有提前给他提建议，不然他爸和他家就不会落得今天这个地步的！他对你儿子这么爱惜。张惠巧啊张惠巧，你怎么能把他当外人看呢！张惠巧啊张惠巧，你的心也太冷了！

朱天伦的"天伦居"被瓜分掉后，朱文河不回家了，住在学校。

她带着织好的羊毛裤去学校找他。她是第一次去学校找他。门卫告诉她他的房间的位置。

"你来了。"朱文河淡淡的，看上去既无风雨也无晴，"坐。"

"你这段太不容易了。我不会讲话，不会讲安慰的话。"张惠巧走进他房间。

"唉！时也命也。我弟被抓壮丁抓走，我爸又被打成'地主'。谁看得清呢。时局这样。大形势小人物哪！"

"东变西变，沉沉浮浮，不好猜测。"

"今日不讲这些吧。挽救不回来的了。"

"思念能考上大学，谢谢你。"他说得对，那些事挽救不回来了。她今天来是给他送毛衣的。

"你都谢过好几回啦。"朱文河给他端茶，"捉过鸡，拿过'卵'，还叫思念捎来了毛衣。"

"一点心意。"张惠巧突然拘谨起来。

"不是一点，很大很大点啦！"朱文河坐在她的对面，"我们好像很久没见面了。"

"思念上中学后。"

"对，对，思念上中学，我离开竹林小学后就没见面了。"

她低头喝茶。

"怕大家讲闲话吧。唉！我们这一代呀就是老土，比不上思念和清心他们。他们一同上小学，一同上中学，现在呢又一同考上大学，经常在一块学习，但也没影响成绩。思念是村里第一位考上大学的男孩，清心是第一位考上大学的女孩。开创了竹林村的历史，不简单啊！听说你家还大请了一场。当然，我也小请了一场。"

"呵呵，你教得好。"张惠巧好久没亲耳听他讲话了，他的舌头就是柔软，搅来搅去总能搅出好听动听的话来。

"他们争气啊。哪一天，思念、清心要是好上了，你反对吗？我呢，我举双手赞成！"

"远着，还远着呢。"张惠巧没想到他会说这样的话。

"远着？三几年读出来有工作了就考虑成家立业了。有工作，等于立业，成家就是很快的事。不远。"

张惠巧低头喝茶，"滋溜"喝了一大口，出乎意料似的。

"你不会因为我们两家上辈人的恩怨，就不同意他们来往吧。"

"远着呢。要思念心里怎么想。"她摩挲着袋里的羊毛裤，"喏，这是给你织的。"

"啊，又织一件。上次你送我的毛衣我穿上去暖了一个冬天。"

"上次是衫，这次是裤。"

"现在好啦！全身上下都暖啦！"

"不合身，就说一声。拆了再织。"

"合，合，合！上次合上身，这次合下身。哈，哈，哈——"

张惠巧在回家的路上，脑海老浮现朱文河老师的样子——瘦瘦的屁股，浓浓的眉毛，高高的鼻梁，大大的嘴巴，脸呢，瘦削的，身段瘦高。但还是耐看。

4

张惠巧娘家的两间老屋快倒塌了。她父亲比母亲更早过世，母亲去世后，屋便空了。

她们五姐妹，嫁的嫁，送的送。大姐张阿春、二姐张阿夏和她是嫁出去的。三姐张阿秋、四姐张阿冬是送给人家做女儿的。三姐、四姐自从送走后，就不再来往。不但不跟她们来往，连父母都不来往。这成了母亲生前的心病，一提起这两个姐姐，就伤心难过。

她长大后才知道父母把她们送给人家，是为了让她有个好的生长环境。也就是说，原来要给她们吃、穿、用的大部分给了她。大姐和二姐顶多也只是从中分得一点点。直到她嫁到杨家前，她都没有意识到这点，感受到这些，一直听信父母的话——她们的命跟父母相克，不送给人家的话，对大家都不好。

经历事情多了，她才慢慢地体会到她们送给别人的真正的原因。父母生前所做的一切，都是为了自己能成为杨家的媳妇。

母亲走后，别说那两个送给人家的姐姐，连她和大姐、二姐也没有回过娘家——父母不在，家也不在。她常常想起：难怪父母生前最大的心愿就是要生个儿子来传宗接代，传递香火啊！

"爸，妈，有件事，想请你们支持。"这是她心里藏了已经很久的话，她觉得到了讲出来的时候。

"你讲的话，做的事都是对的。我和你阿妈还没好好谢谢你呢。"杨镇山越来越觉得她看时局准，又很爱杨家，"田地卖得及时，屋也分得及时，不然爸我就跟朱天伦一样死定了。爸老了，这个家交给你来理，让我享几年清福。明日，我就把家里的钱和一切财产交给你。"

"爸——"

"你不要推。就让我和你妈享几年清福吧。"杨镇山不让她找理由推辞。

"这件事还要请你们支持的。我想把我娘家的两间老屋修整一下，前几日我回去看了，就快倒塌掉。等修好后，托付给我细叔看管。以后我们姐妹回娘家才有个落脚的地方。"

"好，好，赶快修。那是你们的'胞衣迹'呢。我就说嘛，惠巧你想事周全，不忘本的。好，好，修屋的费用，我们家来负责。我'车个大炮'（讲大话），我们家的条件比你几位姐姐要好一些吧。"

"所以要你和阿妈支持。"

"要不，我这段闲着也是闲着，由我来监工。"杨镇山主动请缨，"你看，'镇山居'那么大座屋，当年也是爸一手弄起来的。"

"爸你这是用大炮打乌蝇。我娘家的是两间小破屋呢。"张惠巧说，"老屋修好那天，我'喊'（召集）四个姐姐转娘家热闹一场。有很多年没有回去了。我阿爸阿妈在'下面'可能责怪我们了。"

"听说你那两个姐姐自从送走后，一直没跟你们往来。"张良玉说。

"我爸我妈把她们送给人家，她们不理解，可能伤了她们的心。"

"惠巧,你总是能理解人。左邻右舍、叔婆伯姆经常在我面前夸你。"

"我们有福啊,娶了个好'心舅'。"杨镇山很得意,"不是说娶个好'心舅'一旺旺三代吗。旺了我们,又旺了思念,还会继续旺下去呢。"

娘家老屋修好那天,张惠巧把四个姐姐请到一块回娘家。虽然娘家已没有娘。

那两个当年被父母送走的姐姐被张惠巧的一番话感动了。

"阿爸阿妈把应该给你们的爱都给了我。我对不起你们两位姐姐。爸妈想让我嫁个好人家,给我们这个穷酸的家撑个门面,结果伤害了你们。爸妈没想到,我们这个家没有撑起来,他们也没享过一天福,过早地去世了。我知道,这一切都是因为我而引起的。"

"妹——"三姐张阿秋鼻子一酸说不下去。

"妹,你和汪海还在肚子里就定下来的亲。你哪里有错。"四姐张阿冬说。

"今天高兴,不讲这些吧。"二姐张阿夏说。

"看,我们五姐妹又聚在一起了。爸妈在天有灵的话,也会为我们开心的。"张阿春轻轻地拍了拍张阿秋。"我提议,每年正月回一次娘家,清明那天给爸妈上坟。听说,我们的张惠巧出息了,'家官''家娘'信任她,现在是杨家的理家婆了。杨家家大业大。今后喊我们转娘家和清明上坟的事就由惠巧牵头吧。"

"哪能呢,哪能呢。你是大姐,我是满妹。一日无娘,大姐为娘!"张惠巧不敢领这个活。

"你的威望盖过大姐,娘家的老屋都是你出钱出物修整的。

再说，我们四个天天在寻食养家，只有你才有这工夫呢。"

"阿巧，大姐说的是。辛苦你啦。"张阿夏说。

其他两个姐姐也立即附和。

"既然你们信任妹妹我，我便领起来。不过，丑话说在前头，我张口一说，你们就要听话的哟。"

"一定，一定！"姐姐们异口同声。

"正月回娘家，娘不在了，去谁家呢。就去细叔家，因为老屋修好后由他代管。至于那天吃饭的伙食费，我会跟细叔说。估计细叔也会欢喜的。姐姐们，我们平时也要多来往。今日我去你家，明日你来我家。多走动，不走动，腿脚会僵硬的。跟流水一样，流水流水，水一流动才不臭。如果死水一潭，水就会腐臭掉的。我们还像小时候一样，五姐妹如一个手掌的五根手指，握成一团，才有力量。"

"哇！惠巧读了书就是不一样。还培养出一个大学生儿子！把我们羡慕得流口水！多年没听你讲话，句句入心入肺。"张阿春啧啧称赞，"姐妹们，来，来，来，抱一个。阿巧说的，像五个手指，握在一块。"

五姐妹相拥在一起，霎时眼泪盈眶。

5

杨镇山决定把店里的两尊菩萨处理掉。一尊是"财神爷"，一尊是观音菩萨。

怎么处理呢。他费了一番心思。藏起来吧？往哪里藏呢，藏来藏去不是还在家里面吗？像做贼一样，与其这样，还不如不处理。扔掉？心里不踏实，万一菩萨不高兴了呢，供奉了这么多年，今天才得罪他们，不值得！左思右想，还是送给别人好。接着,他编造送人的理由。

在圩镇,不愁找不到要供奉菩萨的人家。往往活得不如意的人,都想指望菩萨来保佑。

他有意无意地打探了几户人家,很快便找到了接受菩萨的主人。一户姓谢,谢大叔。他要"财神爷"。另一位是徐大娘,她要观音菩萨。

"谢大叔,我这阵子家里有事,店里、家里两头跑,没工夫天天烧香供奉。"他说送出去的原因,"这尊'财神爷'我供奉了二十多年,日日一起床第一件事就是上香叩拜。"

"难怪,难怪你家看'风水'的生意好,相命的生意好,针灸的生意也好。难怪发了大财啊!"谢大叔小心地抱着"财神爷",好像望见了滚滚财源正向他滚来。

"供了他,你家的老鼠药、蟑螂药、蚊药肯定卖得好。"杨镇山进一步说。

"照你金言。"谢大叔抱着"财神爷"高兴地离开。

徐大娘是做媒人的,媒人婆,这个行当吃水深,深深浅浅,她一张巧嘴说顺溜了,双方一欢喜,媒人钱便加了又加。

"这尊观音菩萨,既送子又送平安。但我实在没办法,这段要店里、家里两头跑,不能日日烧香供奉,冷落了他,便是罪过。"杨镇山的口才不比谢大娘的差。

"那是那是。观音那么慈祥呢。他保佑我们,我们也要供奉好他。"徐大娘对着微笑的观音微笑,一下子内心就跟观音的心灵接通了似的。

就这样,两尊菩萨一分钱不收送了出去。弄得谢大叔和徐大娘抱着菩萨离开怪不好意思的。但他也有顾虑,不知哪天会害了他们吗。但他又这样安慰自己,他们好像没什么大的家业,不招惹人。

这件事，他本想跟儿媳张惠巧说的。但想了又想，觉得还是自己全权做主的好。做"家官"就要有做"家官"的主见，不能事事由"心舅"做主。不然会被她心里瞧不起的。再说，这件事也不算什么事，比不上卖田地、分房屋这样的大事。"后生"的时候，自己是很有主见的，也争强好胜，看"风水"、相命、针灸、起大屋，样样都干得风生水起。但慢慢地跟不上形势了。那天亲眼看见朱天伦被示众批斗后，他惊坏了，心里一个劲地称赞儿媳有远见。所以他现在悄悄地顺着儿媳的思路走下去。他觉得这两尊菩萨，迟早会被人拿来做把柄的。现在是新社会，不是旧社会了。新社会肯定会越来越新，把旧社会的旧东西扔得越来越彻底。求神拜佛，那是几千年传下来的，很旧很旧的事物了。得扔掉！说不定哪天，又来一个"运动"，自己就因为供奉菩萨被人往死里整的。其实，他是舍不得把菩萨送走的，毕竟供奉了那么多年，供出感情来了。至于菩萨有没有保佑自己杨家呢，很玄乎的事，不是一是一、二是二能说得很清楚的。你想要什么，菩萨就送你什么的话，衰仔"过番"早回来了。所以供奉菩萨只是供个念想，那个永远在你的面前悬着的念想。

那天，他看见朱天伦被朱有坡揭发，批斗，还用脚踢他。回家后好几天他吃不好睡不好。朱天伦说干口水、辛辛苦苦给人家看"风水"，赚钱起一座大屋"天伦居"，结果呢，运动一来，一场空。想透一些，没什么意思。广厦千间夜眠八尺，良田万顷日食一升！朱有坡有工作队撑腰，当着大家的面，揭发朱天伦看"风水"骗取钱财、骗取他家的地方，哪一天，自己也像他一样被人揭发批斗呢。他越想越害怕，决定洗手不干看"风水"这行当了。

"爸，这两天邻村有个姓廖的人家找你看'风水'找到家里来。我说你有时住在圩上,要不直接去找你,不然过两天再来。"张惠巧说。

"下次他再来,你就跟他说,爸不看'风水'了。"杨镇山已经快一年不干这事了。朱天伦死后,他一下子变得软塌塌的,整天没动力似的,脑子茫然一片,对手没了,他好像失去暗斗的方向,连走起路来也没力。不看"风水"了,不看了,朱天伦看了大半生"风水",最后死在迷信"风水"里。

"啊,没听你讲过啊。"他的妻子张良玉觉得很奇怪。

"唉!老骨头老身老腿爬不动山了。通书和罗盘都给我扔到河里去了。"

"真?还是假?"张良玉惊叫,"你爸传给你,你又干了'半生年'(半辈子),莫讲鬼话。"

"就你死脑筋。看看都新社会了!我们都要向惠巧学习。不然,又来一场'运动',挨批斗的就我杨镇山,丢不丢人!"杨镇山自朱天伦出事后,就一直在检查自己,因为他跟朱天伦的经历很相似。

"也好,爸这是见好就收。爸也上了岁数,爬山越岭去看'风水'也吃不消。再说,思念也已考上大学,他肯定不会回来跟爸你拿罗盘的。"张惠巧赞同"家官"杨镇山的做法。

"唉!才没有那么衰呢!思念堂堂正正一个大学生,跟他爷爷一样拿罗盘?啊呸!"

"看,惠巧你看看,你阿妈就是这样的人!"

"呵呵,小葱拌豆腐,一清二楚,你们干什么不干什么阿妈心里还是清清楚楚的。"

"通书和罗盘真扔到河里去了?"张良玉还是不相信。

"扔,都扔掉半年了。留着,不留成祸害吗?说句心里话,我看'风水'看了大半生,也真弄不明白怎么回事,虚虚实实,真真假假,混口饭吃、赚些钱财倒是实在的。"

"镇山,你再说一遍。我、我——"张良玉说。

"罗盘都扔了,就别费口舌了。"

果然,不久又来了一场运动——破除封建迷信。

杨镇山没在这场"运动"中倒下去。他觉得心脏越来越不好,心跳时快时慢,有时心好像快要跳出来了。用手去捂也没有效果。

6

"一遍哨子不动身,两遍哨子头一伸,三遍哨子才出门。"每天大清早,刘队长便沿村吹哨子,哗哗哗响彻全村,哨声代替了鸡鸣。刘队长的脸吹红了,腮帮吹痛了,但还是有懒人当耳边风,迟迟不肯起床出工。

刘队长每天最常喊的就是这两句——"开工啦""收工啦"。

张惠巧一听到哨声,立马起床,有时甚至哨声还没响,她就收拾好准备出工。她想多挣些工分。一家四口只有她一个壮年劳力,"家官""家娘"都过"花甲"了,他们出工,也拿不了多少工分。儿子在外面读书。虽然有很多年没有参加像生产队这样干活时间长、工作强度较大的劳动了,她在暗中给自己鼓励,一定要咬牙顶住,捱过一阵后便适应了。

队里是这样给工分的。壮年男子每天八分至十分,女的每天六分至七分,老弱病残的只能给两分至五分。

她每天都很努力,力争挣七分。

她从门角拿起锄头出门好一会了,还听到哨声在不停地响,自言自语："这些懒鬼，每日不好好出工，今日挣的工分少，明日挣的工分少，到年尾就知道呢。看工分多少分粮食的。"

队长早已把话挑明了，多劳多得，挣的工分多年终分的粮食也多。但还是有社员听不进去。他们不相信队长的话。这是田地从每家每户收起来统一由生产队组织集体耕作的第一年。

她想：不管什么时候，总是有人不守规矩的。

"惠巧命苦，日日早早出工。哪家没个壮年劳力，就我们家这样，难为她啊。"杨镇山心疼儿媳。"我们这两把老骨头，在家里等吃等死，能挣一分是一分。"

"我还好。怕就怕你，心脏不好。以前看'风水'相命半两重没动过。"张良玉心疼丈夫。

"唉！干一日算一日吧。等双腿一伸，两眼一闭，就自在了。看看一个'运动'接着一个'运动'来。来一次'运动'，我的心就跳得厉害。"

"老了跟不上步子了。惠巧不但没讲怪话，还干得欢实。"

"也是，怪自己。"杨镇山唉声叹气，"唉！废物一个，浪费米谷，没用！成'生死佬'了！"

张惠巧劝他们待在家里做点家务闲活软活，但他们还是坚持出工。

杨镇山有时挣了四分半回来，高兴得呵呵地笑，笑成像在地上捡了钱似的孩子。四分半是什么？四分半是他们这类老弱病残能挣到的接近封顶的工分啦。张良玉呢，受不了他的刺激，心里想："杨镇山你一个心脏不好，以前没下过田的能挣四分半，我也能。"果然，她挣四分半的时候比他多。

张惠巧生怕他们暗中较劲弄出问题来，经常给他们降温："爸，妈，你们信任我叫我理家，我给你们透个底，瘦死的骆驼大过马,我们家的家底还好,不靠日日挣多三几个工分过日的。我为什么这么做,遮遮人家的耳目,再说我想给我们家挣个面光。"

"惠巧,妈出工,也不只为挣工分,看妈这不是越干活越有精神吗?你爸心脏不好,就别逞强了。"

"唉,你这张破嘴,别老拿衰事说事。"杨镇山说,"你是社员,我也是社员,社员社员,就是为社里劳动的。"

他们现在的身份都是社员。他们家所在的生产队叫竹林生产队。生产队上面是大队,大队上面叫公社。社员的称呼大概是这么来的。

生产队有队长,副队长,保管员,记工员。天天早早沿村吹哨子的叫刘队长。刘队长每天都窝火,哨子吹到天裂催社员起床开工,吹了一遍又一遍,总还是有社员慢慢吞吞、拖拖拉拉的。但记工员的活也不好干,容易得罪人。每到劳动考勤张榜公布工分的时候,总有人不满意,出脏口骂,骂来骂去便骂到上辈那里去,骂得要有多难听就有多难听。"大吵三、六、九,小吵天天有。"按工分、按人员分稻谷、番薯、香芋等实物的时候,又经常是吵吵闹闹。那些迟到或者早退或中途找借口休息的社员,等到生产队分粮食时才后悔。有一些横着来,不讲道理的,用手指指刘队长的额角吵骂,纠缠不休。

秋天番薯收成的时候,上午和下午从地里刨起来的番薯堆成小山似的,收工后分番薯,大番薯分一堆,细番薯分一堆,按人头按工分给每家分。前后左右放满了等着装番薯的畚箕、竹箩。长长的秤杆和圆圆的秤砣起起落落。常常要弄到入夜,亮起汽灯。怎么分,总是有人不满意的。人心牛肚!

一年长长,生产队分下来的稻谷、番薯、香芋等粮食总是不够填肚子。收稻谷的时候，有些小孩等着生产队收割稻谷时，尾随着大人去稻田"捡漏"，常常耍小心眼，趁大人不注意偷捡一两枚稻谷，动作极快。大部分的时候便是在稻谷收割完后到稻秆堆里捡漏。收番薯的时候，拎着竹篮，在被掀翻收完番薯后的地里捡漏。番薯收成一段日子了，还有些小孩不甘心去地里搜寻，发现有嫩芽或幼苗从地里冒出来，便顺着嫩芽、幼苗挖下去，即使捡到了一条不大的番薯甚至是茎根，都开心坏了。冬天砍甘蔗，也是如此，乐此不疲地挖"蔗脚"（甘蔗被砍去后留在地里的那截），等不及把"蔗脚"的根须刮光溜便吧唧吧唧咬嚼吮吸起来，甜蜜的蔗汁美得他眉开眼笑，也不顾了一脸泥痕的丑样。

稻田"捡漏"和番薯地、香芋地"捡漏"是父母下达的任务。只有挖"蔗脚"，才能自我犒劳。

张惠巧家总是守规矩、乐于现状的一家人。

第二年那位记工员干不下去了，生产队物色记工员，物色来物色去便选中了她。她有文化，不但能写社员的名字，还会列表记工分，算工分，更主要的是为人处事正派。

自从她当记工员后，情况竟慢慢好转。

"惠巧，还是你人缘好。你记工分后，大部分社员都没再吵吵嚷嚷。"张良玉觉得新奇。

"只是人缘好吗？"杨镇山觉得妻子讲话老是像米饭夹生一样，少一阵火，"公道，做事公道。要知道，惠巧付出很多的，对每位社员出工、出勤的情况都要观察细心的。比干活还累的。你以为。"

"还有一个更关键的方面。"张惠巧笑眯眯。

"哪方面？"张良玉在张惠巧的面前，总是不像婆媳，反倒像师生。

"人都是喜爱贪点小便宜的。"张惠巧说,"我打个比方吧,某某以前出工每日挣八分。其实,他干活的样子还是跟以前差不多,但我给他记八分半或者九分。"

"看,看看,惠巧就是脑子活络。"杨镇山在张惠巧的面前,总是不像"家官"与"心舅",反倒像是观众和演员。

"爸,妈,你们也别讲出去,我参照了去年的情况,然后都往高分记。大家的工分高了,收成的粮食还是一样分给大家的。最后还不是一样吗,让大家图个开心,一开心,出工就勤干活就卖劲了。粮食多了,大家便分得多。这样不是更好吗?"张惠巧从袋里掏出记工分用的笔,"我要利用好手中的这支笔。"

"哇!惠巧你这支笔能多打粮食,能增产了。比起刘队长口里的哨子强!"杨镇山的脑子一下便开窍。

"但我不会给你们记五分的。自家人。最多也是四分半。"

张良玉还在傻愣着脑袋想儿媳的话。

"哈哈,想不过来吧。"杨镇山说,"别费劲了。我们的惠巧的脑瓜能当队长。"

杨镇山觉得儿媳张惠巧越来越像闺女,像闺女那样懂他的心思。父女连心。

张惠巧没有讲刘细花的孩子拾粪的事。生产队收牛粪、猪粪,这些肥料能折成工分。她对刘细花的孩子也有关照,折多一点工分给她家。为什么不讲呢,因为刘细花家与她家的前辈人不和好。

刘细花为了多挣工分,两个孙子一放学回来,她就吩咐他们去拾粪。姐弟俩一人一副工具——粪箕、粪耙。每天天刚亮,她就把孙女孙子叫起床,比自己开工还早。姐弟俩兵分两路,沿村子的大小路拾粪。运气好遇见一大坨牛粪，拾一坨，便占了半粪箕，往往顶拾五六处猪粪、狗屎。但几乎每家小孩都拾粪，要拾到粪不容易，除非行"狗屎运"（运气很好），有时因抢粪而打骂！他们家的成分是地主，连拾粪都遭人欺负，明明是他们姐弟先看见的狗屎、猪屎、牛屎，但被人硬生生抢去了。有时委屈地流泪。

日头出来后，狗屎、猪屎发臭，但他们不怕臭，不怕苦，仍走村串寨拾粪。

7

"割资本主义尾巴！"

村里的广播整天在村里叫。

朱有坡逢人便打趣："尾巴在哪里，俚没看见，没看见资本主义，也没有看见尾巴。"

喇叭挂在村口的大树上，挂在竹林围的门口，挂在该挂的地方。

喇叭响后的第三天，生产队的刘队长带着副队长和保管员沿村挨家挨户做社员们的思想工作："广播播得很清楚了，割资本主义的尾巴，哪些是尾巴，讲得明明白白，各家先对自己的情况动手割。先礼后兵啊！过几天还不动手割的，到时候别怪我们不客气！"

刘队长他们走后，社员们便上家问下家，下家问上家，相互打听，一致叫骂。全村一下子炸开了锅——"还让人活吗？"

朱有坡沿着刘队长走过的路线，也走一遍，挨家挨户，与刘队长反着说："我家没尾巴。尾巴在哪儿呀！割他娘个头！"他去了竹林围，去了"镇山居"，去了"天伦居"，走遍了整个村子。上次他当众批斗了朱天伦还狠狠踢了他一脚后,大家有意躲着他,现在来不及躲,也只是假笑一下,算打了招呼。

张惠巧家的"镇山居"门前左右两边都种了两棵柚树。刘队长走后的第二天,便主动"割"掉。她没跟别人说,悄悄地砍,只有砍树声嘭嘭嘭地响,然后树倒下去哗啦的声音。树上刚结满拳头大的果子,过一段便成熟了。她忍痛割爱。

"惠巧,你有远见,我和你妈听你的,你拿主意吧。"杨镇山虽然心疼家里的那两棵"尾巴",心疼那柚树上还没成熟的柚果。砍树前,张惠巧征求了他们的意见。

"爸,先把那两棵柚树割了,亮出我们家的态度。"张惠巧把家里的那些"尾巴"怎么割心中有数,"其他的边走边看。"

"天伦居"的刘细花也学着她家的样,把门前的两棵杨桃树砍掉。她丈夫被"抓壮丁"抓走后,"家官"和"家娘"在那场运动中受打击先后去世,她成了家里的主心骨。大伯朱文河专注教书——"一心只读圣贤书,两耳不闻窗外事。"这几年,刘细花暗中照着张惠巧的样子做,好像张惠巧就是她的指路明灯。她听别人暗中说,杨镇山家能逃过一个又一个运动,都是他的"心舅"张惠巧的功劳。

两天后,刘队长那帮人又来了。

他们发现除了张惠巧和刘细花家砍了自家的果树外,其他人依然没有动静。他本想拿成分不好的地主家刘细花和富农张惠巧家"开刀"的,没想到他们这两家已经行动了。于是,他大声地说:"看,大家看,他们两家的觉悟!你们这些贫农家庭呢!分田地的时候,上头尽关照你们,现在上头要你们割尾巴,怎么就不听话了呢!"

渐渐地围拢过来一些人,怯怯的。

"分得的田地还没看过瘾，还没捂热，又收上去了，还敢说，放屁！"朱有坡心里嘀咕。

"再给你们三天，你们还是雷打不动，不把自家的资本主义尾巴割掉的话，到时大队、公社来人检查，等他们下手，那就够你们喝一壶的！"

"屋前后的果树要割，多出规定的菜地要割。鸡、鸭、鹅分别只能养三只。猪养一头，养大宰杀时，一半上交公家……割什么，怎么割，广播播得一清二楚！"刘队长照着广播播的内容再重述一遍。

"我家猪嬷刚下仔，超过三头，怎么割？"一位大爷怯怯地问。

"是留猪嬷，还是留一只猪仔。只能留一头，其余的是送，是宰，还是被工作队打死你自己看着办！"刘队长说。

"刚生的猪仔怎么能宰哟。"大爷又问，"要不我把猪仔养大点再宰。下次就不让猪嬷生了。"

"别啰唆！"刘队长没好气了，"你家这样，他家也这样，工作怎么抓。没价钱讲的！"

"我家的鸡刚孵出一窝鸡仔，八只。"一位大娘跟着说。

"只能留三只！三只，听见了吗！广播播了一遍又一遍了，大家听好，好好听，别装聋作哑！"

"养狗呢！规定养几条？广播没播。"朱有坡故意这样问。

"广播没播，暂不割尾巴。"刘队长瞪他，"别净讲屁话！"

朱有坡故意装作捂着耳朵不听广播："成天在那里喊，喊'脉介'喊，死爹死娘一样。喊衰人的！"

刘队长这次沿村又恫吓一遍后，不少人便陆续割起自家的尾巴。边割边心疼，欲哭无泪。

最后只剩朱有坡一家没割尾巴。他老婆见村里的其他人都行动了,心里七上八下,不踏实,也想跟着割尾巴。但朱有坡坚决不同意,还把她大骂了一顿。

大队果然派人下来了,来了一帮人,由一名副队长带队,其中有两个穿制服的民兵。

朱有坡家的菜地被民兵掀翻,多养的鸡和鸭被当场活活打死。他老婆跪地求饶,立即被民兵拖走。走的时候,那位副队长凶巴巴说:"听好啊,你家养的这头大肥猪,俚看可以宰了,宰的时候记得上交一半!"

"记,记得。"朱有坡的双腿在抖。

朱有坡望着他们走远,朝他们啐了一口痰:"交你们的头!老子一口一口把猪喂大,凭'脉介'要上交一半给你们。想得美!"

朱有坡好吃懒做,但他老婆很勤快,开了不少菜园,种了不少果树,养了不少家禽。他老婆离家出走三年后又回来了,她实在放心不下孩子。这以后,朱有坡也不再打她。他儿子一年一年长大,他有点怵儿子。他虽然还喝酒,但看见儿子生气的眼神,便不敢多喝。

张惠巧家损失是损失了,但不像朱有坡家损失那么厉害。她先把多养的鸡、鸭、鹅宰了吃掉。菜地呢,也只是被民兵处理了一些。

刘细花家也是,提前把多出的尾巴割了。

那两个民兵去朱有坡家割尾巴的时候,围了很多人去看热闹,越多人看热闹,民兵干得越带劲,干得满头大汗。刘细花乐开了花:"哼!你朱有坡也有今天的下场,当年批斗我爸,就你这个狗种,好出风头,斗得凶,还踢我爸一脚!活该,今日轮到你走衰运啦！恶有恶报，时候到了！"

朱有坡出大事啦！他把家里的那头大肥猪偷偷宰了，别说拿一半，连一块肉也没及时上交。刘队长接到举报，立即带民兵去搜证据。

除了一部分猪肉被朱有坡用盐腌制成咸肉装进泥瓮外，其余的被他暗中卖掉了。还剩下一个猪头来不及处理。

刘队长对他本来就反感，于是将他当作割资本主义尾巴的典型，搞了一出游村示众的闹剧。杀鸡儆猴！

第二天，朱有坡的脖子挂着猪头。猪头面目狰狞地挂在他胸前，后背挂了个写着"割资本主义尾巴"的纸牌。民兵在他后面押着他。走在民兵后面的是四个敲锣打鼓的。刘队长呢，走在最后，拿着喇叭边走边喊："朱有坡违抗上面的指示，偷偷宰猪不上交，不割尾巴！看，大家看看，就是这个下场！"刘队长话音刚落，锣鼓声便响起。

朱有坡低头走在前面，好像脖子上挂着的猪头很重很沉。因为头低得很低很低，看不清他的表情。

赶来看好戏的村民越来越多。

游行到竹林围的大门口时，刘队长特意放慢了游行的速度。刘细花从人群里挤进去，离朱有坡越来越近，然后伸出长腿狠狠地踢了朱有坡一脚，她的头还藏在人群里。朱有坡一个趔趄，也没有抬头。

"朱有坡，这一脚是替我'家官'踢的！"刘细花在心里狠狠地说，"我没踢你，你这个坏蛋！"

杨镇山从人群缝里看朱有坡，朱有坡像霜打的菜叶，蔫塌塌。心想：世事变化太快了，他前段批斗朱天伦，现在被上面捉来游行示众。心脏快速地跳，他赶快用手捂紧胸口。

游行示众结束后,朱有坡胸前挂着的猪头被生产队没收充公了。

事后,有人拿这事开玩笑——朱有坡连自己眼皮下吊着的猪头都吃不到!

8

"人有多大胆,地有多大产!"

"大跃进"像刮台风一样劲吹,吹得许多人飘飘然,飞起来,着不了地。

竹林大队下面有三个生产队,上竹林生产队、中竹林生产队和下竹林生产队。三个生产队在大队的鼓舞、鼓励,鼓动下,比赛似的描绘丰收的景象,用嘴巴描绘,比用纸笔描绘还快,还容易,还刺激,还过瘾!

早造水稻的亩产,刘队长心里已装着三个数。他召集徐副队长、保管员和记工员开会,敲定一个数字,报给大队,大队报给公社,一直往上报。

"大队的陈队长天天在催,要我们赶快报我们队的亩产。"刘队长扫视着大家,"现在全国上下都在喊'大跃进'。我们队不冒尖,但也不能吃猪尾!"

"去年我们队的早稻亩产最高的好像六百斤。"徐副队长挠着脑袋回忆。

"六百斤,低了,低了!听说'上队'(上竹林生产队)要报八百,'中队'报八百五呢。"保管员把打探到的消息亮出来。

"惠巧同志,社员们都讲你很会看问题,你讲讲。"刘队长把脸转向张惠巧。

张惠巧只顾笑。

"笑，我知道了，笑就是等于心中有数。"徐副队长说。

"不会比八百低吧，惠巧。"保管员说。

"队长是队长，队长早就想好了。"张惠巧还在心里拿捏着数字，"你们这么一讲，队长肯定又把心中装着的数字调高了。"

"难怪外面有人讲惠巧不是一个惠巧，千百个惠巧钻进千百个人的肚子里。"刘队长扬起手，"惠巧说得很对，我原先想好的三个数是七百、八百、九百，但现在调高至八百、九百、一千。一千会不会太高了？"

"少于八百五，比'中队'少了。"保管员说。

"九百，怎么样？在三个队你已经擎红旗了。"徐副队长说。

"这是他们队放出去的烟雾。万一哪个队超九百了呢。"刘队长担心。

"九百五吧。"徐副队长立即加五十斤。

"加五十，加那么一点，还不如不加。反正都戴上虚报的帽子了，要戴就戴大帽子！"保管员的豪气噌地上升了。

"说心里话，别说九百往上加，就算六百往上加五十斤，也是不少的。"徐副队长摸着良心说。

"大队陈队长说，什么叫'大跃进'？就是要跃，要进，还要大！看看你们小里小气的，不要说擎红旗，垫底是肯定的。信不信？"刘队长还没有听到自己想要的豪言壮语，"惠巧，你报个数吧。"

"队长，这是第一次这样报是吗？"张惠巧问。

刘队长点点头。

"既然是第一次，大家都没有经验，像学游水一样。"张惠巧说，"还是不温不火的好。"

"什么不温不火？"保管员问。

"先游个中游。然后见机行事。"张惠巧说。

"报多少？惠巧同志，陈队长说最慢明天。"刘队长急了。

"九百八十七。"张惠巧轻声说，"你们想想，你们定吧。"

"九百八十七？"保管员打"冷念"（重述），"为什么？"

刘队长和徐副队长想了又想。最后初定下这个数。

"这个数，也够大胆了。去年我们队最高亩产也就六百。"刘队长自言自语。

会一散，刘队长便猴急着离开，保管员也跟着离开。张惠巧把徐副队长悄悄叫住。

"我刚才报的那个数。刘队长是不满意的。"张惠巧收拾着茶盘杯，"但我只是个记工员，不能太那个，你是第二把手，就不一样了。"

"什么不一样？"徐副队长问。

"副上去就是正。队长一高升，你不就顶上去，由副变正么？"

"我还是没听明白。"

"我晓得你是装的。好吧，现在也没第三个人，我就直说了吧。你要给刘队长报个让他一身滚烫的数！他刚才不是说要大、要跃、要进吗？但他自己不方便说啊。"

"哦——"

"刘队长如果这次在三个生产队的队长中表现是最好的，被大队陈队长一看中，不就上去了吗？听说大队的副队长年纪大不让干了。刘队长一走，你不就顺势上去了！"

246

"对，对，对，我看刘队长这段在暗中谋大队的副队长的事。我这就给他说去。报他个一千、一千、一千三百斤！反正报不死人的。"徐副队长立马变了个人，风一样离开。

回家后，张惠巧的屁股刚撂下，杨镇山便进来，自从分田地、分房屋、割尾巴等一件件大事发生后，他对时局也敏感了起来。

"惠巧，听说生产队正在向大队报亩产，有这回事么？"杨镇山早已嘴巴痒痒的。

"爸，你的消息真灵通啊！刚要报。"张惠巧后来跟"家官"杨镇山讲话大大方方的。

"要你报的话，报几多？"

"九百左右。"张惠巧故意说少一些。

"九百？九百斤！"杨镇山以为听错了。

"一千都还不一定擎红旗呢！广播不是成天喊'人有多大胆，地有多大产'吗？"

"但胆再大还是胆，不是心肝，不是肺，也不是牛肚！也不能过九百啊！"

"爸，你觉得刘队长这人怎么样？"

"从一场场的运动看，这人有些狠、狂！得理不饶人！有时候还不得理呢。"

"他如果高升了，换成徐副队长当队长的话，你觉得他这个人怎样？"

"起码比成天讲话像打雷一样的刘队长顺眼。"

"喂——"张惠巧压低声音，"我鼓弄徐副队长建议刘队长这次报亩产往狠里报。刘队长肯定高兴坏的。把刘队长'报'走，然后徐副队长便八九不离十顶他的位。"

"惠巧你就是会动脑筋。真要这样的话,我们队今后的日子就会好过了些。"杨镇山想,惠巧不单心中装着家,还装着社员们的喜怒哀乐,"最后报多少?"

"可能,可能一千三百斤!"

"一千三百斤?"杨镇山瞪大眼睛,吓得不轻。

"对,甚至还可能往上呢。"

"都报上天,报给玉皇大帝啦!"杨镇山的心怦怦怦地狂跳,"有一天会把大家的命搭进去的!"

"爸,这就叫'人有多大胆,地有多大产'!先捱过这阵吧。唉!天大地大,总有让人活下去的道道,爸,你也别太担心。"

果然他们下竹林生产队报的亩产在三个生产队中最高。刘队长成天走路像擎着红旗,看不见人似的,雄赳赳,气昂昂。

"大跃进"越闹越离谱,"天下第一田"的早稻亩产达三万多斤。这是后话。

9

张惠巧家里有四口铁锅,两口大,两口小。其中一口大锅是老锅,锅底很薄快破了。一口破小锅挂在墙上,本想等补锅人进村时,拎出来补的。

上面在喊"大炼钢铁,人人有责!"

张惠巧主动把那口老锅和破锅献给生产队。

张良玉心疼那两口锅。

"树砍了,菜地铲了,鸡杀了,鸭宰了,还差这两口锅?"杨镇山对妻子张良玉说,"心疼芝麻,丢了西瓜!是你拎去还是我拎去。"

"我拎吧。"张惠巧知道"家娘"也只是嘴里说说而已的。

"给爸一次表现的机会。让他们看看我杨镇山这个富农越来越有觉悟了。"杨镇山自嘲。

"你心脏不好。我拎,我拎。我态度好了,我们家的态度就好。"张良玉争着要拎锅去生产队。

"爸,你不要争了,一个大男人拎着破锅不好看。我和阿妈一人拎一口。呵呵,合理吧。"

"好,快快拎去。慢拎不如早拎。"杨镇山把那两口锅拎出来,给她们婆媳一人发一口,"我们家是富农,但每次'运动'来态度不比贫农差。"

刘细花这次又照着他们的样子做,主动给生产队送去一口破锅,一把破锄头,一只破铁罐。她拎破锅去生产队的路上遇见正要下菜地的张惠巧,主动打招呼:"你的拎去了。"

"昨天拎的。"

"我大伯老叮嘱'运动'来了,照着你走。"

"不一定走对的。"张惠巧知道她说的她大伯是朱文河老师。

"我大伯说早学你的话,我们也不会落到这个地步的。"

"走好。"

"下午再拿点,一时找不出来。"

"呵呵,也不要太难为。"

刘队长声嘶力竭地在广播里大声说:"响应上级号召,大炼钢铁,人人有责,迅速行动。杨镇山家和刘细花家行动特别迅速,主动把家里的铁锅、铁罐、锄头都拿来了,你们这些贫农家庭呢!还在装聋作哑!现在是'以钢为钢,全面跃进''一马当先,万马奔腾'的大好局面。广大社员们,立即行动起来,赶快把铁具交上来，砸碎，炼钢！"

广播响后几天，生产队便派工作队沿村挨家挨户搜寻闲置的铁锅、铁铲、铁锄，铁罐等一切带铁的东西。

生产队在竹林围旁边砌了一座"土高炉"。炉是火砖砌的，里面糊着炭粉和黄泥土。炉砌好后，外面加个鼓风机。刘队长、徐副队长监督四五个社员把炉砌好。还从外面请来一位砌炉师傅。

把焦炭、石灰石、云英石、矿石和铁块送进炉里。开炉烧钢不离人，时不时添炭，保持住炉内的高温。刘队长安排四五位社员守在炉边。困了，在旁边眯一会，打个盹。饿了，给他们送干粮。一直熊熊燃烧的炉火映照着一张张异常兴奋不知疲倦的脸。

开炉烧钢的时候，围拢了不少看新奇的老老少少。

日烧夜烧，火炉终于流出红红的铁水。刘队长他们闻讯赶来，欢呼雀跃。

"快快放鞭炮！"刘队长催促保管员。

霎时，响起噼里啪啦的鞭炮声。

全村沸腾了。

铁水流到炉下面的沙坑里，慢慢冷却变成一块硬硬的"大铁饼"。刘队长用木棍敲了敲"大铁饼"，激动得热泪盈眶。

生产队动员社员们上山砍树，挖煤，找矿炼钢。由于是土方法烧钢，烧出来的铁块质量不好，里面含有大量的杂质。这样折腾了几个月后，便偃旗息鼓。

杨镇山每天远远地望着火焰熊熊的"土高炉"发愣，发呆。直至妻子叫他回家吃饭了，才回过神来。

"惠巧，爸问你，你看懂了吗？"杨镇山端着饭碗，还在发呆。

"我们农民祖祖辈辈耕田种地的,天变地变人变,变成'种铁'啦!笑死人。"张良玉说。

"也别太往心里去。一场场运动都太往心里去的话,心装得下吗?"张惠巧喝了一碗粥,再盛第二碗,"他们炼他们的钢铁,我们喝我们的粥。"

这次大炼钢铁,刘队长在三个生产队的三个队长中,是表现最积极的,虽然几个月没有炼出一块钢铁。

刘队长由于报亩产争了个头名,大炼钢铁又干得轰轰烈烈,受重用了,坐上大队副队长的位子。

徐副队长也顺理成章地接任他,当上了生产队队长。

杨镇山暗暗地给儿媳张惠巧竖起大拇指。

徐副队长推举张惠巧接替他的副队长的位子,但张惠巧婉言谢绝:"我连工分都记不好呢,哪能上到副队长那么大的位子。"

"惠巧你口板(口才)比刘队长还好,记工分的位子小了。"

"我家的成分是富农,能让我记工分就烧高香了。"

"你不要传出去,物色你做记分员前,刘队长已开会研究,把你家的成分改成了贫农。"

张惠巧意外得目瞪口呆。

"你家的成分现在是贫农。刘队长说你家是富农就是富农,说是贫农就是贫农。嘿嘿,呵呵。"

"但社员们已经知道我们家的成分了。"

"莫管他们。他们知道了又怎么样。上面讲了算!叫你接我的位子,也是刘队长的意思,不只是我的意思。"

"我了解自己,不是当官的命。"

"队长哪里算官?"

"哪能不是呢,管理这几百上千号社员的命脉。当了副的当正的,然后又当副的,像刘队长,然后一路上去,越当越大,不回头。"张惠巧说。

"社员们都说你工分记得好。"徐队长说,"队里找不到第二位了。"

"乡里乡亲的,少一些吵吵闹闹便好。大家都说,你当队长后,以后会'舂车'(自在)了。"张惠巧在暗中学习朱文河老师讲话,学来学去,也觉得舌嫌软柔好使了,搅来搅去能搅出好听的话来。

徐队长迈着轻快的步子离开。张惠巧的话总是让他有嚼头。头顶上的刘队长是她替他请走的。村里所有的女人是一群鸡的话,张惠巧就是鸡群里的鹤。鹤立鸡群!

10

张良玉拎着油瓶站在副食品门市的门口,踮起脚尖往里面张望,看见几十只手伸得长长的,手里捏着油票、肉票等五花八门的票证,争相递给那位女售货员。

她要买半斤猪肉,半斤煤油,一块肥皂。

女售货员不高,只高出柜台一个头多一点,戴着白色帽子,系着灰色的围裙,双手套着蓝色手袖筒,在犹豫着拿哪只手中的票证。

"排好队,喂——大家排好队!"旁边一位中年的男售货员在嚷。他国字脸,浓眉,大眼,比女售货员足足高出一个头。跟女售货员一样的装扮。

她倒回去排队。队伍稍为排得整齐顺眼后,竟排到门市门口的街路上。她的心都凉了:这不是要排到吃午饭吗?

她抽出身来,一路算过去,算到快七十的时候,便停了,有人走来挪去,不好数,比数抢吃的鸡们还难数。

她一大早便出门。她家"镇山居"距圩市要走近半个小时的路。

但她不死心空着瓶回去。肉不买还能凑合着吃,肥皂不买也能捱一捱,但煤油不买,晚上黑灯瞎火的便难过了。家里的存油大约只能用两晚。她家有三个灯盏,她房间一盏,儿媳房间一盏,厨房一盏。但同时点燃的时候,往往是两盏,讲究着,油节约着用。

她又继续排队。后面的人叽叽喳喳,等得不耐烦的样子,都说田头地尾有很多活追着人干呢。一会儿队伍又乱了,他们大都可能像自己一样从乡下赶来的。有的甚至比自己走更远的路。

春秋镇有两个门市。远远近近的人都得来这里买东西。

"喂,喂,喂——排好队,排好队!再这样,反倒慢了。"那位男售货员不断地强调。

"有人插队!"有人不满,大声嚷。

"谁插?哪位敢再插,别想买了。"男售货员伸长脖子望。

那位女售货员忙得恨不得多生出几双手来。

"丁姐,轮到我了。"

女售货员姓丁。

张良玉还是没有耐心等下去,她拎着空瓶,很郁闷地去丈夫杨镇山圩上的店铺。

"热闹死了,你去买!"她将瓶和票生硬地递给杨镇山。

"我又没说我不去,你愿'捞'街。"

"有'脉介'好'捞'的。想要的东西都在门市里。嫌脚痒啊。"

"女人十个有八个好'捞'街。"

"我和惠巧就是那两个！"张良玉的气还没有消，"你心脏不好，反正也干不了什么重活的。买东西是闲活。就你闲得住。"

这以后，去门市排队买东西的活便交给了杨镇山。买粮要粮票，买肉要肉票，买布要布票，买煤油要煤油票，买鱼要票，买酱油要票，买豆腐乳要票，买火柴要票，买肥皂要票……买什么都要凭票买。杨镇山便发啰唆——烦不烦啊！

张惠巧把领回家的票全部交给"家娘"张良玉。她不单要下地干活，还要给生产队的社员记工分，没工夫看管这五花八门的票证。万一遗失了，全家的生活便乱了套。

"惠巧，阿妈不识字，怕把票搞乱了。"张良玉从张惠巧手中接过这些花花绿绿的票证，像接过烫手的山芋。她转手递给丈夫杨镇山，"还是你保管好，你认字，又不给人家'看风水'、相命了，闲着。再说，你经常在店里，店铺离门市近。转两个街角，再走一条巷就到。"

杨镇山还在开店，在店里给人做针灸。

杨镇山一张一张地分辨票证，分类，叠好，扎妥。

"听说门市那个女售货员是朱文河的小姨子，刘细花老找她'走后门'买肉买油买肥皂。哦对了，那女售货员姓丁，人家叫她丁姐。"张良玉说。

刘细花的老公朱文武跟朱文河是兄弟，她跟丁姐是拐弯亲。

"丁姐吃香啊，多少人想巴结她。"杨镇山说，"我也打听打听，看能跟她扯上关系么，哪怕攀个'番薯藤亲'（远亲）也好。"

张惠巧没接话。她想：要是自己去找朱文河，他也许会帮忙走他小姨子的"后门"的。

几天后的一天,快吃午饭的时候,杨镇山拎着一瓶煤油一斤猪肉两块肥皂回来:"哇,真巧,丁姐昨天找到店里来说她头疼请我给她扎针。"

他边说边把猪肉挂在屋梁上:"我问她怎么得头疼的,她说她姓丁,在门市当售货员,那些排队买东西的顾客成天吵吵闹闹的,头都给吵疼吵晕吵炸了。我说你整天那么忙,怎么有工夫头疼呢。她嘿嘿地笑。我一听说她是售货员,便高兴坏了,哈哈,她竟然撞到枪口来了。我便给她好好扎了几针。我问她怎么有闲工夫,她说今日盘点。"

"难怪,你是走她'后门'的。"张良玉望着房梁吊着的猪肉,"走'后门'买的就是靓,肥瘦正好。我正想托人去找朱文河帮忙的。"

"万一他不买账呢,不是热脸贴冷'屁吻'吗?别去别去!'镇山居'跟'天伦居'又不是好邻居!好在你没去找他。"杨镇山说。

张惠巧想:朱文河老师对儿子很关心、爱惜,从儿子读一年级直到读中学再到考大学。但"家官"还是解不开他们那代人和他们上代人之间的恩怨。她不敢在他们面前提及朱文河老师对她有好感,她给他织毛衣毛裤的事情。

那次她特意去他学校送羊毛裤给他。她老觉得对不起他。他对儿子那么关爱,但自己没有建议他把家里的田地和房屋处理掉,致使他家受"运动"冲击那么严重。这样想着,她便没有见了面就离开,坐了下来。没想到,他从菜厨拿出一瓶酒,暗红色的酿酒,一盘腌制好的猪头皮,一碟炸花生。他把茶杯,茶盘撤掉:"天冷,喝点,暖暖身子。"

她还来不及拒绝,他就把斟满酒的杯子递到她面前。

"来,谢谢你给我织毛衣毛裤。"朱文河把酒杯伸过来。

她机械地拿起杯,犹豫着,然后轻轻地碰了下。

"我敬你,甜甜的,也不浓。"他一口喝了下去。

她又犹豫了下,才跟着喝半杯。

"这一杯才三钱呢,喝下去吧。"

她看了看他,又看了看酒杯,便喝了下去。

"敬你养个好儿子,看多出息,考上大学,为你高兴。"他脖子一仰又喝了一杯。

她跟着他喝下去——为儿子考上大学的酒。她当然高兴。

"没想到,你专门来看我,谢谢你。"他接着喝。

她不好意思不喝。

就这样你一杯我一杯,她喝晕喝醉喝糊涂了。

她昏昏沉沉的,觉得好像坐在美江河的船上荡来荡去,他在划桨,起起落落,摇来晃去,那个美啊!

醒来的时候,她才发现自己刚才跟他云雨了一番。

这以后,她便再也没有见过他一面。她觉得,他是地主的儿子,自己是富农的儿媳,"运动"一场一场地来,还是不要走在一起的好。

11

"咣、咣、咣",吊在竹林围大门右边那棵大树上的钟敲响一遍又一遍。社员们听到钟声,便陆陆续续赶去吃饭。

割资本主义尾巴时,这棵大树没被砍掉。为什么能幸存下来呢,竹林围是祖屋,虽然从围屋搬出了一些人家,但里面仍住了很多住户,谁都是屋主,谁又都不算屋主,一时为难,大树便没砍掉。生产队设公共食堂，找不到合适的地方，便把食堂设在围屋的上、中、下三个大厅里。万一还坐不下那么多人的话，可以把桌凳搬到门口的大坪上。竹林围住的人集中，占了生产队近五分之二的人口。公共食堂设在这里是比较合理的。

那棵大树刚好挂大响钟，"咣、咣、咣"一响，几乎全生产队的人都能听见。

大门贴上这样的"对联"——门楣是"公共食堂"，左边是"食堂如我家"，右边是"生活集体化"。

"有人把家里的小锅上交生产队，说不要小锅，吃队里的大锅饭了。"张良玉在说回家路上看见的情景。

"人家是人家，我们家的不上交了。"张惠巧说，"阿妈，说不定哪天想拿回来又拿不回来呢。"

"锅头又不咬人。上次交出去两口破旧的锅头炼钢了。"杨镇山说。

"广播里喊明天开始吃大锅饭。在老围屋吃。"张良玉说，"这一出一出的戏，看不明白。"

"嗬，你想看明白？我都看不明白。反正跟风吃你的去。"杨镇山说，"要自带作案工具么？"

"'脉介'作案工具？"张良玉纳闷。

"碗筷啊！"

张良玉嘿嘿地笑。张惠巧也被逗得呵呵笑。

"广播里不是说要自带吗。记得带大碗公去！"张良玉的语气里夹着小兴奋，像小孩子似的。

"又不是你掌勺。"杨镇山说，"还不如带大面盆呢。天真了不是，掌勺的又不是没脑，管你带什么家伙，你带你的我舀我的，心中有数的。不信你明日看。"

"如果不自带碗筷的话,跟吃'摆酒'一样。"张惠巧的情绪也被带动了起来,"也不知几个菜几个汤。"

"听说'上队'前两天开始吃大锅饭了,听说饭、菜、汤量多,好吃。肯定比家里强的。"张良玉说。

"生产队人多啊!家里面才几口人。人多好做饭!不比家里强,还办公共食堂干吗?"杨镇山说。

"排队打饭的,喂,记得早点去。钟一响,立马走人。"张良玉把碗筷悄悄准备好了。

"喂,也别让人家笑话了。我们家又不是饿鬼。在队里,我们家还是大户人家呢。惠巧别净听你妈的馊主意,别去得太早,不紧不慢的好。"

大锅饭开吃了。

竹林围热热闹闹,场面像摆结婚宴似的。饭、菜、汤任人吃。饱嗝声此起彼伏。大家喜笑颜开,叽叽喳喳。这是从未有过的景象。吃着,笑着,大家套近乎,拉家常,关系一下子好像融洽起来。此情此景如想象中的天堂。

朱有坡的老婆想不通,"责备"他:"我当时离家出走是因为你老打我,现在你'俫欻'没打你,佢没骂你,你做'脉介'要离家出走啊!你一出走就自在啦!你这个傻货啊!"

朱有坡在吃大锅饭的前一天离家出走了。他家里人、亲戚和邻居找遍了村里村外的每个角落,找遍能想到、该找的地方,都没有发现他的踪影。自从那次他被上面揪来挂猪头、游村示众后,便一天一天地不正常下去。他已走失过两回,走失后又被找回来。俗话说,好事不过三,但坏事也不过三,这次他找不回来了。

杨镇山听说朱有坡离家出走找不回来后，没有幸灾乐祸的感觉，反倒生出悲凉来——朱有坡说到底还是人，还是有起码的自尊、尊严、爱面子的。虽然平时他那模样不讨人喜欢。全生产队的男女老少同坐一块吃饭，他可能是觉得无脸面对大家而逃避的……这样想着心又怦怦怦地乱跳。

春秋镇大街小巷悬挂着这样的宣传海报——"人民公社好，幸福万年长""吃饭不花钱，努力搞生产"。

春秋公社下面的所有生产队争相开办公共食堂，如雨后春笋般。社员们放开肚皮吃，吃得欢天喜地，吃得如梦如幻。吃着吃着，便冒出一些杂音。有些离食堂远的社员，开始埋怨："大老远赶来吃，撑得鼓鼓的，但回到家又饿了！"有人这样议论："干活不努力，吃饭出力吃！""干好干坏一个样，干与不干一个样""吃自家吃出目汁，吃公家吃出汗"。

"这样的大锅饭，终有一天吃不下去的。"张惠巧说，"好在我们家的小锅没有交上去。"

"这么吃，养懒人！"张良玉也看出了问题。

"食堂如我家！我家能这样吃吗？"杨镇山拿食堂门口的对联开玩笑，"这样吃，吃一顿两顿新奇，像吃摆酒一样，图个热闹，图个欢喜。但再这样吃下去，餐餐像抢吃一样，会吃出问题的。听说有人吃出了门道，排队抢先排在前面，第一碗饭盛少一点，第二碗多一些，第三碗呢盛满。他盛第三碗时别人才盛第一碗。这不是明抢，是暗抢！"

那天吃午饭，吃饭的钟声刚敲响，张良玉和张惠巧婆媳便结伴而去。杨镇山还是像往日一样，等她们走了一会，自己才一个人去。他不习惯跟她们一块去，觉得天天一家子结伴去吃饭，怪怪的，不自在，但又说不出理由。她们婆媳吃完饭，眼看饭堂要收工了，但仍不见他来吃饭。

催吃饭的钟声已不敲不响了。

她们赶忙回家。

杨镇山捂着胸躺在床上，喘着粗气，脑门满是汗珠。

"爸，爸，你、你怎么啦？"张惠巧吓得说话不利索。

"老头子，你怎么啦？"张良玉用手帕抹他脑门那黄豆似的汗珠。

"疼，闷。"杨镇山指着胸口，"惠巧，爸恐怕不行了，有句话一直藏在心里。我和你阿妈没敢跟你讲实话，那个衰仔'过番'不回来，是在生我和你阿妈的气。"

"爸，你不要说了，先喝口水。"张惠巧盛了杯温开水，递到他嘴巴前。

"当年是我们逼他结婚的。他不想结，说你是他的阿妹，不是他的老婆。我说不能这样啊，全村人都知道你们是'指腹为婚'的。不结，就毁了你一生的。"

"爸，不说了，好好睡一觉。你不说我也知道了。"

"惠巧，你那么聪明，肯定能猜到的，那个衰仔是永远不会回来了。你也别等他。他不值得你等。你是我们杨家的顶梁柱，我和你阿妈有你这样的好'心舅'，死也瞑目了。"

"爸，你的孙子思念刚出来工作，还没好好孝敬你呢。"

"你把思念培养得那么有出息，我和你阿妈暗中偷兴！这是我杨家的大幸！你跟思念说，他的阿爸'死'了！'死'很多年了！惠巧你今后遇上有合适的，结合在一块吧。惠巧，你也太不容易，太苦了。我和你阿妈谢谢你。"杨镇山的气息越来越弱，"惠巧，爸到现在都没活明白，人活着到底为'脉介'？惠巧，你比爸会想问题，你比爸明白。"说完这些话，便断气了。

杨镇山死于心脏病。

他的心脏一天一天，一年一年地不好，本来已受儿子"过番"的沉重打击，后来又经受一场又一场的"运动"，他的心跳彻底弄乱，搞垮了。

第十章　春秋渡

1

杨思念大学毕业分配到市农业局，在办公室当资料员。

这在竹林村是天大的新闻。自从有竹林村以来，从这里走出去，去市里工作的男人，他是第一人。他们看重的是男丁。

"镇山居"的大厅摆放着杨思念的太爷爷杨水淼的牌位和爷爷杨镇山的牌位。杨思念去新单位报到上班的前一天，张惠巧准备了两副"三牲"，领着儿子杨思念去大厅叩拜他太爷爷和爷爷。

杨思念先给太爷爷烧香，烧三支；敬酒，敬三巡；斟茶，斟三次。然后在牌位面前的泥钵烧纸，最后面对牌位跪地三拜。拜完后，双掌合十，闭目"说话"——跟太爷爷说，但不出声。拜完太爷爷，接着叩拜爷爷。整个过程，静默，不能马虎。

爷爷、奶奶和母亲从小就这样教他。

他们这一带的风俗，每年过年的正月初一、清明和"七月半"都要这样叩拜——追思祖先。除此之外，如果后辈结婚、子孙满月等大喜事，也要这样叩拜。

杨思念考上大学那年拜过一次。现在要参加工作，成为"吃皇粮"的人了，再拜一次。

张良玉在一旁满心欢喜地看着孙子叩拜他太爷爷和爷爷,激动得老泪纵横。

张惠巧背过身去,默默地抹眼泪——儿子终于出息了!她想好了一肚子的话要叮嘱儿子。

"思念,你是竹林村以来的第一个男丁大学生。以前,也没听说出过举人,进士。"张惠巧第一次这么郑重叫儿子的名。

"阿妈,我不习惯你喊我名字。"

"你长大了。"

"长大了,也不要。"他阿妈小时候叫他"阿狗",以后叫他"倈欵"。

"思念,阿妈以前不跟你讲这些话。"张惠巧说,"你知道竹林村和我们家'镇山居'的历史吗?"

"听讲过。"

"知道'过番'下南洋的来龙去脉吗?"

"嗯嗯。"杨思念想——我阿爸不就是去"过番"的么。

"小日本攻陷潮汕?"

"听讲过。"

"抓壮丁?"

"朱文武叔叔被抓走了。"

"分田地?斗地主?"

"朱文河老师的父亲被批斗得好惨。"杨思念说。

"还有'割资本主义尾巴''吃大锅饭''大炼钢铁'?"

"后来的这一出出倷亲眼看见了。阿妈你给倷讲这些,想讲'脉介'?"杨思念不解。

"你阿公是怎么死的?"张惠巧问。

"你跟阿婆不是说阿公得心脏病死的?"

"阿妈猜测，你阿公的心脏是给阿妈刚才讲的那些事情吓坏的。"

杨思念瞪大眼睛，张圆嘴巴。

"你是不是觉得阿妈胡思乱想。"

"朱文河老师曾在我面前夸你，说你阿妈是很聪明、不简单的人。竹林村找不出第二位，甚至春秋镇也寻唔出第二位。"

"朱老师是夸阿妈的，阿妈命苦，逼着自己去想事情。你想问，你阿婆和村里其他人做'脉介'没被吓坏，吓出心脏病。因为他们没有你阿公和朱文河老师他阿爸的经历。你阿公和朱老师他阿爸跟那些事情挨得近，稍有不慎就引火烧身。朱老师的阿爸不是'烧'死了么？"

杨思念点了下头，好像悟到了一些什么。

"阿妈今天做'脉介'跟你讲这些。因为阿妈也讲不准其中的那些牵牵扯扯、转弯抹角的原因和道理，像山上的野藤一样。但总觉得这其中有关联。你明天就开始走入社会，进入江湖了。阿妈本来想把背下来的那些古训送给你的，但觉得这些古训是人家吃过后吐出来的，常常不可口，不管用。时局复杂，人心复杂。有时局的原因，有他人的原因，也有个人的原因。时局在变，人的想法在变，在这些变化中一个人的命运也在变化，别讲远的，就自己身边的，可以举出一个又一个实例。就拿你阿公来说吧，他辛辛苦苦挣钱起了大屋'镇山居'，做大家业，为老婆孩子着想，他对于个人、家人来说是有价值，有意义的，但对于别人、对社会来说呢，就要客观来看了。所以还得靠自己去'闷'，去寻思，才能把自己的路走顺一些，走好一些。"

"阿妈，你爱'闷'，俚今后也学着你的样多'闷'。阿妈要是读书一路读下去，竹林村考上大学的，应该你是第一人。"

"呵呵,你别学朱老师奉承阿妈,你拜过你太爷爷和爷爷,阿妈送你这些话。今后的路靠你自己走。"

"阿妈——"杨思念突然说不下去。

2

朱清心大学毕业后分配到市下面的农科所,当技术员。她跟杨思念的缘分竟然深到这种程度。他们从小学一年级直到高中毕业都是同班同学,然后一起考上同一所大学,现在又分配到市里,虽然不是同一单位,但还是同一系统。

张惠巧预感的事情还是出现了。

"阿妈,俚有件很大的事情。"杨思念早想说这件大事情的,但一直在拖延,直到他跟朱清心捅破那层纸——确定恋爱关系后才鼓起勇气说。读大学时,他们开始谈恋爱,悄悄地谈,偷偷地谈。以前他们是很好的同学关系,大学时才算恋人关系。他们出来工作快两年了。

"是不是你和朱文河老师的女儿朱清心的那件事?"张惠巧故意不直接说出那件事的具体内容。

"嘿嘿,阿妈果真是火眼金睛,诸葛孔明。"杨思念不好意思起来,"我跟她谈恋爱了。"

"刚谈吗?"

"谈好几年。现在想确定关系。请阿妈拿主意。"

"主意你自己拿。你已长大,读大学出来工作了。但阿妈说些让你参考的东西。"

"阿妈你是过来人,看问题总是准。"

"思念,你知道她太爷爷跟你太爷爷,你爷爷跟她爷爷以往的那些事情吗?"

"听过，他们两代人明里暗里杠上了。"杨思念听母亲开口叫他的名，便知道她要说的话题很严肃正经。

"只差没有打起来。你知道我们家的'镇山居'与他们家的'天伦居'起屋的事情吗？"

"知道，从小就在外面听人议论。"

"都知道了？"

"都知道。清心她知道吗？"

"她跟我一样，都知道。"

"她怎么看？"张惠巧问。

"她说那是上辈人的事情。他们都不在了，她父亲朱老师也是这样认为，我也是这样认为。"

"但是你奶奶还健在。你最好去跟她说说。"

"肯定的。阿妈。奶奶从小到大那么'惜'（疼爱）我。"

"思念，还有一方面，你必须清楚。"张惠巧的神情比刚才还要严肃正经。

"阿妈，哪方面？"杨思念第一次见母亲跟他这样讲话，心突突地跳。

"清心她家庭成分是地主。"张惠巧把这句话说得很凛冽，坚硬。

杨思念最担心母亲提这话题，但母亲还是说了。大学分配时，朱清心就是因为家庭成分的原因，分配到下面的农科所。大学生很奇缺，大单位好单位争相要，但她那地主的成分影响了她的前途。

"思念，你考虑过吗？"

杨思念考虑过这个问题，但一直不愿往这方面深想。他一想到这个问题思维就很混乱，总也理不出头绪，头越来越疼。

"阿妈知道你们是自由恋爱，真心相爱。阿妈也很羡慕。但现实中、生活中有些事情必须要考虑，面对。"

"阿妈，那侄该怎么办？"杨思念急了。

"一个'运动'接着一个'运动'来，思念你要想好，你和清心要想好。当然你们还要好好征求清心她爸朱老师的意见。你们想好了再作决定。阿妈尊重你的选择。但丑话要说在前面，自己做的决定要自己承担。千万别后悔。什么药能吃，但后悔药不好吃！"

"阿妈，我会跟清心好好说。"杨思念想，难怪母亲今天说话的语气和神情那么严肃，"阿妈，我有一个从外面听来的疑问，一直想问你，但又担怕阿妈伤心难过，不知当问不当问？"

"想问阿妈跟你阿爸的事情吗？其实阿妈也一直想亲口跟你讲的，但以前你还小，以后你读书又怕影响你的学习，便没说。阿妈跟你阿爸是'指腹为婚'的。所以，阿妈很羡慕你们能自由恋爱。"

"阿妈——"杨思念喉咙发紧。

"你阿爸'过番'不回来，你爷爷奶奶说他不在了，是骗你、骗阿妈的。你爸是反抗这种婚姻、不爱阿妈才不回来的。"

"阿妈——阿妈——"杨思念一下子崩溃，抖动着肩膀，呜呜大哭。

"不哭，不哭。这一切都是阿妈的命。阿妈对不起你。"张惠巧泪流满面，拥着儿子。

"阿妈——嗯嗯——阿妈——嗯嗯，是侄拖累了阿妈。"杨思念泣不成声。

"是阿妈对不起你。不哭，不哭。"张惠巧嘤嘤啜泣。

"阿妈——阿妈——"杨思念号啕大哭。

"长大了，不哭，不哭，你长大了。"张惠巧抱紧儿子，"傻孩子，你是阿妈今世最大的念想。"

3

公园有个大大的湖，湖水清清，湖边杨柳依依。

杨思念拉着朱清心的手坐在湖边柳树下的石凳上，但他们没有像以往一样相拥着。几天不见，他们好像陌生了似的，不知如何起话题。

他们恋爱的事，杨思念专门回了趟家征求母亲的意见。他回单位三天了。他单位与朱清心的单位都在市区里，市区不大，他们单位相距不远。周末他们常常会去公园约会。朱清心天天在等杨思念的消息。杨思念的内心很矛盾——母亲一番话让他冷静下来。他想把自己跟朱清心确定恋爱的大事拖一拖，想清楚怎么说了再跟朱清心说。但只拖了两天，第三天刚好是星期天，他实在熬不住了，老担心她会发生什么意外。

在去公园的路上，他们没怎么说话。他想到了公园湖边的石凳坐下来后，再委婉地转达母亲的意思。

路上闷头闷脑地走路，连脚步声都沉闷，了无生气。朱清心已猜测到了他母亲的意见。

"思念，我们还是分手吧。"朱清心望着湖水，语气跟湖水一样平静。

"清心。"杨思念拉紧她的手，"清心。"

"我们不合适。"朱清心还是一样平静，不见波澜。

"'样般'不合适？"杨思念将她的手拉得更紧。

"你说呢。"朱清心将目光收回，看着他。

"都谈好几年了，俚没觉得不合适的。"

"不是讲我的性格不合适你，你的性格不合适我。"

"那是什么？"

"你说呢。"朱清心提高了声调。

"合适啊！我们很合适的。"

"很合适？你做'脉介'回来两三日了不来见我？"

"偓，偓——"

"偓'脉介'？你有话不敢跟偓讲，证明就不合适。"

"不是这样的。清心，不是这样的。"杨思念急了，"这几天偓心里一直很矛盾，不知道怎么跟汝开口才好。"

"你阿妈嫌弃我家庭成分地主是吗？"朱清心直接把那块遮遮挡挡的布揭开。

"清心，你怎么会这样说呢。"

"不是偓这样想，事实就是这样。我们的成分不同，我会影响你，拖累你。我们不合适在一块。你看，我连工作分配都受影响了。"

"偓对天发誓！我阿妈没嫌弃你。"杨思念提高了声调，"你猜测的没错，阿妈是提到了你的家庭成分的问题，她只是让我自己考虑，说我们的事我们决定，今后的路靠我们走。"

"这样的话，我们更要分手！"朱清心挣脱他的手。

"不是这样的！我这几天一直在想，怎么才能话讲顺讲好。我们要走在一起，但又不能拂阿妈的意。"

"不违背你阿妈的意？我们又能在一起？"朱清心有点蒙。

"对！对！对！清心就这样，就是这样！"杨思念像抓到了救命的稻草。

"'脉介'这样，你自己想啊，有这个办法吗？"

"清心你比我聪明，你想！"

"考试你考第一的时候比我多！"朱清心心里发笑，"你想！"

"怎么办好呢。清心。"

"你阿妈反对我们的事了吗？"

"没有，没说反对也没说赞成。"

"没说赞成就等于反对。"

"不是这样的。我阿妈是很开明的阿妈，不是你说的那样的。"

"不是那样，那是什么样？"朱清心问，"哦，偃知道了，不是赞成也不是反对，那是弃权了。"

"也不是这样的。我阿妈很'惜'我，怎么会弃权呢。"杨思念更急了，"所以我说我不知道怎么跟你说才好。"

"你阿妈跟你说什么？"

"她说我们的事我们定，但选择了就不要后悔，世上什么药能吃，但后悔药不好吃。"

"你是让我后悔吗？"朱清心问，"让我后悔我连累你么？"

"也不是这样的。清心，我们在一起这么多年，你还不了解我吗？"

"你犹豫不是证明你担心后悔吗？我们还是分手吧。免得终生后悔！"朱清心站起来就要离开。

杨思念抱紧她："只是想让你知道我阿妈的心意，以后万一遇到什么，你不要费解她，能理解她。我杨思念不犹豫不后悔，我们在一起，风吹不散雨淋不垮雷打不动！管他成分不成分！那是人为的鬼东西，那就让我们紧紧在一起用人为的行动回击它吧！看谁怕谁，谁最终胜利谁笑到最后！哈，哈，哈！"

朱清心瞬间被杨思念第一次那么豪迈的话语感动了,紧紧相拥在一起,然后手拉着手,拉得紧紧的,走进树林深处。

他们第一次相吻,吻得热烈,吻得快喘不过气来。

4

"该来的还是来了!"朱文河低着头在心里对自己说。

他抬不起头来。

两个一脸稚气、满脸愤怒的红卫兵摁着他。他们头戴着绿军帽,身着绿军装,腰间束武装带,左臂佩红袖标,手握红宝书。因为腾不出手来,只好将红宝书暂时装进口袋里。他们强制性地按住他的头、颈、背。他的上肢与下肢呈九十度,两只胳膊向后伸直,如同喷气式飞机翘起的两个翅膀似的。他的头部向着地,臀部高撅。胸前挂着"右派分子、地主分子朱文河。"头戴着高帽。

批斗大会在学校的操场进行。

他被红卫兵压上操场土台上。

那个红卫兵带头高声叫喊:"打倒右派分子、地主分子朱文河。"

台下一片人跟着高喊。

自从他家被评为地主后,他就预感到灾难不知哪一天会降临,像头顶上悬着一把刀似的。"文革"这把刀终于向他砍来。

学校接到上面的指令——"政治大扫除",要抓典型,搞现场,迅速行动。学校经过反复酝酿,最后物色选定他。原因是他的家庭成分是地主。还有两个原因,其中一个原因是他最接近退休年龄,其他老师的岁数比他小,认为批斗起来,红卫兵可能会"手下留情",再说也批斗不了几回了。另一个更主要的原因是有学生写大字报把他给揭发了。这个学生有个外号叫"煮唔熟"（"傻货"）。

"煮唔熟"的家庭成分很硬，是一穷二白的贫农。他无心读书，只长身体不长脑。

朱文河在台上讲课。"煮唔熟"常常在台下打瞌睡。偶尔醒来，便动手动脚，不是捻前排女生的头发，就是用脚碰她的脚。更过分的是下课的时候，他常常抢先离开教室，特意从前排经过，故意用下体摩擦她的后背。那位女生忍受不了，冲他嚷嚷。"煮唔熟"专爱撩弄她。她长得好看。朱文河老师问明原因后，批评了"煮唔熟"。但他往往改了一天两天后，第三天又这样。朱文河老师专门把他叫到一边，严厉教训了他。

课程没那么紧的时候，朱文河老师有时会见缝插针讲讲写月亮的诗词。他好这口，也想引导、培养学生们跟着自己爱这口。他总觉得那些写月亮的古诗词能让人温润起来，辽阔起来，飞翔起来。

"煮唔熟"对朱文河老师怀恨在心，因为他教训过他。"煮唔熟"揭发他老跟学生灌输那些淫秽、有毒、有害的东西。"白兔捣药秋复春，嫦娥孤栖与谁邻。"他说："嫦娥不是女人么，与谁邻？不是讲她勾引男人么，还有'但愿人长久，千里共婵娟'，婵娟又是女子，鼓弄别人千里去追她。"

"煮唔熟"将这些作为朱文河老师的罪证、证据，告发到红卫兵的头头那里。头头是个女学生，也就十四五岁的样子，长得不高，但说话的嗓门挺高。她将这事告知校长。校长背转身去，差点笑出声来，但转过身来后说："你们看着办吧。反正是上面部署的政治任务，一定要落实。再说，他的家庭成分是地主，不批他，批谁呢。对不对！"

"对！就拿他来批斗！杀鸡儆猴！"红卫兵头头说。

她在台上大声高喊的口号大约有两方面的内容——"批斗地主朱文河"；"批斗朱文河毒害青少年，在课堂上散布嫦娥和婵娟两个女妖。"

台下有些师生掩嘴偷笑——"嫦娥和婵娟是女妖？不对吧，天啊！"

她立马呵斥："谁再敢偷笑？放严肃点！再偷笑，就抓上来一块批斗！什么态度！"

朱文河不出声，在心里蔑视她："朽木不可雕！真是无知者无畏啊！"

于是，大家便不敢偷笑。

朱文河弯腰，低头，跪地。"煮唔熟"凶巴巴地往下按住他的头。他的头一次又一次地磕在地上，满是泥尘。长长的圆锥形的高帽颤巍巍的。他的心凉透了。"煮唔熟"的手在下狠劲按他的头。

这种体罚手段叫"燕飞"，俗称"喷气式""坐土飞机"。

张惠巧闻讯赶到学校后，批斗会已经结束。

朱文河像大病了一场似的躺倒在床上。

张惠巧在门外喊了很多遍后，他才昏昏沉沉地起来开门。

张惠巧抱着他痛哭。

"不哭，该来的始终会来的。"朱文河反倒安慰她，"不哭，就当一回体力劳动，当一回演戏吧。"

张惠巧噗嗤一笑，没忍住。

"不是演戏么？"他强颜欢笑。

"有这样演戏的吗？"她将他搂得更紧，"朱老师呀，谁奈何你。"

"哈哈……"他听了这句话很开心,"求你,叫偓文河。"

"文河,文河,你这颗铜豌豆啊!"她的眼泪哗地奔涌而出。

"你不答应嫁给我是正确的,不然会被我这个地主拖垮的!"

那天晚上,她没有回家,陪他一个晚上。

第二天离开的时候,他一再叮嘱她:"这出戏,千万别写信告诉你儿子我的婿郎和我女儿你的'心舅'。"

她的儿子杨思念跟他的女儿朱清心已结婚多年,已有一个儿子和女儿。

她又一时没忍住呵呵地笑——他的舌嫘还是那么柔软,搅来搅去,搅出来的话就是风趣。

"我这个地主和我地主的女儿已影响你的'俅欤'。惠巧,对不起你,对不起思念。"

"运动总会过去。就当下了一场雨,雨过天会晴。总要树不垮,风雨过后树更壮!"

"惠巧,你就是那么不一样,人中凤凰。要是再有第二、第三次演戏,你也千万别告诉他们。"

她抿紧嘴唇,点点头,眼泛红潮。

5

刘细花踏着月色一个人悄悄地来到那块水田,抓起一把泥土,捂在胸口,呜呜呜地哭。

她喜极而泣——这块田失而复得。

这块水田,一亩,地肥,水丰,在她家"天伦居"的前面不远。原来是她家的财产。斗地主分田地时,给工作组充公分给了贫农朱有坡家。这次上面实施新政策——分田到户,实行家庭联产承包责任制,又把这块水田分给她家。

这次分田到户,她家像生产队其他人一样,人均分得六分地。虽然不像以前他们家最兴旺的时候拥有三十多亩地。但比起田地被生产队收上去集体耕种强多了,自己种自己的地,有奔头。

生产队把所有的耕牛也分下去。

她家和张惠巧家等其他六户人家,共分得一头耕牛。掌牛,七户人轮流着掌。耕作时,七户人合计着使用。

比起张惠巧家,她家是大家庭了。张惠巧的儿子和儿媳在市里工作"吃皇粮",只有她和她"家娘"分田地。而她家有六口人,共分得三亩六分地。

"惠巧,你识字有目光,俚有句闲话想问你。"她一想到那块失而复得、地肥水丰的水田,心里就高兴。下菜地时刚好碰上张惠巧也下菜地浇水。她家的这块菜地和张惠巧家的这块菜地相邻。

"别总客气,都一路过来了。"张惠巧把浇水的木勺竖起来,挂着。

"没承想,大锅饭只吃一段就把大锅头挂起来。"

"大锅饭好吃,但养懒汉啊!哪能长吃下去呢。"

"这次分田到户,不会过一阵又来一场'运动',把田地再收上去吧。"刘细花也把舀水的长木勺立起来,挂着。

"分了,收;又分,又收。折腾一番,酸甜苦辣都尝了,俚估计这回再分,能维持下去了。"张惠巧看问题看多了,判断多了,说话也越来越自信。

"分,收;又分,又收,指哪几次?"

"很长时间来土地是由私人耕种的,直到那年打土豪分田地把土地收上去，分配给贫下中农，后来生产队又把大家的土地收起来集中耕种，现在再一次分田到户。"张惠巧说后从水桶里舀起一勺水，抡起来一扬，像下了薄薄的雨，瓜菜一下子绿油油的，生机盎然。

"惠巧你家也就一亩田，不经种，再说你'家娘'一把岁数，你又不会驶牛。再说你们两个人也不好耕种。你姐妹住得远，不好帮。你看这样好么？我们两家一起来耕种，犁田耙田插莳收割都一起干，但分开收，我家还是我家的，你家的还是你家的。"刘细花把在心里想好的话说出来。

当时担心"镇山居"被工作组没收，抢先动了心思把房屋分给几位姑姑，"风头"过后，她们又搬回去了。

"那怎么好呢。驶牛这些重活累活我没干。"

"要是你'家娘'愿意，身子骨又还行，轮到我们两家掌牛时她多掌几天牛。我怕你吃亏呢，我家三亩六分地，你家才一亩多点。"

"掌牛是轻松活，比起驶牛重活来。"

"那些年，你老关照我们家，我孙女孙子那几年捡猪屎、牛屎给生产队，你暗地里多记工分给我们。你以为偓不知道啊。"

"呵呵，偓也不怕你知的。你孙女孙子懂事，小小年纪就晓得为家庭分担困难，不怕脏不怕累，就算是块石头，也会被感化的。"

"你'家娘'看上去身子骨还好，但也八十好几了，也别勉强的。其实掌牛也不自在的，不是说愿掌死佬不掌牛么。一不留神，牛就偷吃东西，惹事。"

"比起深一脚浅一脚驶牛犁田耙田来，掌牛还是轻松。要不，我来掌。"

"刚才不是说了么，我家田多你家田少，插莳割禾时你少干些。你不像我，我身板贱耐干活。你不一样，从小读书，后来又没怎么干重活。掌牛，是老人、小毛孩的活。你是大材，哪能小用呢。这一场又一场的'运动'，我暗中偷偷学你样，日子才过得平顺的。你家砍树，我也跟着砍，你家拎锅头给生产队，我也拎锅头给生产队。"

"也没什么的。大风吹来了，就顺着风走，才不会被刮倒。"

"我'家官'就想不通这些，顶着大风，结果倒下来。"

"那我跟你学驶牛吧。"

"想问题你厉害，驶牛干农活我比你厉害。不是说你学不会，但现在学慢了，上六十了，又不是才二三十岁。"

"总不可以剥削你家吧。"

"你教我们怎样耕种，用什么土杂肥，什么时候下肥，下几多，才能让产量上去。你识字，见识广，比我这个粗人卖死力强一百倍。产量上去了，呵呵呵，不愁顿顿吃干饭。"

"哈哈，武嫂，看来你谋划好一定要吃上干饭啦。"

他的丈夫叫朱文武。他们这一带的习惯，取丈夫名字里的单字称呼。既可以叫她的名，也可以叫她"武嫂""武婶"什么的。其实，她比张惠巧小几岁。

"你用脑力，我用体力，两种力加起来，产量肯定能上去。再说我'俫欸''心舅'年富力强，正是干活的好年纪。我们两家一块耕田种地，就像'打斗八'（合伙加菜的意思）一样。"

"哈哈……我们两家'打斗八'！武嫂，你说话越来越滑溜。"张惠巧想，他们俩命运相似。她的丈夫朱文武被抓壮丁抓走了，一去没有音信。自己的丈夫"过番"一去也没有消息。都是苦命的女人。她呢，比自己还苦。她儿子考上大学分配了工作吃上"皇粮",而她的儿子在家里耕田种地,过着跟她一样"面朝黄土背朝天"的苦日子。

"我大伯老跟我说多向你学。你识字懂时局,我哪能学?"刘细花说。她大伯是朱文河老师。

"朱老师那是夸我的。"

"他还说他也向你学呢。"

第一年分田到户,每家每户都尝到了自耕自种收成好的甜头。刘细花家和张惠巧家两家合伙精心种田,收成比其他人更好,除了"交公粮",解决了吃饱的问题,还有余粮。

分田到户第二年,张惠巧的"家娘"张良玉过世。其实,张良玉老人没有掌过一天牛。

刘细花也没想过让她掌牛,因为她都八十出头的老人了。当时也只是说说而已,当作她家和张惠巧家合伙耕田的理由之一。因为张惠巧家确实找不出其他合作的条件。占了她家太多的好处的话,她担心张惠巧不肯合伙,她知道,张惠巧是爱体面的人。

牛轮到她们两家掌的时候,刘细花把话说白了:"惠巧,你'家娘'都七老八十了,她能把自己掌好就好了,偠想来想去还是不要让她掌牛。不单偠不放心,偠'俫欻''心舅'也不放心。万一把牛弄丢了呢,没有牛怎么耕田。再说牛也不是我们两家人的。"

"偠也想过,你讲得没错。要么,我掌。"张惠巧觉得过意不去。

"一个月也就掌三头几天的事,由我孙子孙女掌好了。掌牛能算什么事呢。"

她家包揽起两家人掌牛的份。

张良玉老人走得很安详,一觉睡过去,便没有再醒来。

他们那一带的说法，张良玉老人这种走法，是有福之人。那么高寿，没病没痛，不用家人服侍，走得清清爽爽，体体面面，是前世修来的福。

张惠巧闲下来，有时会这样回想，"镇山居""天伦居"这两座大屋的创始人的两对夫妻中，"家娘"比其他三位老人走得舒服。"天伦居"的朱天伦是自己用被子把自己捂死。他老婆在他走后半年摔跤摔破脑袋活活摔死。"家官"杨镇山被心脏病折磨死。在她的印象里，"家娘"什么时候都是配角，好像没什么主见似的，但她总是很配合。她是个简简单单的人。

就拿掌牛的事说吧。她听后也很乐意，没说"侄都八十几的老人亏你们想得出"这样的话来，反而笑眯眯，她已掉光了牙，像还没长出牙的小孩，漏着风说："老人、小孩就该捡掌牛这类的小活轻活。"

6

杨思念当上局长那年，他的岳父朱文河退休。杨思念的仕途走得很顺，从资料员、办公室副主任、主任、副局长，一路顺风顺水。

他跟妻子商量把岳父接到城里一块住。但被婉言谢绝。朱文河那位嫁到邻村的大女儿也过意不去，劝父亲去她家一起住，他一样谢拒。他也不回"天伦居"养老。上面落实政策的时候"天伦居"已物归原主还给他们家。现在那么一大座屋只住着弟媳刘细花一家，空空荡荡的。

朱文河仍旧住在学校。一年半载过渡一下还说得过去，但老住在学校就会给人赖着不走的意思，总归不好的。学校的教师宿舍本来就很紧张，老教师退休后一般情况都要回家养老，把宿舍腾出来给新来的教师。

于是杨思念想了个心思。

杨思念把他家当年在圩上的渡口附近买的两间商铺，出租给别人做买卖。他跟母亲张惠巧商量收回一间不租，骗岳父说这间店铺是他们买来给他住的。他知道母亲一定会赞许他这个想法。除了朱文河是他的岳父外，更主要的原因是母亲跟岳父彼此间的那种感情，岳父暗恋母亲多年，母亲也喜欢岳父多年。

果然岳父同意从学校搬到圩上去住。

杨思念当上局长的第二年，他奶奶过世。奶奶过世后，那么一座大屋"镇山居"只剩下母亲一个人住，他担心母亲孤单。他们专门开车回去想把母亲接到城里一块生活。但母亲婉言回绝。

他了解母亲的心思。他将"镇山居"借给大队办公，大队刚好选址做办公室，临时找不到更合适的地方。他又将家里的水田送给刘细花家耕种。这两条"尾巴"弄清爽后，母亲才答应离开。他再将圩上那间已租出去的店铺收回来。母亲便欢欢喜喜答应搬到圩上去生活。

母亲住的那间店铺与岳父住的那间店铺紧挨着，中间只隔着一扇墙。他们成了邻居。

这两件事，杨思念觉得是自己办得最称心如意的大事。

"我们俩总算可以睡个心安了。"杨思念把母亲安顿好，在回城的路上对妻子朱清心说。

"还是你懂他们的心事。"朱清心说，"他们终于走到一块了。"

"但中间还隔着一堵墙呢。"

"呵呵，要不我们把墙拆了。"

"敢情好啊，但拆了，两间店铺就倒了。你爸退休不回'天伦居'你知道什么原因吗？"杨思念故意问妻子。

"唉！还用问吗？我爸要是回'天伦居'，你妈肯定不会去'天伦居'。但我爸呢也不会去'镇山居'你妈那里入赘。这样不就走不到一块了么？"

"入赘？呵呵……对，对，我正是这样猜测的。我们俩想到一起了。"

"但我想不出怎么办。还是你这个大局长厉害，想出这么个让他们体体面面走到一起的好办法。"

"还差一堵墙。"

"干脆，干脆拆了吧。塌了重建，两间店铺合一间，更宽敞呢！"朱清心故意这样说的，她想把丈夫的好主意诱出来。

杨思念望着车前方的路，笑眯眯。

"你说那堵墙怎么办？"朱清心又没了主意。

"不用拆。"

"不用拆？"

"他们俩心里面有墙，拆也没用，没有墙，拆与不拆不是一样吗？"

"就你读的书多，又给我来哲理了。"朱清心会意后，便嘿嘿地笑起来。

过了一段后，杨思念的母亲张惠巧便萌生把他们住的两间店铺，租出一间去的想法。

"惠巧，自从我被评为地主，挨批斗后，就觉得没资格追求你了。"朱文河坐在店门口朝张惠巧看。

"那是时局的事，不说了，都过去了。你知道我会来吗？"张惠巧坐在店门口往朱文河看。

"俺先来，就是为了等你来的。但你这个人还是捉摸不透。"

"偓现在不是来了吗？"

"你是怕偓孤单么？"

"你不也是么？"

朱文河咧嘴微笑。

一会儿后张惠巧说："你看这样好吗？"她没往下说。

"什么样？你有时讲话总爱说一截留一截。"

"你住一间，偓住一间，不嫌浪费么，租一间出去吧。"

"好，好哇！偓就是这样想的。但偓没资格开口说。"朱文河开心得像小孩，"偓恨不得在你来的当日就把中间那堵墙拆掉呢！"

"但、但我们要把这件事先告诉思念和清心他们。虽然不摆酒请客，但也不能偷偷摸摸住到一块。要把事情办得大大方方。"

"对，对，对！肯定的。"

"其实他们早就想让我们这样了。"

"是，是，是！就差你的态度啦！"

那晚是中秋之夜，一轮又圆又大又亮的月亮挂在天幕。他们俩依偎在一起。

"月亮不老，可惜我们老了。"张惠巧看着从窗棂照进来的清亮的月光。

"老来伴啊！"

朱文河紧握张惠巧的手。

这是他们选定的日子，月圆之夜。他们终于走到一起，住在一起。

7

钟胜春离开画像馆后,在圩上开了间照相馆。照相馆距张惠巧他们住的店铺不远。穿过一条小巷,再走半截街路便是。

张惠巧他们来圩上住一段日子了,钟胜春还是没有去他们店铺。他老婆去过一次。按理说,他应该去的。别说其他,最起码有两方面的原因。一是张惠巧是他的舅姆(妻舅的老婆)。他们那一带的说法,舅母比姑丈大,排名在前。见面,也要姑丈先开口叫舅母。二是张惠巧他们是新来乍到圩上,是新人。而钟胜春是圩上的老住户,理应关心新人的。钟胜春也知道这个规矩和道理,但他就是没去见张惠巧他们。因为他心里始终有段放不下、不能说的情感。在画像馆学画像时,他和张惠巧的老公,也是他现在的妻舅杨汪海,好到不得了,好到无话不说,好到同穿一条底裤,好到睡觉时假装做梦互摸那个东西。杨汪海"过番"不辞而别,差点把他击垮,一段时间回不过神来,茶饭不思,夜不能寐,本来就瘦的他又瘦了几斤肉,看上去像风吹禾,弱不禁风。他心里不想杨汪海结婚,不想看见他的老婆。他生怕一看见他的老婆,心里就难受,就会联想起以前跟杨汪海在一起的点点滴滴。

那年,杨镇山夫妇把"镇山居"分给他们的子女的时候,他家也分得了几间房屋。为遮人耳目,杨镇山叫嫁出去的女儿、女婿回去住一小段日子。他妻子带着小孩回去住了,但他找借口没有回"镇山居"住。他担心面对张惠巧。

"两位姐夫都回去住了,你也回去吧。也别搞特殊。住一两天做做样子也好。"他妻子杨杏花央求。

"搞特殊?你以为谁想闹特殊?不是跟你讲过了吗,照相馆离不开人。俚一走不就关门了吗?哪能这样开店做生意的?一两天也不行。"钟胜春开始烦了,"两位姐夫又没开店。"

杨杏花觉得他说的有理:"那阿爸、阿妈万一问起你呢?"

"不是刚说吗,照相馆离不开人。"他生气了,一改往日的温和、耐心、好脾气。

杨杏花便不再吱声。

其实,他没有说出真实的原因。

8

朱文河他们给店铺挂了个牌——文巧文具店。各取他们名字里的一个字作为店名。

除了卖纸、笔、墨、尺、作业本等文具外,朱文河平时还写写请柬,比如结婚柬、乔迁柬、开业柬、生日柬、孩子满月请柬等。过年的时候写春联。既赚些小钱,又充实日子,丰富生活。有时义务给人家读信,代回信。

张惠巧给他帮手,磨墨、剪纸、抻纸等。有时朱文河忙不过来时,帮忙给人读信。这些信大部分是来自海外的"番信"。也有一些是台湾来的,这些信是当年国民党军队抓壮丁时那些被抓去当兵,然后又去了台湾的老兵的来信。

"文革"那些年,谈"海外关系"如谈虎色变,谁都担心自己有"海外关系"被人发现,遭受打压。而这些年出现了压抑后的反弹,海外的来信渐渐多了起来,不但"番信"多起来,"水客"也活跃起来,"转唐山"的"番客"多起来,华侨捐资建学校、医院、桥梁的喜讯多起来。春秋镇那间华侨中学就是近年由华侨捐资兴建的,其中竹林村的"番客"李望海独资捐建了一幢六层楼高的漂亮气派的教学大楼。

那里盛传这种写照"番客"的说法：系条"汤帕"下南洋，流汗流血敢吃苦；省吃俭用为亲人，慷慨捐钱建家乡。

朱文河帮人看台湾老兵寄回家的来信时，心情既紧张又复杂，一次一次想从中发觉弟弟朱文武的消息无果时，一次一次失望。

张惠巧每次帮人看"番信"时，跟朱文河的心情如出一辙，一次一次找不到"指腹为婚"的丈夫杨汪海的丁点线索，一次一次失望。

张惠巧把那幅"但愿人长久，千里共婵娟"的字挂在店里，这幅字是朱文河当年教书送给她的。他托儿子从学校带回家给她。

"千里共婵娟。呵呵，婵娟？"朱文河望着字念叨，"唉！那年就是因为这句话被红卫兵批斗了一顿！"

"这句话？因为这句话批斗你？"张惠巧瞪大眼睛。

"红卫兵说婵娟是女妖！"

"明明是指月光，怎么变成女妖了呢！"

"还有嫦娥。"朱文河说。

"嫦娥也变成女妖？哎呀呀，难怪……要人命啊！"

"世事荒唐如噩梦啊！"朱文河感叹。

"'但愿人长久，千里共婵娟'这句诗，你讲课时'样般'跟学生讲的？"

"侄说这句诗的大意是——只希望这世上所有的亲人能平安健康，即使相隔千里，也能共享美好的月光。"

9

朱文河正在关铺门。他将搁在一旁、用绳系着的那一块块木板解开,一块一块地嵌上。嵌一块,门窄一点,门被一点一点地关上。早上开门时,又把一块块木板卸下。傍晚关门,再将一块块木板嵌上。圩镇上的那些店铺,大都是这样开门、关门的。

他将最后一块木板嵌上时,杨思念笑眯眯地出现在他的面前。

"大市长,大驾光临,也不事先通知一声。"朱文河惊着了。

"就爱开玩笑,'脉介'大市长的,偃是你的'阿郎'(女婿),也是你的学生。"杨思念从他手中"夺"过木板,把门关上,"刚好陪学者来这里调研,上午来的,午饭陪餐了,晚饭由镇里陪,偃说来家里一下。"

"喂,惠巧,你看谁来了。"朱文河朝后面的厨房喊。

张惠巧在准备晚饭,抬头看见杨思念:"哇!今日吹'脉介'风?"

"阿妈,你们怎么说话怪怪的。"杨思念空着双手进来,"莫怪'佚欻',来不及准备东西。"

张惠巧知道——他回家看她时不喜欢拎大包小包。每次离开的时候给她塞钱。

桌子上已摆好两副碗筷。

"阿妈,少我的一副。"

"摆,摆,快快摆上。"朱文河呵呵地笑,"杨大市长光临寒舍,蓬荜生辉。"

"'丈老'(岳父)大人,你又开玩笑了。再叫市长,偃就不敢坐下来吃饭了。"

"你又不是不知道,你'丈老'就爱'讲牙舍',舌嫌软滑,搅来搅去能搅出莲花。"张惠巧赶忙再添一副碗筷,"妈不知你会来,就这点菜,随便吃。要不,妈出去买点熟肉,去去就来。"

杨思念把母亲轻轻拦下："你以为'傈僳'是牛肚啊。要不喝点？"

"喝点？"朱文河以为听错了，"喝点酒？"

"嘿嘿，喝几杯。"杨思念的主意不改。

张惠巧从来没见过儿子喝酒："你会喝？"

"应酬，难免要喝点的。刚出来工作的时候不会喝，现在能喝一点了。"杨思念说。

"一步一步上去，应酬多啊！"朱文河从菜厨拎出一瓶白酒，斟上三杯，每人面前放一杯，"好像思念当上大市长，还没祝贺一杯呢。来，这杯就算迟来的祝贺吧。干！"

"还没吃菜呢。"张惠巧说。

"妈，你先吃菜，我们俩先干这一杯。"

"你们干，妈也干。你当上副市长，妈啊——"张惠巧一激动，喉咙被酒塞住似的。

"惠巧、思念，你们先别干。我连干三杯，今天太高兴了！"

"别，你这样一下子就醉的！"张惠巧挥手做个别喝的手势。但不管用，朱文河已干下三杯。

"妈，'丈老'，你们能走在一起，我和清心开心，这杯我代清心敬你们。"

"思念，你别学你'丈老'的样，先吃点饭菜吧。"张惠巧不停地给他的碗里夹菜。

一会儿，杨思念和朱文河就喝高了。

"阿妈，'丈老'，我这次来是既私又公，是想请教你们的。春秋镇是客家人下南洋的始发地。现在国内好起来了，很少人会'过番'下南洋了。这次学者专家来,想围绕这方面做文章。"

"妈是日头晒老的,没读几年书。专家怎么讲?"

"专家说,把渡口那当年'过番'的场景用雕像形式再现出来,教育后人。把'番批'史料馆建起来,留存历史印记。"杨思念说,"专家就是专家,点子还真好。我虽然是分管科教、文化、华侨这方面工作的,听了,还真受启发。"

"听说市里正着手筹建客家历史博物馆是吗?"朱文河问。

"我们市是著名的'三乡',文化之乡,华侨之乡,足球之乡。建这个馆很必要,是一张名片!市里已研究并通过这个方案,也是这批专家提出来的。这次来我们镇调研,也是市里的意思。我们春秋镇在客家历史文化中占有很重要的位置。"杨思念说。

"哇!天大的喜事。来,来,来,祝贺一杯。"张惠巧拿起酒杯。

三个酒杯咚地碰在一起。

"妈,你面红红,不能喝了。"杨思念担心母亲喝坏身体,伸手把她面前的酒杯拿掉。

张惠巧又从他手中拿回来:"思念,这杯酒阿妈有话跟你讲。"

杨思念听见母亲叫他的名,便知道母亲要说正经、严肃的话题:"阿妈,儿子好好听。"

"听说,现在市里大搞建设。上一个项目,就倒下一批官。建一条路,谁又进去吃监饭。建一座桥,谁又进去了。建一个场馆,谁又进去了。说得有鼻子有眼、有名有姓的。阿妈问你,到底是真还是假的?"

"是有这回事。但也只是一小撮贪官。"

"别,别但是。思念,阿妈相信你,相信你清清白白、堂堂正正、正正派派。但常在水边走,难免不湿脚。你的官越做越大,风险也越来越高。"张惠巧给儿子斟上一杯酒,"思念,这杯是阿妈提醒你当官的酒。酒喝下去会糊涂,但阿妈这杯是给你的清醒酒!儿子,你都知道你的出身。儿子,你是输不起的,我们家也输不起。你没有靠山,没有背景,只有良心、良知。"

"阿妈,儿子今天来就是要好好听你们的教导的。"杨思念给母亲斟上一杯酒,"阿妈,你小抿一口,儿子敬你,敬你的养育之恩。"他是第一次敬母亲喝酒。

张惠巧仰起脖子,一口喝下去。

"思念,你妈陪你喝清醒酒,你妈的意思是以后你会记住这顿酒的。保持清醒,叫清醒酒!"朱文河站起来,"敬你们一对好母子。"

"朱老师讲对阿妈的心声了。"张惠巧说。

"还叫偃朱老师啊。"

杨思念在一旁微笑着。

"那还能叫'脉介'?我们又没扯证,还是伴,老伴。"

"一把年纪了,谁还稀罕这张纸,心里是两公婆就好。"朱文河吐着浓浓的酒气。

"心里系,就系了。呵呵呵。来,偃敬阿妈和'丈老'两公婆。但愿人长久,千里共婵娟。"杨思念终于插上话。他进店里看见"但愿人长久,千里共婵娟"这幅字时便感动,激动。

"阿妈和'丈老'两公婆。哈哈哈——"朱文河笑成天真的小孩。

三个酒杯再次咚地碰在一起,发出清脆悦耳的响声。

10

杨汪海回春秋镇，回竹林村了，悄悄地、偷偷地回来。

他已远离世俗几十年，在寺庙待了几十年。他以和尚的装扮回来。

他特意住在圩镇渡口边的美江酒店。恍如做梦一样，感觉回来的已不是故乡，好像是他乡。

他穿着一身黄色袈裟，挂着一串佛珠，光头，慈眉，善眼，清瘦，像不食人间烟火的高僧。

他早已不叫杨汪海，叫希忘。他的僧名叫希忘。

这些年，千年古镇春秋镇像各地一样，如沐神奇的春风，老树发新枝，发生了很大的变化。圩上的店铺多了，建了条新街，新街的街路宽敞，铺上了水泥。建了新学校，新医院，新桥梁，一切都是生机勃勃的样子。但老的事物还在，老的印记还在。新的盖不住旧的。

他的行踪有些特别，选在入夜人静之时，加上他那一身和尚的打扮，即使有人遇见他，也不会认识他，即便关注一眼，也是匆匆一瞥，激不起探究的欲望。这正是他想要的效果——他不认识别人，别人也别"认识"他。

回来的第一个晚上，他实在压抑不住念想，一直等着天色黑下来，等呀等，等到大约十点他认为乡下人陆续入睡静下来的时候，才从圩上的酒店出发，打着手电筒。他的脚像不听他使唤似的，老想走快点，都总觉得走不快。老想走稳一些，但总是发飘。

快到竹林村的村口时，他已哭成泪人。不敢出声，压抑着哭。哭着哭着便喘不过气，差点窒息。他蹲在路边，平复一下情绪，但刚走一会又哭，控制不住地哭。就这样，边走边哭。

从村口到家里，短短的一段路，他走得很长很长，很久很久，很难很难。

他来到自己家"镇山居"门口。大门紧锁，黑灯瞎火，空无一人。那么一座大屋，花费父亲一生心血的大屋，曾经人气兴盛的大屋，如今彻底空了。他趴在紧闭的大门边，捂紧嘴巴，号啕大哭。他沿着外墙，抚墙慢慢走了一遍，边走边心里骂自己："阿爸阿妈，你们的不孝儿子回来了。阿爸阿妈，对不起，对不起，你们不孝的儿子回来了，你们就当没生过养过这个废物！"

"镇山居"在浓重的夜色下，寂寂无言。

直到下半夜，他才失魂落魄回到酒店。

白天，他不出门，不见光。

第二天晚上，他去画像馆。画像馆就在酒店不远处。但为什么选择第二晚才去寻访画像馆呢。这是他在心里谋划后的路线。

圩镇的夜晚好像总是比乡村短，圩镇的夜晚要等到十一点多才能安静下来。

去画像馆，可走大街，也可穿小巷。走大街，是画像馆的正门。穿小巷，是画像馆的后门。他太熟悉了。

他抄小巷匆匆去画像馆，但画像馆改门面了，变成了小吃店。店已打烊。店铺的格局没变，只是换了店名。他从店铺那边临巷道的窗户，踮起脚尖望着当年他和钟胜春的住处。原来的模样已不在了，改成了厨房，里面有点点微弱的灯火，估计是供奉灶神的不灭的灯火。

第三晚，他去了当年在圩上读书的学校。除了校门前的两棵树，已长成参天大树，其他已都变了。教室已不是砖瓦平房，全是漂亮的楼房。校名也已变换，春秋中学改为春秋华侨中学。

几天后他的情绪才渐渐平静下来。他打听到妻子张惠巧已跟"天伦居"的朱文河住在一起，经营一间文具店。钟胜春早已离开画像馆，开了间照相馆，早已结婚，他的老婆竟是他的姐姐。最让他震惊的是——新婚那几晚，他和张惠巧相好后，张惠巧竟怀上他的儿子，现在已当上副市长，成为竹林村、春秋镇有史以来当官当得最大的人，成为远近闻名的大人物。

那天晚上已下半夜了，他怎么睡也睡不着，一个人来到魂牵梦绕的渡口，望着悠悠远去的江水，呆呆的，痴痴的，昏昏的。好像对逝去的流水说，又好像对自己说。

"杨汪海，你好不容易回来，不见妻子，不见儿子，不见好友，不见一切人，回来干什么？"

"不见了。父母也走了。都不见了，别又弄复杂，怕了，简单好。"

"杨汪海，你来过这里吗？"

"来过，但又走了。你已不再是杨汪海，你是和尚希忘。"

"走了几十年还是回来了，还是放不下啊，现在放下了吗？"

"放下了，一切都放下了。春秋渡，命运之渡，人生之渡，岁月之渡，虚无之渡。"

他回去了，回泰国那处深山里的小寺庙去。

他像一缕微风，来无踪，去无影。